段清华◎著

"妖女"的爱情36计

东方出版社

BEWITCHING WOMAN LOVE

图书在版编目(CIP 数据)

"妖女"的爱情三十六计　段清华编著.

北京:东方出版社,2005.7

ISBN 7 - 5060 - 0939 - 0

Ⅰ.妖...　Ⅱ.段...

Ⅲ.爱情-通俗读物　Ⅳ.C913.1 - 49

中国版本图书馆 CIP 数据核字(2005)第 068136 号

"妖女"的爱情三十六计

段清华编著

东方出版社　出版发行

(100706 北京朝阳门内大街 166 号)

北京智力达印刷有限公司印刷　新华书店经销

2005 年 7 月 1 版　2005 年 7 月 1 次印刷

开本:880×1230 毫米　1/32　印张:9

ISBN:7 - 5060 - 0939 - 0

定价:19.80 元

发行部电话:65257256

前言 "妖女"的爱情三十六计

2003 年以来，我用"落花残流"的笔名在《青年文摘》、《爱人》、《黄金时代》等一些时尚杂志上发表了许多文章。后来，我发现这些文章有一些共同的特征：

"我"都是女白领或者女大学生，都泼辣大胆地追求自己的白马王子，都用尽了心计，都喜剧结局，就连文风都是幽默、机智的。

《孙子兵法·三十六计》一直以来是我最喜欢的书，它的博大精深和变幻无穷让我叹为观止。我觉得，无论你是身处战场、商场还是情场，不管你用的是阴谋还是阳谋，你的计谋总是逃不出三十六计中的某一计。

我看过不少把三十六计运用在军事、政治、商场和职场等方面的书，但是我找不到一本把它运用在情场的书。我希望有这样一本书的出现，它能给恋爱中的男女一些指导，特别是对于在情场中正处于迷惘中的男女一些点拨。于是，我将我发表的文章整理出来，编写成了这本书。

我大多写忧伤和搞笑的文章，更偏爱写搞笑的。无论你身处繁华的都市还是沉闷的乡村，在失业、失恋、高负担和许多意想不到的困难面前，你已经够烦的了，所以我不希望在你的不快乐的生活中再增添哪怕是一点儿不快乐。我希望我的文章给你带来欢乐，哪怕是一个浅笑。这也是我小小的计谋得逞了。

作 者

2005 年 5 月

序 "妖女"的爱情三十六计

　　《"妖女"的爱情三十六计》这本书大约是不适合我这样的女人来读的，我太老了，而且太老土了，做了时尚一类的杂志编辑之后，自己的衣柜里居然没有1500元的衣服和800元的香水，也没有写真集子。

　　毕竟我已经是"好几十岁"的老女人了。所以，当朋友第一次发了邀请，让我为这本书写序的时候，我是想也不想就拒绝了，一是觉得自己不过是一介草民，没有分量，怎么能冒失的给作家的书写序？二是觉得这本书原本不是我这大把年岁的人看的，像我这种小龙女时代的古董派女人又怎么能够评说"妖女"时代的爱情？

　　但难却的是朋友的要挟，加之缠功了得，实在是与书中的小"妖女"们有得一拼，于是只好勉强为之，连日通读。算来，这是我多年来读得最快的一本书了。

　　我从来不知道，至少是在看这本书之前，我还从不知道，原来爱情也需要有计谋才可以获得。于是，在看过这本书后，我问先生，我们当初的爱情里，我用了什么计谋？结果是"不知"。

　　书里叙述了36个女孩子用计谋俘获爱情的故事，每个故事的前言又引了36计的原文和译文，故事的结尾作者又以分析的方式写出了对爱情计谋的点评，不乏要点提析，可见作者本人对史著的研究和将计谋向"妖女"们推介之意。

　　想想现在的女孩子们真是厉害，已经娇得不行了，还要妖，非把天下俊男、帅哥一网打尽不可。不过，这样的女孩子倒也娇得可爱，妖得可爱。

我是后来才听朋友说,作者是个男孩子,倒是我误会以为是美女＋作家。难为他能以如此体贴的异性之心,为MM们着(zhao)想着(zhe)婚姻大事。

　　如果有人看完这本书后,说有些故事情节相象,我想也是在所难免的。毕竟爱情就是爱情,千百年来人们耗费心血和时间追求的爱情原本就有相同之处。其实,所谓不同,也不过是到达目的的路径不同,方法不同,心境不同,以及日后为琐事的烦恼程度不同罢了。但在听到爱情的三字箴言时的激动心情还应该是相同的吧。

　　文学总是不完美的艺术,所以,若有憾事,也是在所难免,我想,作者所要说的也只是计谋而已,对于女子而言,有计足矣!

　　其实,计乃技也!不是么?计谋岂非就是技巧!思想上有深度,操作上有方法,使得计依技而得以施之,这也就是作者写书的目的了。

　　总之,我觉得,如果是尚待字闺中的女孩子们,不管你是贤良温淑着还是俏皮泼辣着,都不妨"妖"上一回,借以找个如意郎君回家,倒也不算吃亏了。

时尚杂志资深编辑

资深撰稿人

中国散文学会会员

田　华

2005年6月

目录 "妖女"的爱情三十六计

第一计　瞒天过海:三瓶洗发露加一瓶香水 /2

A 西瓜摘早了 /2

B 导购先生 /3

C 快成小尼姑了 /4

D 任你宰割了 /6

第二计　围魏救赵:财色双收的爱情 /9

A 顺水推舟 /9

B 不为薪水 /10

C 非分之想 /11

D 出师不利 /12

E 杀手锏是眼泪 /13

F 结局是财色双收 /14

第三计　借刀杀人:亲爱的,请跳进网恋的陷阱 /17

A 卧薪尝胆 /17

B 初试身手 19

C 收网捕鱼 /21

D 意外收获 /23

第四计　以逸待劳:我和我的五个情敌 /27

A "你们烦不烦啊?" /27

B "你不是要寻短见吗?" /28

C "我才不趟你们的浑水" /29

D "原来你是早就有企图" /30

第五计　趁火打劫:让我做你的妹妹好吗? /34

A 表白 /34

B 机遇 /36

C 日久生情 /37

D 一辈子的左边 /39

第六计　声东击西:爱情向左,爱情向右 /41

A 情敌赵玉环 /41

B "高烧"之后 /42

C 如假包换的美女 /44

1

D 投怀送抱 /45

E 杨谨的肩膀 /46

第七计　无中生有：计赚老大 /49

A 我们的老大 /49

B "老大老大，屁股开叉" /50

C 老大成了同事 /51

D 青梅竹马 /52

E 曲线感化 /53

F "我又上了狐狸精的当" /55

第八计　暗渡陈仓：爱情间谍 /58

A 真诚的请教 /58

B 挤坏的杨梅 /59

C 最远的距离 /61

第九计　隔岸观火：我在我的爱情外面看热闹 /65

A 给个理由 /65

B 计划里的阴谋 /66

C 钻石王老五 /66

D 跟人有约 /68

E 送花 /69

F 求婚 /69

G 原来是你！ /70

第十计　笑里藏刀：爱情过期就作废 /73

A 尴尬的相遇 /73

B "狼"要来了 /74

C 红杏不出墙 /76

D 过期作废的是爱情 /77

第十一计　李代桃僵：好马也吃回头草 /80

A 新来的经理 /80

B 欧佳妮是谁？ /81

C 做个勤快有目标的人 /82

D 替罪的羔羊 /83

E 鹤舞情缘 /85

第十二计　顺手牵羊：幸福的爱情欠条 /88

A 不好意思，念了别字 /88

B 难过的不是失败，而是批准了 /89

C 赢也是亲，输也是亲 /90

D 添一竖,"十百万" /91

E 情债一份,偿还是一世一生 /92

F 幸福的人,幸福的样子 /94

第十三计　打草惊蛇:把你骗到手 /96

A 香水之缘 /96

B 曾经错过 /97

C 缘分碰撞 /98

D 共伞之一 /99

E 共伞之二 /100

F 情人之壁 /101

第十四计　借尸还魂:"花心大萝卜"的网恋史 /104

A 甜言蜜语 /104

B 勾搭上了 /105

C 亲密接触 /107

D 冤无头,债无主 /108

第十五计　调虎离山:让我做你的黑雪公主 /112

A 卖友求荣 /112

B 棒打鸳鸯 /113

C 鞭长莫及 /114

D 添油加醋 /115

E 黑公主 /116

第十六计　欲擒故纵:代理女友 /119

A "让我做你的代理女友吧" /119

B "不就是喝吗,你喝我也喝" /120

C "那块石头是你,那块是我" /123

D "笨蛋,我不爱你我爱谁" /124

第十七计　抛砖引玉:两百万的理想 /128

A 卖唱的 /128

B 一元钱 /129

C 面试 /131

D 晒钞票 /132

E 我们的理想 /133

第十八计　擒贼擒王:我们从哪里开始相爱? /136

A 厉害的老太婆 /136

B "故乡楚"这个女人 /137

C 忘年之交 /139

D "天涯无际就是我！" /140

第十九计　釜底抽薪：校花校草 /144

A 才子和佳人 /144

B 校花的暗恋 /145

C 帮了个忙 /146

D 人文学社 /147

E 再帮个忙 /148

F 约会也代劳 /149

G 鸠占了鹊巢 /151

第二十计　混水摸鱼：爱上了就没有错 /153

A 能干的男生 /153

B 美丽的影子 /154

C 站对了地方 /154

D 注意到了 /155

E 白衣飘飘 /156

F "我爱你" /156

G "再见"说了一句日语 /157

H 也是"我爱你" /158

第二十一计　金蝉脱壳：谁让你和他约会的？ /161

A 大清早的争吵 /161

B 被"粘"住了 /162

C 上网 /163

D 溜之大吉 164

第二十二计　关门捉贼：韩浩是怎样被"摆平"的？ /168

A 韩浩和我的恶缘 /168

B "我喜欢厨房" /169

C "鸟也爱自由" /170

D "我家代代能喝" /171

E 四面楚歌，无处可逃 /172

第二十三计　远交近攻：天秤女子和她的牛牛哥 /175

A 小气的牛牛哥 /175

B 花心的牛牛哥 /177

C 狡猾的牛牛哥 /178

第二十四计　假道伐虢：谈谈稿，恋恋爱 /182

A 教训 /182

B 领路人 183

C 担心 /184

D 升级 /185

第二十五计　偷梁换柱：设个计谋骗骗你 /189

A 失败的网恋 /189

B 难完成的任务 /190

C 生日的晚上 /192

D 去年的车票，今年的爱情 /193

第二十六计　指桑骂槐：当鼠标爱上键盘 /196

A 天生的一对 /196

B 欠击，欠打 /197

C 讨厌的客人 /197

D 讨厌厌厌！ /198

E 键盘的好处 /199

F 最关键的时候 /200

G 想念你 /201

H 毕业了 /201

I 定情信物 /201

第二十七计　假痴不癫：愚人节的爱情 /204

A "凑合谁?" /204

B "生米煮成夹生饭了" /206

C "我们是恋人" /207

D "你还想赖吗?" /208

E "叫她，亲切些" /209

F "没有那么早" /210

第二十八计　上屋抽梯：爱情岂可真戏假做 /212

A 我被老妈"出卖"了 /212

B 光秃秃的玫瑰枝 /213

C 真戏怎能假做? /214

D 笨蛋，"我爱你"都不会说? /216

第二十九计　树上开花：浪漫是件糟糕的事 /219

A 在雨中 /219

B 在山上 /221

C 在家里 /223

第三十计　反客为主：一粒爱上老鼠的大米 /227

A "人鼠" /227

B "干嘛动手动脚" /228

C "有种你吃啦" /230

D "耍耍他" /231

第三十一计　美人计:借个帅哥用用 /234

A 不让,打死也不让 /234

B 免费的午餐和免费的帅哥 /236

C 她和他的约会 /237

D 求婚 /238

E 皆大欢喜 /240

第三十二计　空城计:谁让你爱上一只猪的? /242

A 爱情宣言 /242

B 朝九晚五 /243

C 暴殄天物 /244

D 庆祝个鬼 /245

E 恋爱的猪 /247

第三十三计　反间计:我的"红娘"是情敌 /250

A 我和情敌 /250

B 长舌妇 /251

C 一张纸条 /252

D 被跟踪了 /254

第三十四计　苦肉计:中原逐狮的白羊 /257

A 白羊座 /257

B 家庭主妇 /258

C 小气鬼 /259

D 情人节 /261

第三十五计　连环计:爱他,就请他上"海盗船" /264

A 第一次亲密接触 /264

B "不想恋爱,就别勾引" /265

C 海盗船上 /266

D 有病了 /268

E 谜底 /269

第三十六计　走为上:一元钱的爱情 /272

A 木头男人 /272

B 视若无物 /273

C 出走 /274

D 三分钟后 /274

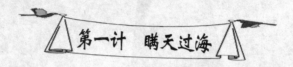

三瓶洗发露加一瓶香水

原文: 备周则意怠,常见则不疑。阴在阳之内,不在阳之对。太阳,太阴。

译文: 自以为防备很周全了,更容易麻痹松懈;平常看惯的事物,就不会再怀疑。秘密藏在暴露的事物里,而不是在暴露的事物之外。非常公开的事里潜藏着非常机密的事。

西瓜摘早了

第一次跟苏流见面的时候,我正在同一大帮人争吵。

起因是这样的,我去超市买西瓜,导购小姐答应我说西瓜包红,如果不红可以退货。结果,她用小刀给西瓜划一个三角形,弄出一小块瓜肉来看,却没有达到我要求的深红。我说西瓜没有熟透,导购小姐说熟到这种地步已经不错了。为了验证她的说法,她自作主张地把西瓜剖成了两半,这下子更加地说不清楚了,她说熟了,我说没熟,这样子让我怎么吃? 即使是在小摊上,他们也不会强迫我买下这么一个半生不熟的西瓜。我和她的争吵,引来了更多的服务生,因为是晚餐的时间,超市里顾客较少,她们一方面是看热闹,另一方面也站在超市的角度试图说服我买下这个西瓜。

这时候，苏流来了。他挤进来，问我们什么事。看到来了个男同胞，那帮女服务生更加地理直气壮，她们简单地把理由跟他说了之后，就不容商量地要我必须买下，不然这个西瓜谁来负责？

我是铁了心地不买。我说："你们超市还做不做生意？拿这种东西来蒙人！"我盛气凌人的样子活脱脱的泼妇相。

苏流认真地看了看西瓜，说："瓜摘得早了几天，再迟几天也就完全熟了，不过，吃还是吃得的。"

我立即就抓住了苏流的话里有利于我的一面，大声地嚷："就是嘛，摘早了。"

苏流问他的同事，能不能退货。那帮家伙还是说不能退。苏流就说，他去找经理问问，如果经理不同意退，他买下来，反正这样的天气吃一个西瓜也是应该的，他请客，大家都来吃，也包括你。苏流对着我说："也包括你。"我对着苏流不好意思地笑了笑。

苏流捧着西瓜找经理去了，隔了不久就出来了，他的手中空空。苏流很高兴地走到我的面前说经理同意退货了。于是，大家都散了。

导购先生

苏流要去上班了，我问苏流在超市做什么？苏流不答，却问我："你说呢？"我说，大概是保安吧。不过，他没有穿保安的制服。"你来找，看能不能找到我。"苏流说完，乘电梯上了二楼。

找他？我当然要找啦。要知道，第一眼我就看出来苏流是多么地漂亮，我还没有见过这么漂亮的男生。我可对他一见钟情了。

我在二楼转了一大圈，最后在化妆品货架前找到了苏流。苏流看到我，微笑地问："小姐，你买化妆品吗？洗发水还是沐浴露？"

我大吃一惊，"怎么这么问？"

"你说呢？难道看不出来我也是导购员？"

导购先生？我倒！想不到这超市会启用超级帅哥来当导购员，想必是利用男色来引诱女性顾客上当吧。

现在，我总得找个理由掩盖自己来找他的不光彩行为，不然，他以为我是女色狼。"我想买瓶洗发露。"

"喜欢什么牌子的？潘婷还是拉芳？还是……"苏流像背书一样为我介绍洗发露的品种和性能，最后有重点地向我推荐了一种品牌，把这种品牌说得天花乱坠。我可连它的名字都是第一次听说，苏流说它是新产品，物美价廉。我明白了，苏流可能靠推销这种产品吃饭，或者至少有提成。

我看了看它的样子和说明，就买下了。不过，在走之前，我对苏流说："用新产品我还是不放心，所以，有必要留下你的姓名和联系电话，有什么不适我会找你的。"本来我想说"找你算账"，怕引起帅哥的愠怒，忍住了。

"好啊。"没想到，他竟然答应了，从口袋里掏出纸和笔，迅速地写下了他的姓名和手机号码，给了我。于是，我知道了他叫苏流。我小心地折起纸片，收进背包里。

"我叫叶芝，树叶的叶，灵芝的芝，名字有点俗气，人还算可以。"我用迷死人的微笑向苏流介绍自己。

快成小尼姑了

第二天，我给苏流打电话。我报了我的姓名，问苏流还记得我吗？苏流没有我想象的那样过了很久才回答，他马上就说还记得我，就是有点泼的那个女孩子。我乐了，虽然他说我泼，我不生气，他还记得我，说不定他也对我也有意思呢。

苏流问我找他什么事，我说找你当然没好事啦。"我用过那洗发露了，效果好得很，现在我的头发大把大把地脱。"

苏流在电话那端扑哧扑哧地笑，"真的吗？那你现在也快成小尼姑了。"

"不信啊？你过来看吧。"

"好啊！"苏流痛痛快快地答应，"什么地方？"

"东方饭店，下午六点。"

听我这么正板地说下去，好像有预谋地，苏流倒有些不敢再开玩笑了。这时候，我也中规中矩地告诉他，洗发露效果真的很好，在这样的夏天洗起来很清凉很舒服，所以，我想给我最好的朋友也买一瓶，送给她做生日礼物，所以，请他帮我带过来。

苏流不相信："生日礼物送洗发露？没听说过。"我说："洗发露只是生日礼物中的一件。""那你可以自己过来买呀。"我说："我工作很忙，再说，你下班不是要经过东方饭店吗？顺便帮我带一下嘛，拜托了。"我祈求的语气终于打动了苏流，他答应帮我带一瓶。

我在东方饭店门口等苏流，苏流六点钟的时候准时到达。他把洗发露给我之后，我说请他进饭店吃顿饭。苏流很惊讶地瞪着我，一瓶洗发露才多少钱，请吃顿饭又得多少钱？"交个朋友，一顿饭可不贵哟。走吧，我真的很饿了，就算是陪我吃吧。"不好意思和陌生人手跟手接触，就不能把苏流推进饭店，我只能用美人计可怜兮兮地求他了。

席间，我滔滔不绝地向苏流介绍自己，从童年说起，一直到读完大学到现在到这地方来打工。我把自己的纯真、快乐、助人为乐、所有的美德都倒给了苏流。苏流的眼睛放光，心底一定在想，这是一个多么明快的女孩子呀。

从饭店出来，一起散步走了一站的路。我突然惊叫一声，"哎哟，不好，洗发露忘在了饭店里。"

苏流一个劲地说怎么会那样子呢，说回去拿可不可以。我说，回去可能也没有了，干脆你明天还帮我买一瓶吧。"

"又帮你买？"苏流又气又笑看着我。

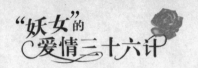

📖 任你宰割了

我在厨房里"郎格里格郎"地唱着歌。心想,我是骗他的,他却真上当。其实,我的记性好得很,怎么会忘了洗发露不拿呢? 我只是想创造一个再跟他见面的机会,故意忘记的。一瓶洗发露,换一次约会,不值吗? 噢,约会,今天晚上一定是个甜蜜的约会。

门铃响了,我跑去开门,是苏流。"请进!"我把手伸开,做个星级宾馆迎宾小姐的姿势。苏流的脸上露出笑容。

苏流做个绅士的姿势,认真地说:"小姐,你要的洗发露我给你带来了。"他把洗发露庄重地递给我。"怎么还有瓶香水?"我疑惑地问。"是我送给你的,初次登门,不成敬意。"呵呵,还懂得礼貌呀,让人感觉很爽的男孩子。

我告诉苏流说饭菜弄好了,我先洗个头,之后我们就吃饭。"我就用你买的洗发露。"我对苏流莞尔而笑,把他安在客厅里看电视。我就拿着他的洗发露进去洗头了。

过了一会儿,我听到脚步声,然后是苏流跟我说:"叶芝,你真的是买洗发露送朋友的?"

我抹干了头发,想也没想就回答说:"当然。"

"可是,你怎么拿来自己用了呢?"

我一怔。智者千虑,必有一失。没想到,骗来骗去,还是露出了马脚被他识破了。

反正我没脸见他了,干脆就撕破脸让他看到我真正的面目。我盯着他说:"苏流,你听着,我,叶芝,叶小姐,郑重地向你宣布,我爱上你了。我对你一见钟情,所以就去化妆品柜找你,然后买了你推荐的我不感兴趣不放心用的洗发露,然后假借给朋友买洗发露跟你约会,然后故意把洗发露遗失在饭店,好让我今天晚上再跟你约会。这都是骗局,我为了跟你约会才设下的。现在,你该明白了吧?"

苏流吓蒙了，没想到一不小心遇上了个女魔头，一路他都在做好事，却一路都在被人蒙，他的嘴一张一合。"你想说什么呢？要骂？本小姐洗耳恭听，保证不还嘴。"耍泼是我的本性，最多我把他的话从左耳朵眼儿听进去从右耳朵眼儿听出来。

苏流扑哧一笑，他的笑缓解了我的压力，我刚想放松，想一下又不对，说不准他这笑里也有什么阴谋呢。苏流说："要追我也正大光明些嘛，犯不着总是放笼子。"

"你想怎样？"我凶巴巴地问。反正我在家里栽了，只要他不到处张扬，不破坏我在公众面前的形象，我什么都认了。

"我还能怎样？猎物都跳进陷阱里了，他还能跳出来吗？"

"你是说……"我想了，不相信，不敢说。

"我只有任你宰割了。"

"耶！"我欢呼一声。

苏流跳开了，大概他以为我会兴奋地抱住他亲。我哪儿会呢，目的达到了，现在我得树立淑女形象了。

我把苏流送的香水洒在客厅里，温柔地对他说："在这静谧温暖的夜晚，空气里充满了香水的味道，让我们……"

苏流急急地问："做什么？"

"让我们一起吃饭吧。"

点评： 此计的关键在于制造的假象能不能以假乱真，如能以假乱真则过得了海，如不能则只是掩耳盗铃。在"瞒"着情人的时候既要合情合理，又要有情有义。待得到情人的真心之后，再"过海"，也就是挑明关系。"瞒"是为了"过海"，如果时机成熟尚不过"海"，则失去了用计的意义。

叶芝就是这样，对苏流一见钟情，故意说要买他的化妆品，瞒着他，却不断地骗取他的约会。在阴谋穿帮的时候，又大胆地倒出她的企图，也因此得到了同样对她有情的苏流的爱，过海成功。

第二计　围魏救赵

财色双收的爱情

原文: 共敌不如分敌,敌阳不如敌阴。

译文: 攻打兵力集中的强敌,不如先分散它的兵力,再各个击破;主动出击攻打,还不如包抄到敌人的后方,伺机消灭它。

🅰 顺水推舟

我是在很巧妙的状态下认识庞博,并且成为他的手下。

那天,我在很不耐烦地等公共汽车,顺便看公告栏里的广告,也只有在这个时候我才会把那些无聊的东西看得津津有味。很快,我从一堆的广告里找出了几个错别字,并且大声地评论起来:"一百多字的广告里就有三个错别字,这样的广告怎么能让人相信?"

作为一个年轻还稍微有些漂亮的女孩子,这样子是很容易引起别人注意的,所以有很多的人就开始注意我了,包括庞博。庞博微笑地看着我说:"小姐,你在哪里工作?"

我告诉他,我在一家公司里当文员,不过只是说得好听,实际上是做着最辛苦的打字工作。边说话,边打量着他,我发现这个男孩子非常漂亮,是我倾慕的那一类对象。

庞博就问我:"有没有兴趣到我的公司来工作?"说着把他的

9

名片递给了我。

庞博开的是广告公司,我想我去他的公司也一定是打字,不过即使是打字也应该比我现在的这个公司要轻松得多,因为一个小广告公司的业务量只有那么大。而我正好有跳槽的念头,就顺水推舟地答应了他。但我装得很勉强,为的是搏取他的好感,同时也为和他谈判薪水取得主动权。

庞博在我答应之后,开玩笑地说:"你的胆子不小哟,竟然敢随便就答应了一个陌生人,难道你不怕我是骗子吗?"

他会是骗子?就为了这么漂亮的一个"骗子",被他"骗"一回我觉得也值!

不为薪水

我开始把自己打扮得花枝招展地去庞博的公司上班。按理说,我是不在乎自己形象的女孩子(所以才会有那天在公众场合大声地说话),从不化妆,穿着也朴素得不能再朴素。但今日已不同往日,不是说"女为悦己者容"吗?我终于找到自己的取悦对象了,也该好好地妆扮自己了。

结果,我的想法大大的错误。

说是广告公司,实际上只是两间房子,一个老板再加四个员工,每个人还身兼数职。我站在庞博的公司门外,里面的五个男人正埋首在一面大大的广告上,干得热火朝天,我才发现自己的穿着是多么地不合时宜。

庞博听到有人叫他"庞老板",抬起头来发现是我,好像很期待地说:"你来得正好,有东西急着要设计,你赶忙去做。"

就是"正好"、"急着要"、"赶忙做"这些催命的动词,使我来到他的公司里没享受到他煽情的的欢迎仪式,没和未来的同事做个谦虚的自我介绍,就被赶到了电脑旁。而我做的工作还不仅仅是打字,我还得为他的广告设计文案。天啦,这样的工作量不是太大了吗？比我以前的工作难度还要大耶！

如果我不期望着跳槽，我对庞博有着企图，我只想能够把薪水提高到足够的高度。可是，等庞博问我想要什么薪水的时候，我却傻气地说出了："你随便给吧，反正我不是为薪水而来。"

庞博就顺口说了一个数字："那我就随便给你百把块钱。"

我几乎要扇他一个耳光，好在他也是开玩笑的。他给我的薪水比我以前的高不了多少。但我没作计较，我说过我不是为薪水而来。

非分之想

我就这样做着庞博广告公司的广告设计师、打字员，甚至还是清洁工、买盒饭的。

最可气的还是为庞博他们买盒饭了。他们的食量本来就很大，工作特别辛苦的那天更是食量惊人，所以本来是买六个人的盒饭，可我还没来得及吃，庞博就已经三口两口把一盒饭吃光了，又迅速地从我的手里把我的那份也抢过去，又两三口吃个一干二净。庞博见我对着他手里的空饭盒发呆，就又吩咐我："去！再买六个！"

我在这样高速运转的公司里，三心二意地做着自己的美梦。我只能寄希望于有一天能够在无关紧要的杂活之外再掌管财政大权，顺便再成为庞博的爱人。

所以，我向庞博提出了要给他管钱的要求。

万万没想到，庞博却尖声大叫："你是我哪个啊？要你给我管钱！"

我说了一大串的正当理由："你瞧你连个账本都没有，今天收到的钱明天付出了，也不知道一个月赚了多少，亏了多少……"

庞博没耐心地打断我的话："亏与不亏我心底有数，何况我

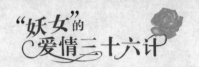
就是亏也不要你管钱！"

还是同事心知肚明地说："老板，看来这小妮子对你有非分之想，要做你的财政部长呢！"

庞博讥讽地说："她是痴心妄想！"

我算是羊肉没吃到弄了一身骚，白白地干了这么久的苦活，还被同事笑话。

庞博再叫我去买盒饭的时候，我不干了。我说："我跟你算明身份，我是打字的，可以为你设计文案，但我不能搞卫生，更不能买盒饭。"

急得庞博直叫我"好妹妹"，说："你就当做善事。"

做善事？我被你的爱情烧糊涂了，你怎么不做善事救救我呢？

出师不利

一向乐观、积极向上的庞博最近也有些闷闷不乐，问同事，原来他受了挫折。

本市最大的公司红木电器公司计划做一次覆盖全城的大广告，这对所有的广告公司都是绝佳的机遇，谁如果做成了这单生意，不但能获得不菲的利润，还能在业界声誉大振。而如果庞博能接下单子的话，对他的公司也是质的提升，通过赢利他就可以把他的公司再开得大一倍。但庞博只是一相情愿，红木电器公司的老总显然对仅有六个工作人员的小公司没有兴趣，对庞博的求见不是不见，就是三分钟打发掉了。

红木公司的生意对庞博是个机遇，而庞博遭受挫折对我也未尝不是个机遇。

我主动请缨去联系红木公司的老总，把这单生意拉过来。

庞博望着我，满脸的惊讶，最后做了个怪模怪样的动作，那样子在说："你行吗？"

切！有什么不行的，只要功夫深，铁杵磨成针。

我去红木公司，找他们的杨总。我的运气并不比庞博好多少，第一次去的时候时候我连杨总的面都没有见到，但不是他不肯见我，只是他去北京出差。

我垂头丧气地回到庞博那儿，心想真是出师不利。但一见到庞博，我就收拾起我的不愉快，欢喜地对庞博说："真巧，今天让我碰上了杨总，他没说什么，只是怀疑我们公司员工职责不明，一个业务员还要打字还要搞卫生，这样不会有工作效率的。"

庞博大大地惊讶，说："你能见到他？我还怀疑你连门都摸不着。你下次见到杨总，就说我们公司正在改进，每个员工都有自己明细的职责，都各司其责。"

"那么我呢？"我趁机提出了自己的要求。

"你只管跑业务，其他的都不用操心。"

而一时找不到合适的人选，庞博只好自己兼打字员和清洁员了，把他累得够呛。哈哈！

E 杀手锏是眼泪

去的第二次，见到了杨总，但对庞博不屑一顾的杨总对我更加看不上眼，他说："你们老板的格调越来越低了，自己做不成的事情派个小业务员来。"

我气得不行，小业务员怎么啦？大老板还不都是从小业务员做起的？

我回去后，跟庞博说："杨总说了，你还得设个财务，不然的话他担心你会把他的预付款花个精光，办事的时候就没有钱了。"

庞博说："他的要求是对的，我马上请个财务总监。"

我说："我已经跟杨总说了，你以前有聘任我做财务总监的想法，杨总也挺赞成我做这个，你不会违背他的想法吧？"

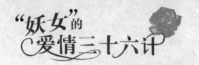

庞博看了我半天,老大不情愿地说:"杨总真的这么说过吗?"

"那当然!"

庞博固执不让我干的事情就这样被我搞定了,我不费吹灰之力就夺得了他的财政大权。

刘备三顾茅庐请诸葛亮,我为了说动杨总,也三顾、四顾……后来顾了不知多少次,但今非昔比,不是茅庐而是高楼大厦里装饰得金碧辉煌的办公室。杨总由对我的傲慢逐渐地变得和气,这就是人的本性,每个人都会为别人的执着而感动。何况,庞博的公司虽然是小了点,但也做过大业务,有过很成功的案例,而他的员工都很优秀,老板更是优秀得无以伦比。这些都是打动杨总的地方。

我最后使出的杀手铜是我的眼泪,虽然像杨总这样的商界奇人不相信眼泪,但我还是愿意冒险一试。我把我的经历跟杨总说了,从我怎样认识庞博,怎样为了他辞去我优越的工作来到他的身边,怎样地追求他却无法得逞。我的添油加醋使故事非常地琼瑶化,我都被自己感动了,心想这是我的爱情吗?没想到,杨总毕竟是文人出身,年轻的时候还是琼瑶迷。他被我打动得眼泪盈眶,豪气万丈地许诺说:"我一定帮你擒到庞博!"

结局是财色双收

后来的结局谁都猜得到。

我、杨总还有庞博,我们3个人在餐厅吃饭。

我和杨总的关系非同一般,亲密有加。庞博看了羡慕不已。

我和杨总"哥哥"、"妹妹"互相称呼着,庞博听了更是全身起鸡皮疙瘩。

关键的时候,杨总点破了主题:"我已认小林做我的妹妹了。"

庞博才为之释怀。

杨总说:"庞博,你愿不愿意娶我的妹妹呢?"

庞博当然不干,虽然他对小林——也就是我啦——也有些喜欢,但说到要娶我终生为妻,他怎么都觉得来得太快太狠了点。

杨总说:"我给我妹妹的陪嫁礼就是我的那单生意,你不想要吗?"

这个……庞博考虑了良久,终于说:"要!"

婚后,我常常问庞博是爱我多些,还是爱杨总,也就是我哥哥的生意多一些。

庞博幸福得不着边了,胡言乱语地说:"我也不知道啊,但你毕竟让我财色双收了,所以我还是爱你的。"

☀️ **点评**:"围魏"的目的是"救赵",所以"围魏"只是做做样子,但样子也必须做得像那回事;"救赵"必须保证成功,不然枉费了"围魏"花费的精力。此计提倡的是以迂为直,与其正面进攻,不如侧面包抄。对方可能很坚强,让我们无从下手,但如果从爱情无法下手,不如从他(她)的事业下手;如果他(她)的事业不好下手,不如从生活下手,总有一个地方是他(她)的软肋。

"我"对庞博一见钟情,决定去他的公司做事。不惜打杂、跑腿,但还是不能达到目的。这时,"我"就决定从侧面入手,帮他做成与杨总的生意。在与杨总约见的过程中,"我"逐步卸去了打杂的任务,也揽到了财政大权。最后,还通过杨总出面,做了庞博的爱人,庞博的生意也做成了。这就是"围"庞博的事业,而"救"自己的爱情。

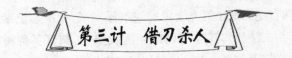

第三计 借刀杀人

亲爱的，请跳进网恋的陷阱

原文：敌已明，友未定，引友杀敌，不自出力。以《损》推演。

译文：敌人的情况已经明确，盟友的情况还不稳定，引导盟友去攻击敌人，而自己不必出兵。这是运用《损》卦卦义的逻辑推演出来的。

卧薪尝胆

趁着那帮男生还没来上班的空隙，写字间的女生凑在一块，唧唧喳喳地议论瑞瑞的好处，最后达成了共识："谁能追到瑞瑞谁就是老大！"

老大我不爱当，反正这帮泼妇也不会听从我的指挥，我还不如当个小妹，有时给她们跑跑腿，却能得到她们的疼爱，顺便得些小吃小喝的好处。不过，瑞锐嘛，那倒真是个让人心动的男孩，有完美的脸蛋和迷人的身材，说话和气好听，对女孩百依百顺，让人爱让人疼。写字间的女生都喜欢他，说白了就是暗恋，偷偷地瞟他，默默地叫他的名字，做一个跟他亲近的美梦。我也是，更甚。不过，我要胜过那帮同性面前是泼妇异性面前是淑女，具有两面个性的姐妹还真是登天之难，她们都比我狡猾，最关键的是她们个个的脸蛋比我的脸蛋描绘的更优美。但这对我

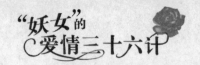

来说又算得了什么？我从小接受的教育就是要出人头地，考试要名列前茅，生活要光明美好，跟男孩打架要奋不顾身，抢夺男生要勇往直前、敢恨敢爱！

独自跑到这个五光十色的城市深圳来，我没忘记带上那本《孙子兵法注释》，这本书已经伴随我数年，枯灯下翻阅了无数遍，曾经使那些男生对我迷惑不解和莫测高深，也经常使我获益匪浅。在写字间的环境越来越舒适，我倒放松了对这本书的学习。今天，为了一个伟大的理想和一个巨大的胜利果实我又把这本书拿出来，通宵达旦地钻研，最后，有无数的计策可以借鉴反而使我无法决定取舍，不过，"用计"二字深深地影响了我，我决定用计取胜。

我的计策就是网恋。可惜的是，我竟然连电脑都不会用，谁叫我们那所破烂的学校对最新潮的事物总是一点儿也不在乎，我学的那点东西一毕业就还给了老师。没有办法，我只好狠下心去电脑学校报了业余速成班，1 个月、8 天、64 个小时的课程就要去了我 300"大洋"，乖乖不得了，如果让我阴谋得逞那还值得，如果是竹篮子打水一场空那我就再也优哉游哉不起来了。

因为有个伟大的目的，有伟大的爱情的激励，我学习比哪一个同学都刻苦，没有废寝忘食，却也是分秒必争。只用了 4 天，后来的女生就粘上我"师姐师姐"地喊个不停让我教她，据说还是单身的男老师就停留在我身后看我噼噼啪啪地运指如飞。

结业时，我不但每分钟打字在 100 个以上，还对什么办公软件、QQ、论坛这些东西了如指掌。我从老师手中光荣地接过结业证书，老师说着"恭喜"的话捏住我的手不放，我甩脱他的手，飞快地跑回公司宿舍，边跑边流泪。

跑进宿舍，我把证书甩在桌子上，她们都围上来看，这时，她们才明白为什么每个周末都不见我的人影。但是，我为什么要学电脑呢？这是她们解不开的谜。

初试身手

拿到他的 QQ 号码还是让我费了点周折。我总不至于跑到他的跟前对他说:"把你的 QQ 号码告诉我,我要跟你网恋!"再怎么说,我还是女孩子,还是有些害羞的,我已经够大胆了,总还要有点顾忌吧。女生都不知道他的 QQ,只有男生知道,没有办法,我只好委屈自己,委屈地逮住一个机会把他的密友刘明叫到一边,委屈地跟刘明说:"请告诉我瑞瑞的 QQ 号码好吗?"

刘明的脑袋急转弯,一秒钟内如银河计算机思考了上亿次,最后还是不确定地问我:"你要他的 QQ 号干什么?"

我嘟了嘟嘴,撒娇地说:"你告诉我嘛。"

刘明对我不放心,"你不会拿去犯罪吧?"

"呸! 什么犯罪! 总之是好事。"当然是好事,白送一个白白胖胖的黄花大闺女给他,不是他的好事还是我的好事?

刘明好歹把瑞瑞的号码告诉了我,却不怀好意地要我亲他一下,在我也思考了一亿次后正犹犹豫豫地要凑上去亲他的时候,他吓得跳着躲开了,我就白白地得到了,耶!

第一次上网没经验,选的网吧条件很差,没有风扇热死了,又都是边上网边谈天吵死了,有的还把音箱调到最大量闹死了,我只上了一个小时就觉得烦死了,真不想上下去。不过,我有光荣的任务,怎能不坚持下去? 哪怕是面对闪闪的刺刀、轰轰的雷声我都能傲然而立!

一上网,我就打开 QQ,登录,然后查找他的号码,申请加他为好友。

他在线,没多久,就被他通过了,并且回头要求我加他。我当然顺水推舟啦。

"你怎么知道我的 QQ 号码?"没想到,他这么没情趣,第一句就问了我这个太普通的问题。

"网就是缘,有缘则相识,我当然能认识你。"这句富有诗情画意、深奥哲理的话我已经思考了一个月,千修百改,当然完美无缺,一鸣惊人。

"也许吧,"他不再追究,也在我的预料之中,"很高兴认识你。"

这句话好得出我意料,我立即也说:"我也是,很高兴认识你。为什么叫一片落叶呢?你的名字好怪。"

"怪吗?很普通的名字。"

"喜欢落叶的什么呢?"

"凄凉,叫人心疼。"

"为什么只一片?一叶不知秋,满林飞舞成风景。"

"一片秋叶无言地飘落胜过千片万片的吵闹。你呢,更怪的名字,邻家女子?天下还有如此名字的。"

"没有意义的名字,随手拈来。"

"可是,你却一下子泄露了你的性别,你是女生,是真的吗?"

"不是。网上的性别都是反向,女子就是男子。"

"不过,我还是觉得你是小女生。"

"为什么?"

"凭直觉。第六感。"

"男孩子也有第六感?"

"你又怎么知道我是男孩子?"

"直觉。第六感。"

":)"

":)"

"快乐吗?"

"快乐!你呢?"

"Yes!"

收网捕鱼

我当然快乐,事情的发展竟然是我想都不敢想的。像他这样的男生,竟然也会轻易地相信一个从未谋面的人,并且还说已经喜欢上她了。

第一次见他说喜欢我,虽然是在网上,我还是脸红了,好像他就在对面一个字一个字地对我说:"我——喜——欢——你!"

我喜欢你,不仅仅是喜欢,是爱你,深深地爱你。不是在今天,不是一天、两天,一年、两年了,甚至更久,也许就从出生的那天起,注定我就会爱上你。

可是,我敢让他爱上我吗?我敢接受他的喜欢吗?我越来越清醒。

每次,他问我在哪个城市,我都闪避不答。实在没有办法,只好告诉他在深圳。他就像个孩子,欢呼雀跃,"那我们在同一个城市!"

"是的,同一个城市。"我淡淡地说。

"你说我们会见面吗?"

我沉默了许久,"也许……会吧。"

"什么时候呢?"

"不久。"

"不久是什么时候呢?"

"比去年远点,比明年近点。"

"那就是今年了!下个月?这个月?明天!"

"去!"

去也不能推去,来的还得迎来。明日复明日,无数日之后,终于痛下决心,发去:"明天见!"那头发来满屏的笑脸,我却苦阴着脸。

我长的也还有一点点好看,我的心地很善良,我很敬业,我对什么都很认真，我还不是一个讨人厌的姑娘，总不至于让他马上心生厌恶吧？

周六的白天跟她们逛街，精神恍惚，买东西总拿错东西，明明是买内衣的却拿成了内裤，明明是买洗发液却拿了牙膏，我总被她们拉在身后，总被她们独自抛在店里，总是对她们的问题答非所问，总是无精打采懒洋洋。

"放弃吧！"这样的话我对自己说了100遍。只要见面，一定会穿帮，穿帮的后果我想我承担不起。那样，伤害的不但有我，还有他，而我不愿意看到他受伤害。

"我爱他吗？"爱！

"我能放弃他吗？"不能！

"放弃他我会后悔吗？"我会！

那么，我还有什么不能再见他的呢！

一冲动，我就一口气跑到公园的那棵古樟底下，就看到穿着蓝色运动鞋、蓝色袜子、蓝色牛仔裤、蓝色长袖衬衫，再背个蓝色书包的"痞子蔡"站在树下。

"你好。"我边喘气边跟他打了个招呼。

"你好。"可能是光线太好，他的眼很尖，他一眼就看到同样穿着咖啡色休闲鞋、咖啡色袜子、咖啡色小喇叭裤、咖啡色毛线衣，再背个咖啡色背包的"轻舞飞扬"又从天堂掉到了人间。他很聪明，立即就想到了，叫喊起来："你就是邻家女子？"

"是的，一片落叶！"

他的激动再也无法用言语表达，只是身子颤抖了几下，然后几乎扬起手要甩给我一个耳光，却又在离脸十万分之一的距离时无力地垂下，只是盯着我说了一句："你一直在骗我！"

掉转身，他走了，让他那有些可怜的背影在我的视线里慢慢地消失。

"我不是的……"再也看他不见，我蹲在地上，捧住脸，失声地哭泣、流泪。

意外收获

我以为我收网后会捞到一条大鱼,现在他是鱼,还是我是鱼?如果他是鱼,我用刺钩已经深深地刺伤他,他不会再理那个或许会疼爱他的渔夫。

他不是哗众取宠的男生,但也不是沉默寡言的,可是,他的欢声笑语从写字间消失了,而他的欢笑曾经使我们那么地迷恋。工作,工作,低头工作,一声不吭地工作。上班,下班,独自来,独自往。我多么想看到他的眼睛,哪怕是幽怨,是恨,是毒,可是我看不到,他不再看我,哪怕是眼的余光。

我安静了,不再蹦蹦跳跳,不再吵吵闹闹,不再谈男生,不再说快乐的事。我只是发呆,发呆,发呆……让心下沉到忏悔的底层,让痛苦吞噬我的灵魂。

如果可以,我愿回到没有网恋的日子,虽然那些虚幻的经历给了我欢乐、希冀、梦想甚至自尊。还可以退回到不认识他的时候。虽然不认识他对我来说这段打工的日子就将没有色彩,没有意义。但我愿他快乐,只愿他快乐。

可是,我没有机会了。

又一个周末,我推开了第一次进的那个网吧的茶色玻璃门。自第一次后,我就没再进过这个网吧,我嫌它嘈杂。

很巧,我又坐在了那个最角落的座位。打开 QQ,然后登录。

明知不会再有好友在线,我的 QQ 上就一直只有他,而他可能已经把我删除,我不再是他的好友。

可是,在无意中抬头一望,我竟然看到他就坐在我的对面。我惊慌,低下头,看到他的头一晃一晃的。

点击他的名字,看到一句,"你来了。"

"是的。"回答了这句话，我竟然一冲动就要流泪，眼睛被泪水模糊了，赶紧擦干净。

"我不知道为什么会认识你。"

"是缘吧。我曾经跟你说过的。"

"人为的。"

"缘份缘份，有缘有份，缘可遇，份却在人为。"

"可能是吧。我想问你，你一直在骗我？耍我？"

"不是！从开始就不是，到结束也不是，"我的泪水又模糊了双眼，但我仍然打字如飞，"我喜欢你，一直就喜欢你，但你并不知道。我不知道怎么向你表达，因为我是个女孩子，总得有一点点自尊，所以我选择了这个自认比较含蓄的方法。我知道你不会赞同这种不光明的手段，可是除此之外我就不知道还有什么更好的方法，使我能超过其他的女孩子。我希望你喜欢我，但事实上，你一直只是喜欢网上的我，而不喜欢网下的我。我错了，并且伤害了你，我只能说抱歉，对不起，没有办法可以弥补心灵的伤害。"明天，我将会辞职。从此之后，就把遗憾永远地留在我的心底，把伤害永远地留在他的心底。

那边沉默了很久，在我认为他不会再理我的时候，我准备关掉 QQ 起身离开，我又看到了他的消息，"为什么要说结束？"

"应该结束了。"其实，已经结束。

"可能，有些已经结束了，就像你说的对我的伤害。有些却要开始了，比如说，我对你的喜欢。"

……我的眼睛看花了？

"为什么不回答我？"

"回答你什么呢？"

"我喜欢你呀！笨女子。"他竟然站起来，对我说了，引得网吧的人都瞪着我们。

我迎着他明亮的眸子，深深地陶醉在他脉脉含情的眼神里。

24

我还是羞红了脸。

某天,当我挽着瑞瑞的胳膊走进公司,那帮男生女生狠命地揉眼球,眼膜都快掉地上了。看着他们滑稽的样子,我放肆地大笑。

点评:借别人之手,达到除掉仇敌之目的,杀人不见血是杀手的最高境界了。用此计向爱人求爱,既可借人,比如自己的好友,再比如爱人的好友;也可借物,借花求爱,借草示情。通过网络交谈,逐渐得到对方的真心在网上比较普遍。

邻家女子的"我"借助网络,以 QQ 聊天的形式,和化名"一片落叶"的瑞瑞网恋成功。网恋转移到网下之后,虽然瑞瑞感觉到欺骗,但怎奈她已俘获了他的心,他也只能笑纳她的真情。

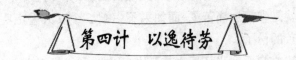

第四计　以逸待劳

我和我的五个情敌

原文： 困敌之势，不以战；损刚益柔。

译文： 迫使敌人处于困境之中，不一定要直接攻打，而是采取刚柔转化的道理使敌由强变弱。

A "你们烦不烦啊？"

张怀远是我们公司的帅哥，究竟帅到何种程度，无法用语言来形容，只能用 5 个人来形容了。这 5 个人我分别称之为小花、小红、小柳、小枝、小叶，因为她们都爱张怀远，5 抢 1 够气派吧？所以说，张怀远是很受女孩子欢迎的大帅哥。

对于小花小红她们 5 个人来说，爱上张怀远是痛苦的，因为爱情不是她们某一个与张怀远两个人的事，而是 5 个女人加 1 个男人 6 个人的事。于是，本来纯洁的爱情在她们的世界里变得混浊不清，浪漫的事也充满了刀光剑影。

这 5 人，本来分住在两个宿舍里，曾经是好姐妹，却因为一个男人而变得关系疏离，虽然每日里还见面，但互不说话，要不就是一个女人说昨天和张怀远怎么暧昧了，另一个女人也自言自语地说昨天和张怀远怎么勾搭了，最后说着说着就吵到一起来了。通常，两个女人的吵架会变成 5 个女人的，因为另外 3 个女人觉得张怀远自己也有一份,所以也加入进来,最后就会变成女人的世界大战。

被人爱上本来是件幸福的事情,但如果同时被两个女人爱上那就是幸福加痛苦了,而如果不幸被5个女人爱上呢? 那只有痛苦的份了。

我时常看到张怀远痛苦不堪,才被一个女人拉拉扯扯,好不容易挣脱,却又被另一个女人缠住了,又是一顿纠缠。张怀远几乎没有自己的私人空间,没有属于自己的活动时间,他的房间总是这个女人才走掉,那个女人又来了。"你们烦不烦啊?"张怀远大声呐喊,那些女人为之震惊,在稍稍安静之后,又继续她们的纠缠。

哎,没有办法,爱情就是这样,谁都以为缠住他的话他就逃不脱,却不知缠得最紧的那个最先被他烦。

🅱 "你不是要寻短见吗?"

我偷偷地跟踪张怀远有几个小时了,我看到他站在高高的大桥上,站了一会儿,然后伸展双臂,做着往下跳的样子。在这危急的一刻,我冲了过去,挡在他的面前,大声地喊着:"不要啊——"

张怀远把我从他的怀里推开,迷惑地问:"什么不要啊?"

我羞红了脸,他的怀抱很温暖,但只让我呆了不到一分钟。我说:"你不是要寻短见吗?"

张怀远生气地说:"谁说我要寻短见了?"

"我看你的样子就像要跳河,我知道你最近很烦,被几个女人纠缠。"

"呸,我才不会跳河!"顿了顿,他又说,"那几个女人怎么那样子呢? 公司里好男人多的是,为什么都要缠着我呢?"

"因为你太帅了啊。"我偷偷地瞄他,他确实帅,帅到我此刻心旌摇曳。

"帅难道是我的错吗？"

帅本来没有错，但帅到一群女子为之争风吃醋就有错了，就像美貌的女人一样，谁说貂蝉没有错？但这样的话我不能说，我知道张怀远会很反感的。我说："帅不是你的错，只是那几个女孩子太离谱了。"

张怀远见我支持他，就把对小花小红她们几个的愤慨流露到脸上，发泄到嘴上，絮絮叨叨地说了半个钟头。

我始终"唔唔"地同意他的说法，在他激愤之处还义愤填膺地举起手喊几句口号："她们不应该！"

张怀远把我奉为知音。我说："你就认我做妹妹吧。"

张怀远点头称是。

✑ "我才不趟你们的浑水"

最先知道我已成为张怀远干妹妹的是小红。

这天，小红把我堵住说："罗曼，你不赖啊，什么时候竟然攀上张怀远做了他的妹妹！"

我装聋作哑，"哪有这事？"

小红气愤地说："张怀远亲口对我说的，你还想抵赖？"

见不能欺骗了，我痛快地承认说："是的！但这对你有什么影响吗？"

小红说："怎么没有影响？我们本来是 5 个，现在把你加进来就变成了 6 个。6 个……"

我打断她的话说："小红姐，你别乱弹琴，我和张怀远只是兄妹关系。我有自知之明，论相貌，论才华都不及你们 5 人，我才不趟你们的浑水。何况，我和张怀远关系近些，对你也有好处啊。"

小红不相信地问："我有什么好处？"

"我可以为你和他充当红娘的角色，如果你要约他，可以让

第四计 以逸待劳：我和我的五个情敌

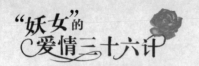

我转告他,你要送什么礼品给他,我也可以代为转交。"

"你说真的吗?"小红一脸的惊喜。

为了让小红相信我说的话,我答应马上替她约会张怀远。

我把小红约他出去玩的话转告给了张怀远,张怀远对我极度地不满,我难过地说:"没有办法啊,在一个部门工作我得处理好人际关系。你不去赴约她会怪罪我的,但你和她是不欢而散还是把手言欢还不是全凭你掌握?"

张怀远和小红的约会自然是不欢而散,他只是敷衍着她。小红通过这次约会没有得到一点儿好处,却对我心怀感激,对我不再设防,有什么事情都跟我商量。

第二个知道我做了张怀远干妹妹的是小枝。

小枝同样地说了一些讽刺的话,在我解释之后喜笑颜开,也让我扮演红娘的角色,为她传递情物给张怀远。

我拿着小枝的礼品,苦笑地对张怀远说:"没办法,小枝一定要我送到。"

张怀远看都不看小枝的东西,就扔在了柜子里。然后,他拉我出去滑冰。

等我滑冰回来,小枝问我东西送到没有,我据实告诉她说,张怀远收到了东西但没拆看。

小枝深感痛苦,却证实了我是真心帮她的,从此待我如闺中密友。

之后,我又帮了小叶小花小柳的忙,或者是传递信物,或者是约张怀远。她们都没有达到自己的目的,但都待我如闺中密友。

🕯 "原来你是早就有企图"

成为小红她们的闺中密友之后,一方面她们让我继续在中间扮演红娘的角色,另一方面又让我充当间谍,为她们传递情敌的情报。

晚上,小红把自己打扮得花枝招展。因为小红听我说,张怀远晚上要去电影院看电影,她准备在电影院门口等到他,然后和他一起看电影。她想,她和他在电影院里肯定能度过一个美妙的夜晚。

小红刚走,我把这消息又分别告诉了小枝、小叶、小花、小柳4人,这也是她们要求我做的,我必须把对方的消息及时地报告给她们。她们4人也都打扮得花枝招展,去等张怀远了。

半个钟头不到,小红最先回来了,我问她事情办得顺利不顺利。

小红生气地说:"一肚子的气!我本来等到张怀远了,没想到,她们几个也来了,张怀远一见到她们就撒腿跑掉了。"

陆续地,小枝4人都回来了,都跟我说她们有气,是其他人让自己的好事泡了汤。

第二天,张怀远见到我更加地生气,他说:"你搞什么鬼,我去看电影怎么她们都知道?"

我苦笑地说:"是我搞的鬼,我也没有办法,她们逼着我这么做的。"

"你就不能不做吗?"

"除非她们死了心。"

"她们怎样才会死心?"

"办法只有一个,除非你已经有了女朋友。"

"见鬼!我哪里来的女朋友?"

"难道你就不能找人顶替吗?"

"找谁?"

"远在天边,近在眼前。"

"你????"张怀远的脑子打了100个问号之后,若有所悟地说,"原来你早就有企图的,你认我做什么干哥哥,只是为了接近我是不是?"

我老老实实地向他坦白了。我也像小红她们5人一样是他

31

的爱慕者追求者,只不过我比她们聪明一点点,应该说是明智一点点,没有像她们那样对他死缠硬磨,让他烦。

我威胁张怀远说:"除非你能很快找到一个像我这么爱你呵护你却又不让你烦的女朋友,否则你永远不会有平静温馨的日子过。"

张怀远考虑良久,可能被我的威胁镇住了,也可能是被我描述的美好前景给击中了,就答应了我的要求。

见我莫名其妙地就成了张怀远的女朋友,小红气急败坏地说:"罗曼,你太阴了。"

我说:"不是我阴,我也是为你着想,反正你是得不到张怀远的,也不想让他投进情敌的怀抱,不如让你的好友得到,你也能分享我的快乐,不是吗?"

小红思索良久,自知对张怀远无望,也只能赞同我的说法:"对,就是不能让她们得到! 宁愿你得到!"

同样找我算账的小花小柳小枝小叶,都说着同样的话。

爱情的战争结了局,虽不是皆大欢喜,但都从此不用悲伤,可以平静地过日子了。

点评: 此计是在面对强敌之际,我方以守为攻,养精蓄锐,充分调动敌方,把敌方弄得筋疲力尽,从而打垮敌人。情场上,情敌可能来势凶猛,如与其强硬交锋,即使胜利也会大受折损。不如任其胡作非为,我只笑而不动。待其疲劳不堪、丧失信心之时我再手到擒来。

"我"在和5个情敌竞争的时候,并没有挑和到她们里面互相干架,而只是反其道而行之,非常的团结她们,使她们错把敌人当朋友。5个情敌干架干得非常的疲惫,只有"我"轻松地得到了张怀远。

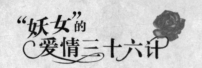

第五计　趁火打劫

让我做你的妹妹好吗？

原文：敌之害大，就势取利，刚决柔也。

译文：敌方出现危难的时候，就要乘机出击夺取胜利。这是强者利用优势，把握战机，制服弱者的策略。

A 表白

我跟杂志社的女同事们说，我爱上了谢胜春，她们都对我嗤之以鼻，"该不会是单恋吧？"她们挑逗我，"有种的话就去向他表白。"

表白就表白！怕什么！我欢快地跑到他的面前，狗尾辫在脑袋后一摇一晃，重重地敲一下他的桌子，迫使他抬起头来望着我，"嗨，有个人让我转告你，她爱上了你！"

他一脸的茫然，直觉地反问："是谁？"

"就是本小姐！"我大声地说，让我的同事们都听得清清楚楚。我转过头去，看到他们都瞪着我，脸上写满了兴奋和钦佩。

"开玩笑！"谢胜春不屑地丢了我一个白眼，低下头继续看他的稿子。

"我是说真的！"我急急地说，可是，任由我再怎么跟他表白，他都不再理睬我。我在他的桌子上狂敲，他就换张桌子；我在他的身旁跳舞,他就双手抱起头,显然沉醉在稿件中。

"没招了吧?!"我回到同事中间,他们都取笑我,其中一个还拿一只布做的丑小鸭的说奖赏给我,实则在讥刺我不自量力。

"这算什么!"我一屁股坐到了桌上,手舞足蹈,没羞耻地宣讲,"如果一出兵他就投降了,那一定也不是什么好货。一鼓作气,再而衰,三而竭,在我的再三攻击下,他迟早会乖乖地向我求饶,对我说'求求你,放过我吧,我已经爱上你了'。"他的可怜的样子被我模仿得惟妙惟肖,逗得同事们哇哇大叫。

我认定了一个"盯"字,盯着他,狠狠地盯着,不管他走到哪里,我都跟到哪里。

中午,他上食堂打饭,我就站在他的身后,讨好地对他说:"今天中午的鸡翅膀不错,你也来一个吧。"他冷冷地回答说:"我不喜欢吃鸡翅膀。"

午饭后,他要去体育馆打篮球,我请求为他捧球,说:"去体育馆路远着呢,我帮你捧着。"他看也不看我,迈开步子朝前走,我只得跑步跟着他。

猜到他快打完球的时候,我帮他拿起衣服,我喜欢闻他衣服上淡淡的体香夹杂汗味,他一把夺了过去,让他的朋友都放肆地大笑,而我讪讪地笑。

他们去酒店喝酒,我就坐在包厢的另一角,看着他们摩拳擦掌。他的朋友心肠好,叫我也过去吃些菜,我跳将过去,拿起酒瓶就往他的杯里灌,他不做声把酒杯拿开了,酒都洒在了桌上。

他回到宿舍,一下子就进了门去,门"砰"地一声关上了,把我关在门外。我使劲地推了推,怎么也推不开。我就下了楼,在楼下大喊大叫:"谢胜春,我爱你!"

整栋楼的人都探出头来看热闹,年老的摇头,年少的不知所以然,年轻的鼓掌。我就站在楼下一直叫喊"谢胜春,我爱你",这句话越叫越顺口,还有韵味,我像背绕口令一样,越说越快,越喊越没完。

他终于打开窗子,伸出个头来,扔了句:"叫什么叫,我就是爱一万个人后也不会爱你!"又关上了窗户。

之后,他再也没有打开过窗户,大概他估计我的能量有限,嗓子迟早会嘶哑的。最后,我真地嘶哑着嗓子,灰溜溜地走了。

机遇

总编在编务会上宣布,为了紧跟时代潮流,提高刊物竞争能力,增强编辑素质,决定杂志社采用电脑办公,要求全体编辑用电脑约稿、阅稿和交稿,并且限定所有懂电脑的和不懂电脑的,都必须在一个月以后熟练地使用电脑。总编讲完之后,侧着头问我:"有困难吗?"我声音宏亮地答道:"没有!"

杂志社开工资的速度奇慢,而这次买电脑速度特快,没几天,就购进了全新的手提电脑,每个人发了一台。最高兴的是我了,这让我不必再去网吧忍受那种嘈杂,在这里既有空调,又有茶水,还是全免费服务的,上班的时候也可以上网跟网络 GG 聊天了。我乐得不得了。

可是,我扫视了一圈,发现像我这样快乐的人却不多,大家差不多都是愁眉苦脸,随便拉上一个问,就说是不会弄,开机都不会。总编过来巡视,走到谢胜春的面前,问他:"你会吗?"他懒洋洋地答:"会。"却低声下气地请求总编:"可不可以多几个月后再用电脑呢?"总编干净利落地拒绝了,并且威胁地说:"谁都得用,到时候还不会的,就辞退。"我看到他听见这句话几乎要跳起来,全身发着抖。

第二天开始,就有人去外面的电脑学校进修,不过,又都回来诉苦说那些学校太破,收费高,上机实习的时间又少,老师还是技校毕业生,懂的也只是皮毛,他们学习了几天,就只会开机关机,开了机后望着显示屏上的蓝天白云发呆。谢胜春本来也想到外面去学习的,听到这么一说打了退堂鼓。

同事李欣发现我没有说话,很奇怪,就向我这边探视,发现我在上网聊天,手指劈劈啪啪地在键盘上飞舞,眼睛一眨不眨。她就问我:"小于,你一分钟打多少字?"

"不多,120!"我回头看她,手还能打字,继续跟 GG 打情骂俏。

"天哪!"她几乎要昏倒。我心底窃喜,早知道她就会这样子。"小谢,你不如跟着小于学吧。"她提议说。

李欣的提议得到了大家的一致赞同,他们都鼓动他跟我学。我匆匆地给网络 GG 发句"886",就下线,瞪着他。他赶紧收拾起脸上的羡慕,露出慌慌张张的神色。

"跟我学?可以呀!"我答应了。

同事欢呼起来。他也高兴了。他一定觉得我这人不错,不计前嫌,在他落难的时候还肯帮助他。他的脸上写满了歉意。

"不过,我有个条件,"落井下石、趁火打劫的事我可没少做,现在有机会怎么会不利用?"我要做你的女朋友。"

他没想到是这条件,发愣之后想拂袖而去。我赶紧拉住他,"不做女朋友,做你妹妹可以吗?反正你已经有了一个妹妹,也不在乎再多一个。"

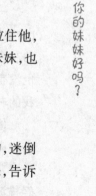

日久生情

你不会想到,他这人虽然外表看起来帅帅的、酷酷的,迷倒少女,但却笨得要死,让他背的字根他几天了还没背下来,告诉他五个手指都要归位,他还是东倒一个西歪一个。

"不学了!"他生气了,生气的时候就只会说这一句话。话说了之后,就把键盘推进桌子里,倒在椅子上怡然自得。

"别生气!别生气!"我赶忙把键盘又拉了出来,和和气气地劝着他,还给他泡了一杯茶。真不知道我是来做他老师的,还是

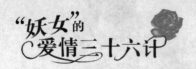

来侍候他的。

好在我的这种迁就得到了他的注意,他感动地对我说:"于倩,想不到你的脾气有这么好。"

"是吗? 我的脾气很好吗?"我很谦虚的样子,"既然我的脾气好,那么你为什么不喜欢我呢?"我还是不忘我的目的,现在是他高兴的时候,问这个想必他不会生气。

"你懂爱情吗? 不是因为你脾气好,我就会爱你的。"

"那么,你理想的爱情是什么呢?"

"一见钟情。"

我懂了,怪不得他一直不肯喜欢我,原来他也是个没长大的小男生,还在做什么"一见钟情"的梦。也难怪,我没有长一张明星的脸,有时候还有点泼,他怎么会对我一见钟情呢? 不过,我可以让他对我"日久生情"呀。

下午的时候,我让他陪我去上街。我现在得充分利用我这老师的权力,时时刻刻把他叫在身边,他也不得不从。

一直都是这样子:我走在他的左边,他走在我的右边。每次,他乱了位置,走到我的左边了,我就绕过他的身子,再走到他的左边。虽然我这样子,在他的身边转来转去摆迷魂阵一般,他也没有注意到什么。直到我转得头晕脑胀了,我大喊着:"你走我的右边好不好?"

他停下来望着我,丈二和尚摸不着头脑,"为什么要走你的右边呢?"

"这样子,车子都从我的身旁经过,而你就没有危险了。"我轻描淡写地说。

他顺着我的思路去想,很快弄明白了。感动写上了他的脸庞,他却不对我说动情的话,我知道他怕再次点燃我的激情。他只是顺从地走在我的右边。

我的心底乐开了花,我在笑,"这孩子,心眼就这么实。他怎么也没想到,我这是从杂志上学来的。其实,哪会有那么多的危险呢?"

一辈子的左边

一个月后,他顺利地出师了。在前一天晚上,我幽幽地对他说:"你以后再也不需要我了。"

第二天,我请客,为他举行盛大的"出师宴会",请了全体同事在酒店吃饭。

席间,李欣问我:"小于,你们现在怎么样了?"

"师徒、哥妹呗。"我低头使劲地吃,借吃来麻痹自己。

"没有更深的吗?"

"你让他说。"随他怎么说,反正我不在乎。

他坐在我的身旁,没想到他没有对大家说,却俯下身子凑在我的耳边说:"以后,让我走你的左边好吗?"

我的心头狂喜,却不动声色地故意问他:"你说什么呀? 我听不清。"

他就大声地说,像在向世人宣布,"我说,我要一辈子走在你的左边!"

同事都瞪着我们,听不懂我们的话。这是我们两人的秘密,只有我们懂。我们会心一笑,深情凝望。

点评: 趁火打劫在生活中为人不齿,在爱情中也要掌握火候。既要及时地发现火源,了解到对方的困难,又要把握住火势,在对方困难的时候进行"打劫"。但善要用在善处,免得弄巧成拙,反致引火烧身。

于倩趁着单位普及电脑,而谢胜春却不会电脑,只能拜她为师的机会,以做他的妹妹为要挟,长期与他相随,逐渐获得了他的真心,可谓"劫"得两手满满。

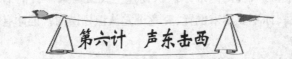

第六计　声东击西

爱情向左，爱情向右

原文：敌志乱萃，不虞，坤下兑上之象，利其不自主而攻之。

译文：敌方很混乱，对所发生的事情失去了判断力，这是溃败的象征。此时应当利用其不能自主的机会消灭它。

🅐 情敌赵玉环

人生最痛苦的事情，莫过于有个情敌，这个情敌还是赵玉环。

都怪我自己，引火烧身。暗恋上杨谨后，为了向好友们炫耀自己的眼光高，就连暗恋的对象都那么高档次，我向赵玉环介绍了杨谨。没料到，赵玉环第一次和杨谨见面就打得火热，把我晾在一边。第二天，赵玉环又背着我私下约会了杨谨。杨谨像只偷腥的猫，在赵玉环凌厉的攻势下节节败退，几乎就要退到底线，从此走出我的视线，投进赵玉环的怀抱了。气得我再也不顾羞涩，抛去三个月以来的暗恋，向杨谨做了最大胆的表白。也不知杨谨是心里没有我，还是心里已经有了赵玉环，反正他对我火辣辣的表白只说了一句："莫名其妙！"

莫名其妙的不知道是谁。我正要找赵玉环算账，她却主动找上门来。大概她听到了什么风声，还是她的鼻子够长，她气势汹汹地责问我:"你凭什么约会杨谨?"

凭什么? 我气得花枝乱颤。要不是我一时得意忘形,介绍羊给狼认识,否则何来你认识杨谨? 我又何来今日的痛苦? 我说:"喂,你不要本末倒置,究竟谁先认识杨谨的? 谁才有资格约会他?"

"谁先认识和谁后认识跟爱情有关吗?"赵玉环也不甘示弱。

我们两个像八婆一样争论不休,争得面红耳赤,却还是谁也说服不了谁。于是,我们去找杨谨评理,希望他给自己一个说法。

我和赵玉环两个在杨谨的面前手舞足蹈,你一句我一句,争着抢着说,你推我我拉你,像演戏一样。杨谨听了半天,也没听明白,他迷糊地问:"你俩在说什么?"

"我说我们都爱你!"我们两个说。

"胡说八道!"杨谨生气地走了。

这个生起气来就用四字成语骂人的男孩子,却是我和赵玉环的最爱。虽然他走了,但我和赵玉环的战争还没有结束,我们两个继续干架一个小时,直到双方累得舌头抬不起来,嘴巴再也张不开,才停止。

B "高烧"之后

我把辞职报告交给了我的老板,老板非常地不解。她说:"你是不是最近发高烧把脑子烧坏了? 你干得好好的,大家都对你不错,薪水也不低,而且下个月你就有机会晋升,为什么要辞职呢?"

我说因为我个人的问题所以想辞职,想象能力丰富的老板马上就联系到了我的爱情和婚姻。老板 18 岁就谈恋爱,20 岁刚过就结了婚,不到 21 岁生子,所以 24 岁的我在她的眼里已经是老姑娘了,即使花容月貌也愁嫁。她说:"你现在是白领,嫁人也有条件,如果没有了工作,好吃懒做不是更嫁不出去吗?"

我呸! 我怎么会嫁不出去?

辞掉工作后,我马上就去老妈的批发店帮忙。老妈很喜欢,我在读大学的时候她就说过,要我毕业后给她帮忙。但是,我辞了份不错的工作,她也多少有些想不明白。

我跟着老妈做生意,坐长途货车去外地进货,拉回来的货再批发给代理商。这样奋战了一个月,我变得黑黝黝的,皮肤粗糙,整整瘦了一圈。

赵玉环来看我,都不敢认我了。她把眼睛揉了又揉,不无怀疑地问:"是你吗? 李琴琴!"

"不是我是谁!"我故意边搬着货边跟她说话,让她看起来我非常地忙碌。

"即使杨谨不要你,你也不需要这么糟蹋自己啊。"她感慨地说,不知是在可怜,还是幸灾乐祸。我想,后者居多。

"什么杨谨! 我已经忘了那个人,现在我的全副心思都放在事业上,我要把我的批发店开成全城最大的批发店,我要赚到一千万。事业不成,就不成家!"

我的豪言壮语打动了赵玉环,意气风发的样子她看在心里,再加之我老妈添油加醋,把我拼命三郎的精神好好地形容了一番,她完全相信我已经变成事业型女子了。赵玉环认为,我赚1000 万是不可能的,而我既然打算赚不到 1000 万就不结婚,我这辈子肯定要打单身的。当然,我单身首先就对她赵玉环有好处,她就灭了我这个情敌。

情敌的关系不存在的了,赵玉环对我的态度也来了个 180度的大转变。在路上遇到了,再不把我视若空气,而是跟我热情地打招呼。有时候,她到我店里来玩,给我带些吃的。

我也装作知心朋友的样子,跟赵玉环谈心。好像很关心她的样子,了解她和杨谨的进展。让她泄气的是,虽然没有我做情敌,她也对他无计可施。"可能,他并不爱我。"有时候她就感慨地说,说她错把我认做了情敌。我只是笑,不语。

如假包换的美女

我是在路上遇到杨谨的,那时候我刚跟一个客户喝了酒从酒吧里出来。

我叫了一声杨谨的名字,他愣愣地看着我半天也没说出一句话。

我说:"喂,对美女也不需要表现这么失魂落魄!"

杨谨才说话:"李琴琴,真的是你吗?"

"如假包换的大美女李琴琴!"

"我只能从你讲话的语气判定你还是李琴琴。你最近是不是去了一趟非洲?"

"怎么啦?"

"我怎么看都觉得你像'黑鬼'。"

他带头哈哈大笑,我跟着他笑。我并没有生气,心爱的人怎么说话都不会使人生气。

我把最近的事情跟他说了,正如我预料的,杨谨对我大为赞赏。他是惟一的一个对我辞了白领工作做小生意没有说可惜的人,他对我的雄心壮志表示非常佩服。我知道的,杨谨也是事业型的男子,最看得起有事业心的女子。

我问杨谨:"五·一的时候有没有时间陪我去一趟丰镇?"

杨谨说:"干嘛,去旅游吗? 丰镇是农村,好像没有什么好看的。"

"不是。有个客户欠了我一笔款子,钱也不还也不来进货,估计是想赖了。我想去把钱收上来。"

"要我陪你去讨债?"

"是的。"

杨谨故意跟我讨价还价,要了一大堆好处。其实他很乐意去的,因为讨债这件他从未做过的新鲜事他觉得很刺激,乐意尝试一下。

投怀送抱

　　去丰镇的那天,我把自己打扮得花枝招展,"花枝"和"招展"的程度就连杨谨都表示了惊讶:"李琴琴,你做生意每天都把自己打扮这么漂亮吗?"

　　我说:"是啊。"

　　"现在我怀疑你是不是以色相诱惑客户了。"

　　"去你的!"

　　女为悦己者容,他这都不懂。

　　丰镇的路崎岖不平,好在有杨谨陪着说话,我才觉得不那么难受。汽车一个颠簸,我把持不住,顺势倒进了杨谨的怀里,杨谨一把将我推开,说:"喂,有你这么投怀送抱的吗?"满车的人都瞪着我,我羞红了脸。

　　到了丰镇,辛辛苦苦地问了很多人,才找到客户张三的家。张三一直都对我老妈吹嘘自己在丰镇的知名度是多么地高,原来也是个小人物。

　　张三一见到我,就想从后门溜走,我叫住了他:"溜什么溜?溜了就找不到你吗?"

　　"我用得着溜吗? 我只不过想方便一下。"张三折了回来。

　　我把来意说明了,让张三马上把钱给付了。这时候,刚好有人来买东西,张三借故要接待顾客,把我和杨谨晾在一边。

　　要不是杨谨发火,张三会把我们晾上一整天的。没想到,杨谨他会发火,还是那么大的怒火,他说:"你想干什么?"

　　"你想干什么?"老板也这么喊,但声音没有杨谨的那么高。毕竟是理亏,声高不起来。

好话坏话都说了一大篓,该使的手段也都使了,张三说要喊什么黑社会的人来收拾我,我也说要喊黑社会的收拾他,干了半天的口水仗,张三还是把款子付给我了。

临走之时,张三恨恨地、鄙视地说:"从来没见过你这样的女人!"

"我这女人怎么啦?"回家的路上,我一遍又一遍地跟杨谨说,泪眼汪汪。

杨谨觉得我可怜,在回家的车上,即使我一次又一次地投怀送抱,他也不再吝啬怀抱,而任由我依靠。

Ｅ 杨谨的肩膀

我和杨谨结婚已经是半年后的事情了。半年的时间不长不短,但足够我和杨谨完成从相互了解到相爱到打结婚证的过程。

杨谨说他是因为同情我,才开始用公平的眼光看待我,才发现我除了女人味之外还有男人味,而这种味道他更欣赏。当然,他希望在我表现女人脆弱的时候把他的肩膀给我依靠,我非常需要这种依靠的,和他第一次一起出差已经证明了。之后,我们一起出差很多次,他一次一次地向我免费提供他的怀抱,并且由被动变为主动。

能够被心爱的人认识是幸福的。

只有赵玉环,她在第一次亲眼目睹我和杨谨手拉手的时候怎么也不愿相信,拼命地去要掰开我们,在没有力量办到的情况下,她抱着杨谨哭着说:"你不会牵她的手的是不是?你告诉我你不会的好吗?"可惜,杨谨把她的话当做了耳边风。

赵玉环参加了我们的婚礼。那时候她才领悟地说:"琴琴,你对我用了计是不是?我中了你的圈套。"不过,她没有那么恨我了。因为她在伤心的时候也投进了别人的怀抱,而这个"别人"听说也非常地不错,不比杨谨差。

点评：摆的是迷魂阵，做的是实在事。"东"是虚张声势，"西"才是我方的目的所在。如果硬打硬拼不如对方，不如转移对方的视线，做些诡事。情敌可能会张大眼睛瞪着你，你和心上人的一举一动都逃不脱他(她)的眼睛，此时不如故意放弃，去做些别的事情，让他(她)掉以轻心。心上人也可能并不对你怎么有好感，不如先不和他(她)谈情说爱，只是和他(她)谈谈心、做做事，增加你在他心中的好感，再顺水推舟成就美事。

"我"抢不过赵玉环，就借故发展事业；走出了赵玉环的视线。实质上，"我"在发展事业的过程中加大了和杨谨交往的力度。声的是"东"，发展事业，击的却是"西"，抢夺情人。即使和杨谨，"我"也并没有直接说明恋爱的目的，而是和他出出差，搞搞事业，就达到了目的，同样是"声东击西"。

第七计 无中生有

计赚老大

原文：诳也，非诳也，实其所诳也。少阴，太阴，太阳。

译文：拿假象来欺骗敌人，但不是一假到底，而是巧妙地由假变真，由虚变实。也就是开始是小假象，然后是大假象，最后假象变成了真象。

我们的老大

我们叫子安第一声"老大"的时候，子安那年才五岁多点，还没上幼儿园。我比子安略小一点。

我还记得，那天，我们五六个都没上学的小孩子从大人那里学来了一句粗话："老大老大，屁股开叉"，我们爱得不得了。我们互相称呼对方"老大"，然后再骂对方一句"屁股开叉"，就让我们乐得不得了。

我们学会这句粗话的时候恰逢子安到他外婆家去了，所以，他没有机会同我们一起学到。等他回到家里的时候，我们这些长了见识的孩子就想找个乐子，戏弄子安一番。最调皮的那个男孩子，他叫王小林，王小林陡然就叫了子安一声"老大"，他还半躬着身子，毕恭毕敬的样子，和电视里那些走卒恭迎黑社会老大的架势差不多。

49

子安愣了一下,他做梦都想不到一向凭着身材(比他高,比他胖)和年纪(比他大半岁)优势欺负他的王小林会喊他"老大"。不过,既然王小林喊了他"老大",他也不管是好是坏,就硬着头皮答应了一声"嗯"。

"老大老大,屁股开叉!"在得到子安的一声答应之后,王小林马上就套用了这句话,紧跟着所有的小孩子不分男女都跟着狂喊乱叫。

子安没料到王小林称呼他"老大"就是为了说他的坏话,他的脸马上涨红了,又恼又气地。不过,子安打不过王小林,他不能对王小林怎样,也不能对其他的男孩子怎样。他只敢用眼珠子瞪着我,希望能够吓住我不瞎搀和。而我看到他这样偏偏叫得越起劲,还私自加进了他的名字:"崔子安,老大老大,屁股开叉"。我想他对我是多么地恼火,他的恼火让我感到多么地快乐。

从此,子安就成了我们的"老大",而他的屁股每天都得"开叉"无数次。

🅱 "老大老大,屁股开叉"

让我们深感意外的是,我们的玩笑之语使子安的屁股有一天还真的"开叉"了。不过,他的屁股开叉却只是让王小林他们高兴,我一点也不高兴了,甚至还有些为子安难过。

前一天,爸爸从省城里回来,带回一个风筝。这一天,天气不错,风力很足,我邀请了伙伴们一起去山坡上放风筝。王小林他们说不出有多高兴,以前他们放的风筝都是自己糊的,没有哪一个有我爸爸买的这个漂亮。王小林一直喊要帮我拿风筝,我不答应他,一路都把风筝紧紧地搂在怀里。我注意到了,子安虽然也跟我们在一起,他却是跟在我们后面,慢吞吞地。因为这段时间我们笑他屁股开叉笑得更厉害,他怕跟我们在一起,不过,他还是抵抗不了一只漂亮的风筝的诱惑。

那天,放风筝让我们都很开心,我们都忘记说子安屁股开叉了,子安也跟我们在一起又跑又叫地。我都跑得出汗,汗从额头上往下流。我就掏出一块手帕来擦汗。

所有的不幸都是由那块手帕引起的。因为我不小心,手帕就被风吹走了,一路飘摇着,最后挂在一棵大树的枝头。我就尖着嗓子叫王小林他们过来帮我从树上取下手帕,而王小林他们玩得正起劲,根本不理我。

这时候,子安在我的身边,他没说话,卷起衣袖,在手心吐点口水,就爬上了大树。我看着子安爬树,心想,等子安帮我取下了手帕,我就去把风筝夺回来,只给他一人放,再也不给王小林他们放了。

没想到,子安取了手帕往下退的时候,他失了一脚,突然就从树上掉下,摔个四脚朝天,疼得他在地上直喊"哎哟"。

子安被送进了医院,从医院回来后,我们都知道子安的屁股开了叉,缝了 8 针。

这下子,王小林他们喊他"老大老大,屁股开叉"喊得更疯了。他们经常溜到子安家的窗下,叫嚷着这句话。

我也每天都去子安家,不过,我再也不喊老大屁股开叉的话,我只是问子安还疼吗,然后,整天里就陪着他玩,使他整天地都趴在床上也不觉得太寂寞。

老大成了同事

在我 6 岁的时候,也就是子安屁股开叉的第二年,我家就从乡下搬到了省城。最初几年我还每年回家乡一次,后来,爷爷奶奶过世,我们全家就很少再回去了,高中三年我没有回去过一次。

在省城的日子,我非常怀念子安。有时候,我想起我们喊他"老大",喊他"屁股开叉",我就会忍不住笑出声来,包括我后来上了学,一路读到了大学,我都会记起这句粗话。我想,现在我们如果还喊他"屁股开叉",不知道他会是什么样子,肯定很有意思。

直到那天,我在单位里意外地遇到了子安,问他,原来他已经是我的新同事。我大学毕业后分在事业单位,工作不到半年就跳了出来,换到这家外资企业,在办公室工作。子安几乎也是跟我一样的经历,不过,他却是从一家国企进了这家外企。

我们是多么地高兴,深感缘分不浅,茫茫人海之中竟然还能相遇。我更加地高兴,遇上了最想相遇的人,而且,几年不见,现在的子安再也不是孱弱可欺的子安,如今的他变得高高大大,帅气杂着灵气,有点傻,傻得可爱,跟他同事几天后,我就深深地爱上了他。

可是,我怎么跟他说呢?总不至于直勾勾地就对他坦白说:"崔子安,我爱你!"这话也太不够含蓄,虽然我有点泼,但也是女孩子呀。

青梅竹马

最初,我跟办公室所有的女同事说我和子安是青梅竹马,她们都不相信我,说从来没听我讲过。我不得不把我和子安所有童年发生的故事讲述一遍,重点是添油加醋地讲述他为了我而摔得屁股开叉,使她们眼界大开。

她们惊讶地问我:"真的吗?5岁的孩子就有这种义气?"

我敲着桌子纠正她们的错误,"同志,这不是义气,是他出于对我的爱,发自内心的爱,童年的朦胧的爱情。"

"童年的爱?哈哈哈哈!!"

我又跟他们讲,子安初中就给我写情书。她们恍然大悟,怪不得子安的文章写得那么好,原来是写情书练成的。其实,我在初中时给子安写了几封信,都是央求他从家乡给我捎吃的玩的,子安每次都是在包裹里给我顺带捎几句问候的话,其他就无只言片语了。

这样子,我的同事们都相信我和子安既是青梅竹马,也一直相爱着,我们现在是走到一起来了,迟早会相守一生的。

子安回到办公室,她们就叫嚷着让子安请客,恭喜他遇上了青梅竹马的恋人,还要他坦白他的旧情史,弄得子安丈二和尚摸不着头脑。"怡怡都交待了。"子安糊涂地问我交待了什么,我故作为难的样子,让同事们都以为子安在胁迫我,不让我讲真话,她们说他不老实。

下班的时候,我掏出镜子、化妆品来精心地梳妆打扮。同事问我是不是跟子安有约会,我借口在涂唇膏,"唔唔"地含糊着应过去了。她们以为我和子安真的约会了,第二天上班,就取笑子安昨天过得开不开心。一而再,再而三,子安终于明白了我的伎俩,同事这样问的时候他就恨恨地瞪着我。

我背地总是笑,哈哈,现在这样子,你休想在公司里泡妹子了! 除了我。

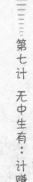

E 曲线感化

我知道,子安的爸爸去世得较早,是他的妈妈含辛茹苦地把他养育大,所以,子安历来很听妈妈的话,也很孝顺妈妈,他上班的第二个月起,就在外租房子住,把妈妈也接过来了。

打听到子安的住处,我去拜访他的妈妈,特意选择了子安不在家的时候。

他妈妈见到我也很高兴,毕竟我们两家交情不薄,何况我妈妈跟他妈妈"亲家亲家"的叫过一段时间,要不是很久不见面了,她们现在也会这么叫呢。

我给她老人家买了些礼物,使她很高兴。最让她高兴的是,我穿得漂漂亮亮(我从来没有穿过这么漂亮),人长得高挑苗条好看,直看得她老人家眼睛发亮,说:"几年不见怡怡变成了大美人。"

陪着大娘聊天,东转西转之后终于转到我想聊的正题上。她老人家问起我有没有谈男朋友,我严肃地告诉她尚未,并且是一直没有谈过。她不相信地说怎么可能,我这样的好姑娘应该很抢手的。我说都是我太认真,想找个老实、靠得住的人。

我问大娘子安有没有谈女朋友。"没有。谁会看得上他呢?"大娘谦虚地说,其实她清楚她的儿子找个女朋友不成问题,只是他的眼光可能有些高。

"其实,子安不错,学问好,人又老实。"我真诚地说。我这么一说,大娘看我的眼光就有些异样了,"你说,他人老实是优点吗?""那当然!""可是,姑娘家喜欢吗?""当然喜欢!老实的人靠得住。"

大娘听我这么一说,简直是心花怒放。"不过,为什么没有女孩子喜欢他呢?"她还是有些担心。

"没有呀!有女孩子追求过他。不过,一个女孩子虽然家境好,却高傲得要死,子安跟她会吃亏的;还有一个女孩子,死气沉沉的,子安和她生活没有情趣。"

"其实,我觉得你和子安挺般配的,"我的态度给了大娘足够的勇气说出她想说的话,也终于说到我的心坎上了,"我是说笑话的,你别介意。"她虽然这么说,盯我的眼珠子却转也不转一下,在看我的反应呢。

"大娘,你知道的,我跟子安也挺要好的,不过,子安说我不太好。他说我太泼。"

"泼?你怎么泼啦?我看着你长大的,觉得你的脾气蛮温顺的。"

"还有,他说我对他不太好,总欺负他,他的理由就是那次他从树上摔下来摔得屁股开叉了,他说都是我使的坏。"子安,对不起了,为了咱们以后的幸福,我只好编造这两个不存在的理由。

"那怎么能怪你呢?是他自己不小心。怡怡,你给大娘一句话,你中意不中意子安,只要你中意他,他那头就包在大娘身上了。"

我犹豫了一会儿,羞涩地点了点头。大娘激动地把我搂在了怀里。

子安知道我搞曲线感化,挥舞拳头说要教训我。"你敢!"大娘喝住了他。我在大娘的保护下,对他做小动作。

"我又上了狐狸精的当"

当然,子安爱不爱我是最重要的。我最想知道子安对我怎样,有没有"放电"啦,或者暗恋着我又不敢说。不过,他却对我表现得不冷不热,不招不惹,只是对一些"可耻"的行为表示一下愤慨。我决定测试他一下。

那天,适逢鼻子流血,我就夸张地跟子安说:"不知怎么搞的,我这段时间总是流鼻血。"

"大概是火气重了,喝些绿豆汤就没事了。"

"应该不会这么简单。还有,我的牙龈也出血。我对照了一下医书,和白血病的症状好相似,怀疑我也得了血癌。"

"血癌? 你是看韩剧看多了吧。"

"真的,我好担心的。"

几天后,子安又问起我有没有流鼻血,我可怜得要掉泪的样子,"流! 更厉害了,几乎每天都要流好几次。"

"该不会真的是……"子安不敢说出那个字。

子安陪我去医院。医生听我说出症状后,很严肃地对我们说:"赶紧去化验一下。"

这样子,子安就真正疑心了,他比我还感到害怕,喃喃地说:"但愿不是。"

"子安,如果我真的血癌,如果我因此而死了,你会不会伤心?"

"当然!"子安想也没想,就告诉了我。

"子安,我想问你,你爱我吗?"

"爱!

"什么时候开始的呢?"

"很小的时候,可能就是为你取手绢吧,你想,如果我不爱你怎么会为你摔得屁股开叉呢? 还有,其实我偷偷地给你写了好多情书,不过,我很自卑,你是城里人,我家庭条件不好,怕配不上你。"

"傻瓜,你怎么能那么想呢? 子安,如果检查之后,我不是血癌,你会跟我结婚吗?"

"会!"子安爽快地答应了。

检查的结果,当然是我没有事啦!

而子安,看到什么事也没有的化验单发呆,之后就从我的脸上寻找破绽。"我又上了你这狐狸精的当!"子安恨恨地说。

但是,他答应跟我结婚可赖不掉了。他也不打算再赖,反正他的心思已经全部被我所知,他只是想迟点再结。迟点? 我会答应吗?

点评: 无中生有不管是用在军事上,还是处世上,还是爱情上,都有些阴险。因为它是凭空捏造,而捏造的目的更多是为了损害对方,使自己获利。在爱情上,通过莫须有的事情打垮情敌。但计谋无好坏,关键在用计之人是好人还是坏人,是出于善心还是恶心,如能"善"用在情人的身上,也能收到意想不到的效果。

"我"和子安幼年相交,但谈不上青梅竹马。成年后相遇在一起,通过一系列无中生有的事情,比如说他英雄救美,说他给我写过情书,说和他下班后约会,说自己得了血癌,又在他老娘的面前鬼话连篇,虽不义,但有情,这样竟然也"骗"到了爱情! 实在高明!

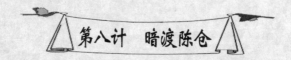

爱情间谍

原文：示之以动，利其静而有主，"益动而巽"。

译文：故意暴露我方正面的行动，以牵制敌方在此集结固守，然后迂回包抄到敌后方发动突然袭击，以达到出奇制胜。

A 真诚的请教

同事张小姐无意之中跟我说起，李萍和李亚东是青梅竹马。我瞪大眼珠子，失声尖叫："可能吗？"是呀，怎么就从来没听李萍提起过，也不见得她跟亚东有多亲近。难道他们是在众人面前故意掩饰的，其实他们有一腿？

我和李萍的关系不好不坏，像一杯可以下肚却没有味道的白开水。本来嘛，我们是不同类的人，李萍绝对的保守，典型的淑女，而我却大大咧咧男孩子性格，我们怎么能玩到一起？不过，现在知道她和亚东是青梅竹马，我可得提升提升她的地位了。

我想法设法跟李萍接近，又变戏法地对她施了几次恩，使她对我深有好感，我故意把自己的一些无关紧要的心里话跟她说，请她解决我其实自己完全可以解决的问题，李萍终于和我成了知己。

现在,我终于可以跟李萍提起亚东了。我问她和亚东是不是青梅竹马,李萍先是反问我听谁说的。我说我侦探到的。李萍羞涩地一笑,"哪里呢,我们一起长大是真的。"我取笑她,和亚东一定关系很亲密,说不定就是恋人,但保密工作做到了家。李萍更加不好意思了,发誓说和亚东什么也没有,只是好朋友。

不过,我还是从李萍的眼神看了出来,她很喜欢亚东。"情敌!情敌!"我在心里默念了两遍。心有些毒,但眼光平和,微笑地望着李萍,向她打听亚东小时候的事情。

李萍本来不愿意跟我说的,但经不住我的死缠硬磨,就说了亚东小时候如何地调皮,长大了如何地戏弄女孩子,因为老师错误地批评了一顿就外出流浪了几天,高考差点落榜,大学和她在一个学校,也是风云人物,被无数的 MM 追求过,也跟几位 MM 搅和过一阵。没想到,李萍不说则已,说起亚东就没完没了,要不她本来就是八婆的性格,要不就是暗恋太久突然得到了释放。

而我最关心的还是怎样接近亚东,怎样获得亚东的好感。要知道,我和亚东在同一个公司不同的部门,见面的机会少,因为机缘巧合我们相识了,关系却一直局限于普通同事,我怎么努力也是枉费心机。我问李萍,亚东有什么爱好。

爱好?李萍托着脑袋想了一会儿,然后说他喜欢穿花格子衬衣,喜欢打游戏,喜欢滑冰。这些都是我不喜欢的,还有没有我能够做到的,比如说他爱吃什么。"苹果。"李萍说,现在她的嘴里就咬着一个青青的苹果,是我贡献的。"还有杨梅。"

杨梅? 怎么那东西? 酸酸的,女孩子的东西,孕妇的东西。我皱了一下眉。

🐻 挤坏的杨梅

下班后,我跟踪了亚东,看他进了一家网吧,坐下来就上网和人打游戏。我也赶紧在他的旁边拉张椅子坐下。我跟他打了招呼，"嗨"地一声，他有些吃惊。"我们一起来打游戏好吗?"我对他说。他不相信我也会打游戏，可能他从来没跟女孩子打过。他问我打什么，我说战争太残酷，我不喜欢血腥味，下盘棋怎样，五子棋可以吗。本来，我早就听人说过游戏高手都不屑于玩那种小游戏，我也从他的脸上看到了不屑，但他还是答应跟我玩几局。让他深感意外的是，他经过长时间拼命才得到个"职业三段"的封号，而我已经是"职业五段"了，比他还高，积分比他多，胜率也多。他不相信是我，草草地跟我下了两盘，被我杀得遍体鳞伤之后，终于放下二郎腿，认真了，却还是败在我的阵下。这下子，他对我这五段高手佩服得五体投地，忙不迭地向我请教经验。其实，他哪能想到，我这用户名是从我哥那里威逼利诱来的。我的水平很高倒是真的，因为我经常跟我哥较量，我最爱也是偶尔上网玩的游戏就是这五子棋了。

以后，我经常有事没事跟亚东切磋棋艺，谈到双方不合时就去电脑上较量一番，都是各有输赢，最后必定是皆大欢喜，而我暗地里窃笑："又向他靠近一步了。"

我还和亚东去滑冰，也陪他去买过衣服，建议他买花格子衬衣，这让他非常地喜欢，说很少听到有女性建议他买花格子的，我还是第一个。"很多女孩子陪你买衣吗?"我打趣地问他。他不好意思地说："不是，除了你之外，只有我妈。"噢，那表示李萍也没有。太好了。

我最关心的还是杨梅的事儿。虽然我对那东西反感，想到它就觉得胃里泛酸。不过，它在我第一次听李萍说的时候就击中了我，我总觉得只有它才能给我带来决定性的幸福。

某天，我在无聊的时候给李萍打电话，问她休假的时候都做些什么，看了什么好电视剧。李萍向我一件件地诉说她淑女的生活，按时起床，按时吃饭，按时整理房间，有时候陪爸爸妈妈上街，晚上看电视，很早就睡了。实在是听不出一点儿新鲜和刺激,我昏昏欲睡,问他亚东呢,她说"他病了"。我一骨碌就从床上坐起,不相信地问是真是假,是什么病。"不要紧,小感冒。"李萍不紧不慢地说。

小感冒,这已经够我心疼的了。我马上起床,冲出家门,就去看亚东。在等公汽的时候,我突然想到了杨梅的事儿,我就去给他找杨梅。不过,杨梅已经过了季节,找了好久才在一条很偏的巷子里看到了一个老人在卖杨梅,还很贵。我一点也不心疼地就买了八斤,心想这够亚东吃好几天的了,乐得那个老人又多送给了我许多。

等公汽的人很多,上车的时候我忘了手里提的杨梅,也跟着挤上了车,但没了座位。上车后,才记起来,打开袋子一看,有些被挤坏了,赶紧跟人群保持距离,把袋子放在身前。车子每颠簸一次,我就得把身子屈起来,占有足够的空间来保护杨梅不被挤坏。刹车的时候也得这样,乘客上下车也得这样。后来,我干脆长时间保护屈身的姿势。累得我下车的时候,全身酸痛。

我提着杨梅进了亚东的家,亚东看到我很感意外;看到我手里的杨梅,特别地感动。我说:"不好意思,坐车的时候被挤坏了一些。"我把那些坏的杨梅选出来放在一个碗里,另外的又放进了冰箱。亚东拿起一粒被挤坏的杨梅放进嘴里,吃下去之后连声说"好吃好吃"。他故意这样说给我听的,我好高兴。

最远的距离

7月7日,是李萍的生日,李萍告诉我后说她准备请我还有亚东和其他的一些朋友开生日 Party。"吃完蛋糕后,我们就一起赏月,亚东最喜欢在这一天赏月了,每年这一天他都给我庆祝生日,和我一起赏月的。"她得意洋洋的,话语之间也比以前少了些掩饰。我担心这样子下去,她也会厚颜无耻地主动追逐亚东了。看来,我得加大力度,乘胜追击,直达胜利的彼岸。

第八计 暗渡陈仓：爱情间谍

我跟亚东说了李萍的邀请，没问他去不去，就说："今晚可不可以不去，我想和你在一起赏月。"亚东想了一下，答应了。我马上就意识到，亚东的感情向我倾斜了，他可以和我一起赏月而不给李萍过生日。看来，今晚一定有故事，对，我一定得让故事发生！

七夕之夜，天上有不停地眨眼睛的星星，有弯弯的月牙儿，还有通过鹊桥相会的牛郎织女。地上有深情相聚的一男一女。我给亚东披上了一件衣服，他感冒才好必须注意身体。亚东说了感谢的话后，一定要给我削个苹果。我感觉苹果的味道好甜，因为那是爱人亲手削才有的味道。

我问亚东，天上真的有牛郎和织女吗？亚东说是的。那么，他们一年才相聚一次，不可惜吗？亚东回答说是可惜，不过，总比永远也不相聚要好。我问亚东鹊桥的距离真的有那么远，他们各守一端却不能相见。亚东说是的，好像是天南海北，总是走不到一起。这时，我说："其实最远的距离不是天涯海角也不是鹊桥，而是我站在你的面前，你却不知道我爱你。"

亚东望着我，好像要从我的脸上看出我说这句话的态度。因为我说的这句话曾经在网络上非常流行，他担心我只是粗糙地引用一下。不过，我庄重的表情怎么看也不像在开玩笑。他沉默了一会儿，握住了我的手。我忸忸怩怩地挣扎了一下，放心地把手交给了他。

月儿悄悄地躲进了云层。我悄悄地躲进了亚东的怀里。

后来，李萍知道我和亚东恋爱了，她气急败坏地找到我，要我给她一个合理的解释，否则和我拼个鱼死网破。我深深地责怪自己之后，无限伤感地说："你知道吗？我早在一年前就遇见了亚东，第一眼我就爱上了他。为了跟他同事，我放弃了优越的工作，部门经理不做，到这个公司来做个小小的职员。在追求亚东的那段时间里，我花费了好多的心血……"我用足足一个小时的时间大讲特讲，都是我怎样获得他的好感，他怎么由拒绝我到被我感动。"你说，这么美丽的爱情，难道不该让它生长、开花、结果吗？你忍心就看着它枯萎、凋零吗？我不说，别人也会说你残忍的。"顿了顿，我又说："谁叫你自己不珍惜呢，本来有那么多机会叫你和他在一起，你自己没有把握。算了吧，汲取教训，下次遇到如意郎君要舍得及时出手。不过，你这么漂亮，再遇到亚东这样的很容易。"

虽然我跟亚东生米还未煮成熟饭，不过脆弱的友情已经变成了坚不可摧的爱情，她又能怎样？她只是恨恨地说："你真坏！我中了你的招，帮了你的忙。""怪自己吧，谁叫你敌我不分呢。"我奸笑了一声。

"你说，你和亚东的故事都是真的吗？"李萍的脸上放着光芒。那不是她恋爱了，是被我和亚东的爱情感动的缘故。

噢，sorry，如果不添油加醋，我那点点计谋怎么能够感动她呢？我忍住了没跟她说：本故事纯属虚构，如有雷同，实属巧合。

点评：此计全称"明修栈道，暗渡陈仓"。让对方看到我方明明在做某事，暗地里却在做另一件事情。明的只做个样子，以吸引和牵制对方；暗的才是真实意图，要做得人鬼不知，不被识破。要想打败情敌，就必须掩藏自己真心的想法，暴露出一些无所谓的事情，使他（她）不加提防，再杀他（她）个措手不及。

本文的"我"就是这样，没有和情敌李萍展开血肉的搏杀，一方面继续示以友好，另一方面通过向情人亚东示好，温暖了亚东的心，使亚东爱的天平向"我"倾斜，实际上已迂回包抄到了李萍的背后。李萍只在溃不成军的时候才弄清楚"我"安的是什么心，但早已是鹊巢鸠占。

第九计 隔岸观火

我在我的爱情外面看热闹

原文：阳乖序乱，阴以待逆。暴戾恣睢，其势自毙。顺以动豫，豫顺以动。

译文：在敌方内部分裂混乱之际，我方应静待其恶化到底。到时候，敌人横暴凶残，相互残杀，必将自取灭亡。我方顺以态势，再俟机行事，坐收渔人之利。

A 给个理由

掐掐手指，苏小天答应我做他的女朋友有108天了，我原本以为，即使小天不能对我一见钟情，至少也会日久生情。我，罗美美，厂花，天生丽质，聪慧过人，相信这些魅力还是有的。要不是小天也确实长得帅气，凭着名牌大学的出身，一进厂就是什么办公室主任，加之能说会道，还迅速升任总经理助理，不然我也不会对他动心，直到痴迷。

苏小天不大爱跟我说话，每次我绞尽脑汁想出来的热情洋溢的话题都被小天冷淡的应付弄得索然无味；小天也不爱跟我约会，他几乎从来不主动约我上街，而对于我的纠缠他是能甩则甩，不能甩就任由我跟着他，他不管我吵什么、看什么、想要他给我买什么都不闻不问。

哼！还有没有把我当女朋友呀？我一把抢过小天手里的足球报纸，逼迫小天给我答案。我责问小天，明明不喜欢我，又为什么要允许我做他的女朋友。小天想了想说："因为你可以让我穿着干净的衣服去上班，可以免费让我品尝自己喜欢吃的各种各样的零食，可以用唠叨来给我催眠，可以用肉麻来训练我的抵抗能力……"我把报纸劈里啪啦扔在小天的头上，盖住了他的脸，气愤地走了。

B 计划里的阴谋

紫薇听完我的讲述后，她的嘴张大成"O"形，我怀疑再也闭不上了。紫薇说："小天真的有这么坏吗？我也早就想到了，像他这种人长得好又有本事的男人，10个9个坏，小天更不会除外！"她狠狠地诅咒小天不会有好下场，要不是我是紫薇的密友了解她的过去，知道她有男朋友从来没有暗恋过小天，我会怀疑紫薇是吃不到葡萄说它酸。

紫薇说："你现在要么是甩了小天，要么是被小天甩。"

"没有第三条路吗？"我可怜兮兮地问。也不是我故意装出这种表情来骗紫薇的同情，我真的有这么可怜了。

紫薇就吞口水，活生生的把"没有"咽了下去。她挠挠脑袋，发狠地说："也不是没有，有些风险，关键是看你愿不愿意冒险。"

冒险？上刀山下火海我都愿意，何况只是冒险。我愿意！

紫薇这般这般地对我耳语，我听明白了，逐渐地露出了笑脸。

我阴险地一笑，"苏小天，我要你痛不欲生！"

C 钻石王老五

这天，我又在做苏小天的"钟点工"，苏小天拿份报纸盖住了脸，估计他已经睡着，我跟他说的话他都没答。

我听到了敲门声,跑去开门,门一打开,才看到对方的头,就听到风风火火的言语:"美美,你怎么这么久才来开门?"当然是紫薇了!她的头伸进来,扫视了一眼,马上明白地说:"又在做保姆呀,怪不得!"

"其实,我很快就给你开了门。"我委屈地说。"可是,你不知道我找你找得多辛苦,我打了你的手机 N 次,都是没人接,跑到你家里去,你老妈说你不在家。我猜想你是犯贱了,到苏小天家里来接受糟蹋了。""抱歉,我的手机忘在家里了。""美美,你看我给你带谁来了?"噢,原来还有人呀,我本来在紫薇进门后就想顺手把门带上的,没注意外面还有人,也难得他一直在外面安安静静地听我们说话。我看到他微笑地注视着我。

紫薇把他请了进来,介绍说:"钟南,这位就是我最好最好的朋友罗美美,可是我们的厂花哟,够漂亮吧?"我看到他颔首,说:"确实气质非凡。""美美,这位是我好朋友,来头可不小哟,北大高才生,留美博士生。现在还是著名企业的 CEO,年轻有为得很哟。"我正想伸出手,说句"你好",就听到身后酸溜溜的"久仰久仰"。是苏小天。他抢先我一步,握住了钟南的手。苏小天大概想跟钟南较一下手劲,握手的时间很长,很用劲,不过我看他也没占到便宜,在一阵痛苦的表情之后,他率先抽出了自己的手。

我问紫薇找我有什么事吗,紫薇马上热情起来了,说:"美美,你一直不是说跟着小天很委屈吗,想另外找个男朋友,我就想到了钟南。钟南这人是钻石王老五,而且性格特好,保证你跟他恋爱之后会掉进温柔乡里。"

"紫薇,有你这样做人的吗?在美美男朋友的面前说要为她介绍新男朋友,你以为我透明啊!"苏小天因为极度愤怒,脸扭曲得变了形。

紫薇也是当仁不让:"小天,你像美美的男朋友吗?"

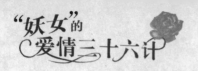

"怎么不像?"

"让美美说!"

他们两个较劲了。两个都看着我,等待我的回答。

我微笑地说:"小天是我的男朋友,不过,如果钟南先生愿意,我也欢喜他也做我的男朋友。"

跟人有约

星期天的上午,正想跟小天出去玩,钟南敲开了我的门,紫薇突然醒悟地提醒我说:"美美,你怎么忘了,你昨天答应了今天跟钟南出去玩的?"我拍拍自己的脑瓜子,自责地说:"是呀,你看我怎么就忘了。"

我拿起了自己的手提袋,才做出迈开步子的样子还未真的迈出,小天急急地喊住了我:"美美,你要做什么?""跟钟南出去呀。"我拖长声音回答他。"可是,你答应跟我一起出去的。""可是,我昨天就答应钟南了。""你滚!"小天一急就说脏话。"小天,别忘了,这是在美美家里,该说'滚'的是美美。"我还说什么呢,紫薇都替我说了。

我和钟南打的,看到相跟的一辆红色的士车里坐着小天。我和钟南去超市买吃的,小天如影随形。我和钟南拿了吃的进了公园,小天也进了公园。我和钟南铺开报纸坐在地上,然后把吃的都堆在面前,我们边吃边聊天,聊得很欢。小天只隔了几米,在一棵树下瞪着我们。我望向小天的时候,他的脑袋就马上转个方向,等我不看他的眼睛,他又瞪着我们。我和钟南欢笑,我想小天恨不得杀死我们。

第二天,大清早的,我还在床上没起来,听到敲门,打开门,还未看清是谁,就被人拖走了。下了楼,才看清是小天。小天一路拖着我,打的,进超市,购物,打的去公园,在草地上铺开报纸把食物堆在上面。小天说:"你看,我和你也可以这样。"我气的不得了，任由小天再说什么，我就躺在报纸上睡着了。

送花

　　我、苏小天，还有紫薇，3个人在讨论我今天是跟小天约会还是跟钟南约会。小天摆出了100个我跟他约会的理由，可是紫薇用101个理由就否定了他。这时候，钟南来了。他的手里拿着一枝花，玫瑰，红艳艳的。

　　钟南走到我的面前，很绅士地说："送给你，罗美美小姐。"我脸红心跳地收下了，并且把它插进瓶子里。紫薇走过来，大呼小叫："哇，这瓶子里有这么多枝玫瑰了，都是钟南送的吗？"我不说话，其实就是默认。

　　第二天，苏小天把我堵在门口（我打算跟钟南约会），他的手里捧着一大束的玫瑰。他说："钟南好小气，一天只送一枝玫瑰。你看我多好，99朵，久久长长。我对你不错吧？"他把玫瑰往我的怀里塞，我推辞不受。推来推去，最后我还是收下了。"这是你第一次送花给我吧？"我问小天。他说是的。我遗憾地说："如果你也像钟南一样，每天送我一枝玫瑰，送到第99朵了，今天也就不会有钟南了。"这天，我跟小天约会。小天一直很高兴，他居然没有心疼99朵玫瑰要花好多钱。

求婚

　　本来，接下来的这天我也是答应跟小天去玩的，可是，钟南找上门来了。他不是空手，这次，他带的不仅仅是一枝玫瑰，他还带了钻戒。钟南捧着玫瑰和戒指跪在我的面前，向我求婚了。这个严肃的场面竟然让小天亲眼目睹了，他一定觉得很滑稽。也让他觉得很难过，很提心吊胆。不过，让小天稍觉心安的是，我没有当场答应钟南的求婚。我说太快了，我们交往才不过一个月时间，我还来不及对他做出评价。小天冲到我的面前，抱起

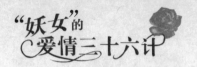

我打转，好像我拒绝了钟南就是答应了他的求婚一样。

真的，隔日，小天就带着鲜花和戒指也像钟南一样，跪在我的面前，向我求婚了。我犹豫着不肯答应。我说："小天，你还从来没有说过你爱我，我怎么能嫁给你呢？"

小天没有犹豫1秒钟，在1分钟之内说了100句"我爱你"，直到我肉麻得没有感觉为止。小天说："你必须拒绝钟南，必须嫁给我。否则，我杀死你！"

我怕死，只好勉强地答应了小天。不过，我跟他约定，他必须有干净的衣服供我上班，有免费的零食供我品尝，必须用唠叨来给我催眠，用肉麻来训练我的抵抗能力，必须给我做钟点工和男保姆，不是一天两天，而是一生一世。小天想也没有想就点头答应。我怕他反悔，让他写了保证书，还打算拿到公证处去公证。

🐍 原来是你！

这天，小天亲自下厨忙碌了一个下午，说要请钟南和紫薇来吃晚饭。他的意思是要气气他们。我笑小天小家子气。小天说他苦尽甘来，有必须炫耀一下。

可是，在饭桌上，戏剧性地出现了转折。小天没有看到钟南的痛不欲生，也没有看到紫薇的不屑一顾。相反，钟南和紫薇还说"恭喜恭喜"。更加不可思议的是，钟南竟然和紫薇也搂搂抱抱，打打闹闹。

小天目瞪口呆，脑袋在我、钟南、紫薇三人身上转来转去。看到他那副可怜的样子，我只好告诉他说钟南是我的远方表哥，紫薇是他的女朋友，很快就是我的表嫂了。"可是，为什么会这样子呢？"小天想不明白。"都是我想出来的主意，惩治你的，谁叫你以前对美美那么坏。"紫薇得意洋洋。小天几乎要吐血。

不过，后来还好，小天和钟南成了铁哥们儿。

点评：三方或者更多方交战，输得最惨的是最先交战的双方，取得最大胜利果实的往往是最后参战的那方。鹬蚌相争，渔人得利。与其做他（她）的情敌，和他（她）撕杀，不如先成为他（她）的朋友，冷眼旁观。待他（她）心灰意冷、伤痕累累的时候再横空而出，必将所向无敌。

厂花罗美美小姐在和苏小天的爱情受阻的时候，适时地引进钟南做她的追求者，从此挑起小天和钟南的竞争。美美只是看着他们斗，接受他们献的殷勤，不动声色。小天狗急跳墙，匆匆忙忙地向美美求婚，没想到谜底揭穿的时候才发现自己根本没有情敌，最大的敌人就是自己。罗美美只在爱情外面看热闹，但没忘记见好就收。

第九计 隔岸观火：我在我的爱情外面看热闹

第十计 笑里藏刀

爱情过期就作废

原文：信而安之，阴以图之；备而后动，勿使有变。刚中柔外也。

译文：要使敌方相信我方是友善的，从而对我方放松戒备。我方却暗中策划，经过周密的准备后伺机而动，不让敌人察觉而采取应变之策。这是内藏杀机、外示柔和的计谋。

A 尴尬的相遇

遇到张远让我很生气。

那天早上，我起床晚了，搭公车又不顺利，偏偏又要等电梯。好不容易，电梯从 38 层楼下来了，因为等的人多，我赶紧往前挤，别人也往前挤，没想到被一个人踩了一脚。我"哎哟"尖叫一声，匆匆地看了一眼那个肇事者的模样，继续往电梯里冲。一直到电梯开动了，我才有时间跟他算账。我瞪起一双大眼睛，嘴巴鼓起，准备开架骂人了，他却抢在我先发话了，说："小姐，刚才很对不起。"对不起？这么少的几个字就可以了事？我还是愠怒地瞪着他，却不说话。见我这样，他只好说："把你的皮鞋弄脏了吧，我给你擦擦。"不等我同意或者反对，他就弯下身子，从袋里掏出纸巾给我擦起鞋来。其实，我是被他踩的脚痛，鞋子倒不怎

73

么脏。不过,能让他擦鞋,这等免费的服务我还是乐于享受的。我心里真后悔昨天晚上擦了一遍皮鞋,可累死我了,要知道有这等好事,昨晚不擦,今天穿着脏兮兮的皮鞋来上班,留给他擦多好。他给我擦鞋,我高兴地看着他擦,等到他用完一包纸巾,抬起头来问我可不可以了的时候,我才不好意思地说可以了。

没料到,那么一次尴尬的相遇,竟然就成了我和他相识的开始。第二次见面的时候,我们都惊叫:"是你?"第三次见面,我们就产生了感情。上天造就我们男才女貌,注定要在一起的。

不过,我常取笑张远,说他一包纸巾就换来一个如花似玉的姑娘,这生意也太划算了。每当这时候,张远要么不说话,要么大惊小怪地嚷:"生意?我们是在做交易吗?亲爱的,你也太损我们神圣的爱情了。"我只好低垂下头,装作很自责的样子。

但是,最最让我生气的还是张远让我说"我爱你"了。

要知道,让一个女孩子先对男孩子说"我爱你",这够反常了,而她还是在被骗的情况下说的,让人更加气愤了。

那天,张远用水彩笔在镜子上写了一个"I"字,又写了一个"U"字,再在它们的中间划了一颗心,然后问我是什么意思。我像往常一样瞪着他,张远赶紧说:"我从别处看来的,不懂,所以拿来问你。"我是师的,就用手指点着他的脑袋,一字一句地说:"笨蛋,这都不知道,是'我爱你'的意思。'我爱你',懂吗?"张远立即接过话去说:"噢,'你爱我',是这意思啊。我懂了。"他说的一本正经,我却突然醒悟,糟糕,竟然中了他的圈套。但"我爱你"已经说出口,就像泼出去的水是再也收不回的,也只好这样稀里糊涂地做了他的女朋友,反正这也符合我的意愿。

B "狼"要来了

那天下班回来,发现张远已先我下班,他却没做饭,只是拿着手机发呆,却一脸的坏笑。我过去"喂"他一声,吓得他差点把手机扔了。我问他什么事这么着迷,他慌慌张张地说没事。我才不信,没事不这样子。不过,他不招供我能怎样? 总不能严刑逼供屈打成招吧? 没想到,他却急于跟我分享他的秘密,就主动地招了。他说是他的大学女友后天就要从上海来看他了。我一听,吓蒙了。大学女友? 他什么时候冒出个大学女友来的? 我"哇"地一声就哭起来,把他吓住,让他来哄我。哄了半天后,我抽泣着说:"你坏,在大学就违背校纪谈恋爱也不跟我说。"他把我拥在怀中,轻轻地拍着我的背,歉意地说:"你从来没问我,我怎么开口说?"我被他哄住了,原谅了他荒唐的过去,他却得寸进尺,说什么他前女友来看我们,要住在我们家,让我好生款待她。我真的生气了,恨不能给他一耳光。难道长沙就没宾馆,干嘛要住我们家? 他说让她一个人住宾馆不太方便,何况也要让她见识一下我这女主人的能耐。最后这条理由让我还是有些受用。

第二天是星期六,张远5点钟就爬了起来,还要把我也从床上拉起。我把他的胳膊甩开,含糊不清地说:"你没病吧? 这么早起来。"他硬是一把拉起我,说:"我们得早些起床,吃完饭后把房间收拾收拾,另外再买些东西。"

收拾房间累得我够呛。都怪我这半年来忙于事业(虽然事业无成),而无暇顾及家务,张远则是天生的懒。我们拖了5遍地,总算把地拖得可以当镜子照了。还有墙壁上黑乎乎的手印脚印,还有脏兮兮的沙发座垫,等等等等,一切的一切,我们都完美地处理好了。忙完这些后,我躺在地上自满地说:"我很能干是不是?"张远也陪着我干笑了两声,然后说:"是的,很能干。能干的姑娘,现在我们该去买被套了。"买被套? 我一愣一愣的,客房里有一套半新的床上用品,只是我老娘来住过两次,怎么就不能用了? 张远说:"我要为她营造出闺房的感觉。"闺房? 我讽刺他说:"洞房吧? 等她来了,你和她直接入洞房就是了。"张远听了,在我的脑门上狠狠地一掌。

红杏不出墙

　　傍晚时,我和张远去接车。张远的手里捧着一束花,站在火车站出口处,脖子伸得老长。我紧挨着他,如果我不在他的身边,让大家看清楚我是他的女朋友,人们还会误以为他手捧玫瑰在等女朋友从天而降。

　　等了好一会,她才到。张远大呼小叫地喊着她的名字:"林小清!林小清!"而她——林小清吧,看到他后加快了步伐,几乎是小跑着向前了。我想,这样下去,她会扑到他的怀里,他更是巴不得拥抱住她了。我赶紧把手搭在他的肩上,林小清过来的时候就多了些冷静,语气却不平静地对他说:"张远,好高兴又见到你了。"待他们叽哩呱啦一通后,我终于插进了一句话:"张远,你也该为我们引见引见。"张远拍着脑瓜子说:"瞧我这人!阿楠,这是我同学林小清。"我冷冷地说:"我知道是你同学。"他又说:"这位小姐,姓李名楠。"我打断他说:"别小姐小姐地乱叫,我是你女朋友。"林小清望着我,宽容地笑。

　　接风宴当然是在家里吃的,难得张远亲自下厨,我也清闲自在地陪林小清说说话。菜是很丰盛的,空中飞的林中跑的水中游的都来了,就连酒上的都是十全大补酒。不过,林小清山珍海味没动筷,只是吃了些蔬菜,我表示不理解,她说坐车久了没胃口。这也好,反正我的胃口好得很,吃得下一桌的山珍海味。

　　我的胃口为什么这么好?还不是因为林小清长得不怎么样?没见到林小清,以为她是何等的仙女般模样,见面后,小小地松了一口气。她个子不高,身材不苗条,模样不俊俏,就这样也让张远两天来做梦都喊她名字?不过,我还是不敢大大地松气。所以,晚上睡觉的时候,我借口想跟林小清说说话,了解张远过去的劣迹,实质上是为了不让他们"苟合"。红杏出墙?张远应该不会吧,不过晚上起来上厕所走错房间就难免了,有我在林小清的房间，即使张远走错房间也不会阴差阳错的。

 过期作废的是爱情

第二天，我们3个人一起去玩。我们去了公园和游乐场所，连小孩子坐的碰碰车都坐了，但每次张远不由我多说一句话，他就拉林小清坐在他的身边，让我孤零零地驾车跟在他们身后。我们还去了服装超市，张远甚至要花大价钱给林小清买一套裙子，好在林小清没接受，她反倒馈赠了我一套裙子说要表示她的心意。既然是她的一番好心，我怎能不痛快地接受呢？弄得张远很不痛快地向我挤眉弄眼。

一天下来，我觉得从来没这么辛苦过，身心疲惫。第二天，我打电话让张远公司的老总把他叫去上班了，我宁愿自己陪着林小清在街上游来晃去，把身体弄得很疲倦，也不愿张远在她的身边和她挨得那么近，让我身心疲惫。张远却不吃我这一套，再下来的一天，他连班也不上了，铁下心来要陪林小清好好地玩几天。

林小清终于要回她的上海去了。走的时候，她还一个劲地夸我能干、贤慧、美丽，我差一点就要感动了。张远只是一个劲地说："小清，有空常过来玩。"好在林小清没说答应的话。

回到家里，张远发起呆来，我看到他失魂落魄的样子说："魂都丢了吧？干脆追去算了。"然后，我不理他，他就得来哄我，这是自然法则。他哄我，我却不领情。我说："看得出你喜欢她胜过我。"他只好指天指地说："哪有的事呢。你看，"他从袋里掏出两张电影票说，"这是6月15日的电影票，今天还能用它看电影吗？"今天都6月30日了，作废的票当然不能用了。他就说："我和林小清的爱情也如这两张电影票一样，过期就作了废。"过期作废？但愿是永久地作废。我问："还有今天的票吗？"他说"有"，赶紧掏出两张新票。我说："走——看电影去，别让它作废了。"

点评： 口蜜腹剑说的也是这个计谋。正所谓世界上没有无缘无故的爱，也没有无缘无故的恨，如果一个人对你大献殷勤，那他(她)肯定怀着不可告人的目的。打败情敌和情人的，不是愁眉苦脸，而是你那始终挂在脸上的笑容。请注意，别让笑成为白痴的笑，让它多些内容！

"我"在情敌林小清陡然光临的时候，亲自去车站接她，给她布置了温暖的闺房，准备了丰盛的晚餐，陪着她玩。既哄住了情敌，断了她再续前缘的念头；又骗得张远感动不已，无心再红杏出墙。

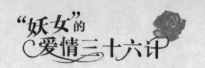
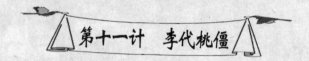

第十一计　李代桃僵

好马也吃回头草

原文: 势必有损,损阴以益阳。

译文: 当局势发展到必然受损时,就要牺牲局部去换取全局的胜利。

A 新来的经理

在新的部门经理报到上班之前,所有的同事都围聚在一起议论。说的无非是他是谁,他是一个怎样的人。有人说他的名字叫柳清,有人说他帅得无与伦比,也有人说他毕业于名牌大学H大。说他帅的人一脸的陶醉,原来他到公司来与总经理面谈的时候她见过他,并且对他一见钟情。

柳清,这个俗气的名字有些熟悉,H大也是我的母校,我从那里毕业刚满两年。但柳清不会就是我认识的那个柳清吧?他那么平凡,与帅怎么沾得上边呢?

走廊上传来总经理说话的噪音,大家屏住呼吸。一方面慑服于总经理的威严,另一方面都在期待新的部门经理的到来。看她们那严肃认真的样子我就好笑,平时她们可都是放浪得很。只有我满不在乎的,手里的文件翻得哗啦啦地响,心想如果他没有她们形容的那么帅,待会就捉弄他,也戏弄一下她们,她们也太没眼光了。

门推开了,总经理率先进来,后面跟进的就是他。

他……他竟然就是柳清!

我慌张了,神智有些错乱了。瞧我想的都是些什么。他当然是柳清了,就是我认识的那个柳清。虽然他把自己改装了,但他左脸颊的那颗大黑痣我怎么会忘记呢?只是,没料到,名牌西服穿在身上,他就不再是寒酸不起眼的他了,如今,就像她们说的,即使不是帅呆也酷毙了。

总经理向我们介绍了柳清,又一一地为柳清介绍我们。柳清一一地跟我们握手,一一地跟我们说一句:"多多关照!"被握手的人老半天都舍不得把手松开,被甩掉后还看着自己的手发呆,背过身去凑到鼻子下闻,好像沾染了什么仙气。

轮到我了,总经理报出了我的名字,柳清也说:"多多关照!"然后转向另一位同事。看他不动声色的样子,我心想:"难道他已经把我忘记了?"

欧佳妮是谁?

见面会后,总经理走了,柳清也去了他单独的的办公室。

我犹豫了很久,还是敲开了他的门。

"你找我有事吗?"柳清微笑地望着我说,他的声音充满了磁性,对我充满了吸引力。

"我是欧佳妮。"我说。

"我知道的。难道你忘了刚才总经理为我介绍过你,你是想测试我的记性吗?"

我大失所望,本来以为他再次听说我的名字会触发感想,想起那些尘封的往事。

难道他在装聋作哑,并想一直装下去吗?

我说:"柳清,你怎么搞的,记性这么差,欧佳妮是谁都不记

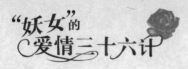
得了吗?"

"你说欧佳妮是谁呢?"对我的愤怒,他保持着谦和的笑容。

"柳清,你别这么折磨我好不好?"我算服了他。

柳清却一下子变了脸色,冷冷地说:"究竟是谁先折磨谁的?"

我顿感语塞。

大学的时候,柳清是我众多追求者中的一位,又是最不出色的一位。就连我自己都始终在怀疑他怎么会有勇气追求我,只有我的好友康仪说他是陷在泥潭里的珍珠也未必不可能,我笑康仪错把泥巴都当珍珠,如果她喜欢就接受他好了,康仪生气地要掌我的嘴。

柳清约不到我,就给我写情书,还给我叠了 100 只千纸鹤。我把情书烧了,千纸鹤扔了。并且让康仪把烧成的灰拿给他看。柳清看后默默无语,从此再不纠缠。我顿觉轻松。

没想到,30 年河东 30 年河西。现在,我备感紧张,备觉懊悔。

ℰ 做个勤快有目标的人

床头的闹钟响了,把我和康仪都惊醒了。

康仪睡眼朦胧,睁也睁不开。她不满地问:"你什么时候买的闹钟?"

"昨天。"我说,从床上坐起,迅速地穿衣服。

康仪这时候睁开了眼睛,看到我手忙脚乱地在穿衣服,说:"你是不是有毛病,才 6 点钟就起床?"

而我赶到单位才 7 点整,等她们 8 点钟赶来上班的时候,我已经在办公室里忙了一个小时。

"哇,办公室怎么这么干净了?"

"哇,谁会这么早? 这么勤快?"

每个人都疑问地又喊又叫，互相询问。等到她们把目光全聚焦到我的身上，不相信地问："不会是你吧？"我微笑地说："怎么不会呢？"她们都说："从来不知道欧佳妮有这么勤快。"以前懒惰并不代表永远懒惰，从现在开始我要变个勤快有目标的人。

抱着要做勤快人的信念，我去给柳清的办公室搞卫生，没想到，他竟然不领情，还大喊大叫："谁让你动参考资料的？谁让你动文件的？没看到我的脚在这儿吗？"辛辛苦苦地为他搞了半个小时的卫生，他除了对我呵斥还是呵斥。"忍！忍！"我对自己说，表现出任劳任怨的憨相。

中午下班后，我约柳清："有空吗？一起去喝杯咖啡。"

"没空！"柳清想都没想就拒绝了我。事实上，他空得很，吃了中饭就待在办公室里乱翻资料。

下午下班后再约他，他还是这句话。看来，他是抱定不跟我来往的决心了。

替罪的羔羊

我把我的计划跟康仪一说，康仪瞪了我老半天，反应过来说："欧佳妮，我想给你一巴掌！"

"如果能够让我得到柳清，我愿意在你扇左脸的时候再把右脸也奉上。"

"我不！"

为了让康仪接受我的想法，我好话说尽，许诺给她一揽子的好处，包括我所拥有的东西只要喜欢她都可以随便拿走。即使这样，康仪还不答应。

"如果你不答应，我就和你同归于尽，反正我失恋了没有心情再活下去，而你是快要结婚的人了。"我威胁康仪。

康仪答应了我，不过她并不是在我威胁之下才答应的，她也是天不怕地不怕的人。她知道我缠人的功夫一流，死皮赖脸起来什么都不顾,反正早晚都是答应,迟答应不如早答应,省得看到我心烦。

"如果你追到他了,你就带着他从我的面前消失,我看到你们烦。"她恨恨地说。

我向康仪保证会消失。

于是,康仪约见了柳清。

柳清见到康仪很高兴,说真巧能够再见到她。康仪也这么说。然后说了一些别后的事情,就在双方产生好感,出现幻觉的时候,康仪及时地清醒——这些都是康仪事后跟我说的,她说:"你现在和欧佳妮在同一个公司是不是?"

"是啊。"柳清说。

"真巧,你们还能遇到。可惜今非昔比,现在你是她的上司,而她是你的仰慕者。"

"你别这么说,"柳清不好意思地说,"她怎么会仰慕我吗?"

"怎么不会!"康仪说,开始发挥她中文系才子天马行空的想象力,"你不知道,这次她对你一见钟情。现在,她每天都把你的名字念一百遍,睡觉也喊你的名字。她偷拍了你的照片,扩大后贴在墙壁上,每次回到家里就用脉脉含情的眼神注视你。她说,这一辈子非你不嫁。"

柳清脸红了,说:"不可能的!在学校里,我那么追求她她都不理我,还羞辱我。"

"她羞辱过你吗?"康仪故意地问。

"难道你不记得了?她把我写的信都烧了,还拿灰烬给我看,是你带给我的。"柳清的情绪变激动了,他一下子站了起来,手臂挥舞着。

"柳清,你误会佳妮了,这是我要向你解释的,也是我今晚约你的原因。你不知道,你追佳妮的时候,我和佳妮在闹矛盾,我非常地恨她,发誓要惩治她。于是,我决定到所有对她有好感的男生那儿说她的坏话。我把你写给她的信偷出来,烧掉了,还说是她烧的。而且,我不止做了这一次,我还烧了她的其他追求者的信,也到他们面前说是佳妮烧的,让他们都恨她。"

"真的吗?"柳清不太相信,疑色很重。

"真的!"康仪一脸的肯定,不容他怀疑。

鹤舞情缘

"到了,这就是我和佳妮合租的房子。"

听到康仪在外面说话,我知道她把柳清带来了。

我的心扑通扑通地乱跳。我很清楚,成败得失都在今晚一举了。

"请你先闭上眼睛,然后牵着我的手进去。"康仪对柳清说。

"有必要吗?"柳清问。

"很有必要! 你将会有意外的惊喜。"康仪诱惑地说。

房门打开了,康仪牵着柳清的手,一步一步地走进来。

走到我的面前,康仪把柳清的手交给了我。

我紧紧地握着柳清的手。

柳清张开了眼睛。

"是你!"柳清惊讶地说。

"是我。"我温柔地回答他。

"……"

柳清想说什么,被我用手指封住了他的嘴。

我说:"别说话,请你看鹤舞情缘。"

"鹤舞情缘?"柳清不解。

我的手一指,柳清抬头顺着我的手指望去。原来,在房子里面挂满了千纸鹤。

"你知道吗? 这里一共是 999 只千纸鹤,其中的 100 只是当年你送给我的,其他的都是我花了 3 个晚上的时间一个一个叠

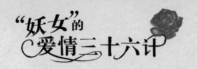
出来的。"

柳清望着我,眼神慢慢地变化、变化,慢慢地就充满了爱意。

结婚之后,柳清告诉我说,其实他不相信康仪说的那番话,也不相信我一直留着100只千纸鹤。只是,我既已回头,他就愿意给我一个岸。他还问我:"不是说好马不吃回头草吗?你为什么连回头草也不放过?"

我深情地回答他:"如果回头草够鲜美的话,吃吃又何妨?"

点评: 李代桃僵实质上是忍痛割爱,舍小保大,最重要的是要找好代僵的"李"。如果爱情进入了迷途,出现了失误,却能够找到替死鬼,替自己承担责任,那是最好不过的;如果没有替死鬼,能够用小错误掩盖大错误,那也不错。

欧佳妮之所以回头还能吃到鲜美的草,全靠好友康仪代她受罪。康仪把佳妮犯的错误揽在了自己的身上,帮佳妮说了许多好话,助佳妮达成心愿。所以说,千金易得,知己难求。

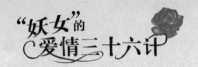

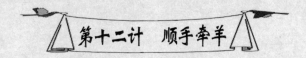

幸福的爱情欠条

原文： 微隙在所必乘，微利在所必得。少阴，少阳。

译文： 敌人的小漏洞也要乘机利用，微小的利益也要力争取得。从敌人的小漏洞里取得小利益。

Ⓐ 不好意思，念了别字

我是在一种非常尴尬的境况下结识张小榛的。

那天，适逢我们文学社大招新成员，我这社长忙得不亦乐乎。在面试的时候，我逐个地点名，然后提问考查他们。当我念到一个人的名字的时候，半天也没有念出来。"张小……秦……"好一会儿，我才犹犹豫豫地念出了这个字，但下面马上就有一个男生站起来打断我说："不是吧？应该是张小榛。"

我皱起了眉头。张小榛？怎么起个这么怪的名字，还不是常用字，让人念不念啊？可是，作为堂堂的文学社大社长，我饱读诗书，竟然连一个"榛"字也不会念，还是在这么多社员的面前，我深感惭愧，脸不由地就红了。

"你也不用脸红，不怪你没学问，很多人都念错我的名字。"他接着说。

呸！明明看出了我的脸红，再这么点破，不是让我更加地无地自容吗？我记住了这个叫张小榛的男孩子。

为了挽回自己的脸面，我在考查张小榛的时候，尽挑刁钻的题让他回答。而张小榛竟然一个问题都答不出来，我看他简直是对文学一窍不通，却胆敢入文学社。

我每说一个问题，张小榛都回答一个"不知道"，在他的第 N 个"不知道"之后，他终于打断我说："可不可以不问了？"我的助手也悄悄地提醒我说："社长，每个人只回答 3 个问题的，你都快问了 30 个，够多了。"

考完之后，我把张小榛单独留了下来，当然，我告诉他的不是什么好消息。我的消息对他具有致命的打击，因为我使他的理想破灭了。我说："张小榛，关于你入社的事情，我们得考虑考虑，因为……"

张小榛却不在乎地说："没什么，反正我对文学社也没有兴趣。"

"没有兴趣那你来凑什么热闹？"

"因为我刚失恋，想借我最讨厌的东西来麻醉自己。"

我恨透了张小榛。他把我们文学的殿堂竟然当做了疗治失恋伤口的地方。

难过的不是失败，而是批准了

我去张小榛的寝室找他。张小榛见到我深感意外，怪声怪气地说："社长大人，有什么事劳驾你亲临寒舍呢？"

我看他们宿舍，东西乱七八糟地放着，还散发出怪味，真的是"寒舍"。我说："关于你参加文学社的事情，我来通知你……"

张小榛不耐烦地打断我说："我不能入社是不是？你想看到我很难过是不是？我不是告诉过你，我对文学社不感兴趣，也不会难过的。"

我说："我知道你不入社不会难过。但是，我要告诉你，我们

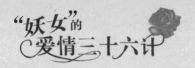

已经批准你入社了。"

张小榛的眼睛里打了无数的问号，然后说："你这个消息就叫我很难过了。"

而张小榛的难过才开始呢，接下来，他不得不参加我们文学社没完没了的培训，没完没了的研讨会，没完没了的采风，还有就是没完没了地上交文学作品。

张小榛终于向我求饶说："你放过我吧，我只不过捉弄了你一次，你把我整得够惨了。"

我故意说："我是整你吗？我为你好，提高你的修养呢。"

"我的修养是得提高，但是我想自个儿慢慢地提高，你还是让我退社算了。"

"你把我们社当做什么了？想入就入想退就退？"

好在我以后再没整过他，让他安心地在社里待着。毕竟我只是有时候刁钻了些，还不是那么坏。而张小榛，也是我欣赏的那类男孩子，除了失恋的时候他找错地方疗伤，他再没有其他的缺点。

C 赢也是亲，输也是亲

星期天，我无所事事地在校园里游荡，遇上了张小榛。

我说："看你闲得发慌的样子，不如一起去玩吧。"

张小榛答应了我。于是，我们买了零食和扑克牌，一起去学校后面的山脚下。我们坐在柔柔的草地上，边吃零食边打扑克。

我的手气相当地好，张小榛的手气又相当地背。我总是赢，张小榛总是输。赢得我再没有继续打的兴趣了。

我说："你能不能多赢几局？还让不让我有兴趣？"

张小榛的兴趣偏生很大，他说："我们不如赌些东西，增加些刺激。"

我说："这还差不多，不过赌什么呢？"

张小榛说："如果我赢了,就亲你一下,如果我输了,就让你亲一下。"

我一耳光扇过去,他的头转得快,只扇在了他的后脑勺上。

我说："赢和输都是你占我的便宜,我不干! 不如赌钱,10块钱一盘。"

张小榛说："可是,我身上仅有的10块钱也在刚才买零食吃了。"

"那你不能先欠着我的吗? 回去后再还给我。"

"那也没有,我已经透支下个月的生活费了,我怕这个学期不能还你的。"

"那你不能下个学期还吗?"

"……"

"你先欠着我的,等毕业后赚了大钱,有100万了再还我行不? 你还要说什么?"

张小榛再无异议,开始和我赌钱。

背手气的张小榛就输了我两百多块,他每输一次,就用纸片给我写一张欠条。

我赢得哈哈大笑,虽然是遥无期限的赊账,也很有胜利感。

张小榛见我高兴,豪气万丈地说："来! 来! 我写张100万的欠条给你,等我有1000万的时候你就拿它来向我索要。"

不劳而获就可以成为百万富翁还不干吗? 我逼着张小榛给我写了5张,一下子就发了大财。握着他那些欠条,我派头十足地说："我这辈子不用为生计发愁,可以过荣华富贵的日子了。"

添一竖,"十百万"

后来,张小榛还给我写过很多欠条。

我为他去打一次饭,他就给我写一张欠条,欠100万;我买一包零食给他吃,他又欠我100万。他不管我付出的是多少,统统都欠我100万。如果这些都可以兑现,我想我都成亿万富翁了。可是,我担心张小榛能不能发大财,即使他发了大财可是他欠这么多债,他八成也会赖账。

张小榛再要给我写欠100万的时候,我不要了。

张小榛生病了,我扶着他去医院,为他找医院,帮他付钱,帮他拿药。拿了药回来还侍候着他吃下去,每天两次地再陪他去医院打吊针。等他病好了,我累得也瘦了整整一圈。

张小榛满怀歉意地说:"对不起,付琳,辛苦你了,你瘦得太多了。"

我说:"没什么,就当是减肥。"

"可是,你再减下去的话就只剩几根骨头了。"

趁着张小榛感动之际,我让他写欠条。他轻车熟路地写:"今欠付琳100万……"

我不满地嚷起来:"100万就打发了我啊?"

张小榛在"一"字上添了一竖,变成了"十百万"。

我说:"1000万也少了。"

"那你要多少?"

"我的钱够多了。你就写一生一世都照顾我,对我好吧。"

张小榛就在纸条上写:"今欠付琳情债一份,要用一生一世来偿还。"

情债一份,偿还是一世一生

张小榛大学毕业了,我还留在校园里继续就读。

张小榛在分配无法落实的情况下,在自己的家乡开办了一家小公司。

张小榛经常给我打电话,告诉我他公司的情况,还有就是问我在学校过得好不好。我告诉他我很好,虽然他走了之后我非常地想念他。

我想过，等我大学一毕业就去找他，去他的公司和他一起创业。这还要一年，一年既短暂又漫长，我急不可耐。

终于等到大学毕业了，我给张小榛挂个电话，也没管他答不答应，就自作主张地背着包去了他的城市。

原本以为，他会过得很滋润，红光满面。没想到，他却是那么的精神不振。

细问之下，原来他在做一笔生意的时候遭人暗算，所有的资产都赔掉了。

我笑着说："我还以为你赚了100万，想让你兑付一张欠条的，看来希望是没有了。"

"如果你不着急，就慢慢地等我赚钱还钱；如果你急着要钱，我就给你介绍公子哥，他们有足够的现钱。"

我以为张小榛只是开玩笑的。

没想到，几天之后，张小榛就给我安排了跟一位公子哥约会，我被他骗着去的。

和公子哥交谈了一会儿，我打电话让张小榛也赶了来。

看到我和公子哥，张小榛笑着问："二位谈得还愉快吗？"

公子哥说："老兄，我恐怕不能完成你的使命了。"

张小榛说："怎么啦？"

公子哥说："你问她。"

张小榛问我："怎么啦？付琳，在家不是说得好好的，又不听话了。"

我说："我只是把你的那些欠条给他看了。"

公子哥说："没想到，老兄你欠了她那么多，我想我的身家也有限。最要命的还是那张情债欠条，更是巨大的包袱，我想我担不起责任。"

"什么情债欠条？"张小榛盯着我问。

我把它拿出来。只见上面写着："今欠付琳情债一份，要用

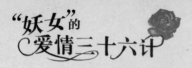

一生一世来偿还。"

"你……"张小榛气得说不出话来。

公子哥说："看来，只有小榛你自己才能偿还她了。"

幸福的人，幸福的样子

后来张小榛问我："你是不是早就算计到了今天，所以才逼着我写了那些纸条？"

"是的。"我说。

"所以你到后来连钱也不要了，让我写什么'情债'？"

"是的。"

"好在关键的时候威胁我？"

"是的。"

"成为我的老婆？"

"是的。"

他再也说不话来。

幸福的人就是这样子，幸福得说不出话来。

点评：顺手牵羊是件美事，不费多大力气也能发意外财。但要注意"顺"字，如果不顺，切记不要强求，还要注意是不是敌人的陷阱，否则想牵羊，却牵走了狼。在和情人交往的过程中，有些不经意做的事情，也能有意外的收获。不要忽视那些微小的事情，所有的机会都要把握，爱情才有把握。

"我"每次赢他的钱，每次为他做事，都让他写100万的欠条，最后还让他写了情债的欠条。这些看似可以赖账的欠条，实质上已经把他套牢，他想赖也赖不掉。而"我"做得那么轻松，在不经意之中就做到了。

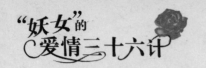

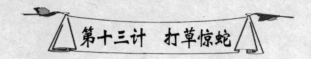

第十三计 打草惊蛇

把你骗到手

原文: 疑以叩实,察而后动;复者,阴之媒也。

译文: 发现可疑之处就要弄清楚,只有侦察清楚才能行动;反复地侦察和分析是发现敌方阴谋的重要方法。

▲ 香水之缘

在泰华超市,老远就看中了香水专柜上那瓶蓝色勿忘我。可是,只剩它孤家寡人似地摆在那儿了,有个男孩正俯下身,眼睛正盯着它,拿它和另一瓶香奈儿比较。

不容那个男孩犹豫,我冬冬地跑上前去,把它抢在手里,然后三两步跑到柜台付款。

当它完全地属于我的时候,我才得意地回头看那个男孩,他的一只手还放在那个空空的柜台上,嘴张成圆形,眼睛瞪着我。

他那滑稽的表情让我好想笑,要是在平时我一定会放肆地大笑;可是,就是那回眸一望,我就喜欢、爱上那个英俊的男孩,就不能不用脉脉含情的眼光盯着他。

谁让他那么漂亮呢,喜欢漂亮的男孩一直是我致命的弱点。在校读书时,就有男生利用我的弱点让我无偿地帮助做作业,也有女生利用来获得免费的零食。

我慢慢地走上前去,望着他,带着歉意,用温柔的声音说:"你也想买它是不是?"

他立即就说:"是的。"

噢,天啦!他的声音太好听了,像我以前养过的一只翠鸟的鸣叫,也像我每晚用来催眠的笛曲。

"那就送给你。"

犹豫了一下,他说:"不好吧?"

"有什么不好!"我大大方方地把勿忘我塞进他的手中,在他再做推辞之前跟他说,"有缘再见。"

曾经错过

"有缘再见",这句话多潇洒,一定会给他留下美好的印象。

可是,会有缘再相见吗?

哈!不用担心,他把厂牌别在西服内,而他又敞开着西服,我的眼很尖,一眼就看出了是我们公司设计独特的厂牌。

既然是一个公司的,抬头不见低头见,生不见死后见,呸!这句话不吉祥。反正,他是逃不过我的火眼金睛,也逃不出我爱情的五指山。

但我还是纳闷,有这么一个大帅哥在公司,我以前竟然不知不觉,连一点点心灵感应也没有。

坐在窗台前,欣赏着公司里来来往往的俊男美女。我漫不经心地问小兰:"兰妹,现在公司的'帅哥王'还是郭玉林吗?"

小兰对这类问题一直兴趣很大,立即就停止了手中的事儿,也坐到窗前,卖弄地跟我说:"芷心姐,你不知道你回家一个月,公司已经发生了翻天覆地的变化,郭玉林现在不是帅哥王子,连前三甲都没了份。现在,公司的花魁是邢世嘉。"

原来是新来的。都怪我休假一个月,错过了帅哥。

"他长的什么样子?"

"他？大大的眼睛，乌黑的头发，高高的鼻子，挺拔的身材……"小兰掰一根手指就数一项特征。

在小兰让人晕倒的描述中，我就想到了一个形象。

"还有，眼睛很好看。"小兰用一句重话结束了她的描述。

而我，已经看到了一个人。我指着窗外一人问小兰："是不是他？"

小兰顺着我的手指去看，然后惊呼："就是他！"然后，就陶醉在她无边无际的欣赏里。

我没再理她，拿了样东西，冲了出去。

缘分碰撞

"砰！"

气喘吁吁的我终于撞在他的怀里，在他扶正我之前，我闻到了他身上幽幽的香味。该不会是勿忘我吧？

"是你！"他看清我后，惊呼一声。

"是你呀！"我故意感到意外，"真巧。"

"是的，没想到还能遇见你。"

他为什么这么说？"还能"，这个词？难道他也一直希望再遇上我？

"我也这么觉得。没想到，我们会是一个公司的，真是不打不相识。"

"我们打过吗？"他微笑，如花的笑容，让我迷失了自己，"我们只是抢夺了一瓶香水，最后你友好地把它送给我了。"

"那就叫'不抢香水不相识'。"我把视线稍稍偏离了他的眼睛。注视他已太久，再那样脉脉含情会让他觉察的。

"是的吧。"他轻松地又笑了一下。这个阳光男孩，他的笑容照得我要融化了。

"你去做什么？"他问我。

"上班。"我继续紧盯着他，想也没想就回答。

"上班？早就是下班时间了。"

"那我加班。"我还是没想。

"加班？拿饭盒去加班？"他疑惑地看着我。

"不是！"我提了一下精神，赶紧清醒还来得及，"你瞧我说的，我是去打饭。"

"那就一起去。"他向我扬了扬手中的饭盒。

"我叫林芷心。"跟他并肩而行，我侧过头对他说。

"我叫邢世嘉。"

是的，就这个叫邢世嘉的男孩了。

共伞之一

"芷心，明天什么天气？"

我转过头向后看了一眼，世嘉在卫生间洗衣服，弄得满手的泡沫。

"没听清。"我高声地回答。

"我不是叫你帮我听一下的吗？"

明天放假，世嘉要去超市买衣服，他叫我一起去，我没答应，他就叫我帮他注意看天气预报，明天会不会下雨。

"我开小差了。开一会儿小差不行吗？"我的声音更高。

我是到你家来看电视，又不是来帮你听讨厌的天气预报。我理直气壮。

"你呀！"他又能奈我何？

第二天，出门前，他望着阴沉沉的天空，担心地说了两遍："芷心，你说真的不会下雨吗？"

"别婆婆妈妈的，快去吧！不会！不会！"我把他推出去，关在门外，留下自己在他的家里悠然地看电视，吃饼干。

劈啪啪！轰隆隆！

之后,就下起了大雨。天气预报说的一点儿也没错。

我赶紧关掉电视,拿起一把折伞就冲出去。

在服装超市,看到世嘉正和许多没伞的男人女人挤在门口,四处张望着。

"世嘉!"走到他的眼前,我叫他的名字。

"芷心!"他无限惊喜的样子,"你怎么来了?"

"给你送伞呀!"我把伞撑开,罩在他的头顶,"走吧。"

"你怎么不打的走呢?"我盯着地上碎的雨花问。

"你再晚来一分钟,我就打的了。"

老天待我总是那么好,让我抓紧了每一分每一秒。

"你怕是在等我送伞吧?"我还是盯着雨花。

好一会儿,才听到他说:"是的。我在等你。"

这么直愣愣的一句话,叫我说也不是不说也不是。

共伞之二

他知道我关心他,可是,他关心我吗?就像我关心他那样,虽然被雷声和闪电吓得要昏过去,还是冒着倾盆大雨给他去送伞;因为我把伞总推向他那边,第二天就发高烧下不了床。

他会吗?

为了验证他对我的关心,在又一个下雨天,我选择了不带伞上街。

雨是毛毛细雨,轻轻柔柔地披洒在肩头和裸露的胳膊上,让我觉得温馨。

可是,雨,会不会变成伤心雨?

在同一条街上,我走来又走去,我担心我要扛不起失望了,打算还是回去。

"芷心!"

我听到熟悉到了骨子里的声音在呼唤我。

就是对面,他就在我的对面!

我向他跑过去,几乎要流泪。

"你怎么知道我没带伞?"

"听她们说的,"他忙着心疼地把外衣给我披上,"你呀,明知道下雨了,还要上街又不带伞,自己不知道爱惜自己。"

"有你爱惜我就够了。"我在心里低低地说。

情人之壁

清晨的时候,海滩上还没有一个人,我就把他拉到了海边。

跟他坐在临海的那块岩石上,听他说一千句话一万句话。

可是,我只想听到他说一句话,简单的三个字。或者,就干脆地吻我一下吧。可是,他一直木木地。

难道,一定要我先对你说? 每个大胆的女孩总得保留一点点不大胆吧。

破釜沉舟,我拉着他,打的 100 公里,没有停歇地钻进那个长长的石洞。

站在一面厚厚的、光亮炫目的石壁前,我看着他的眼睛,一个字一个字地对他说:"传说,这面壁叫情人壁。当一男一女各处一面,如果是彼此相爱的两个人,他们说的话能让对方听到;如果不是相爱的人,虽然仅仅是一壁之隔,也如隔断天涯,杳无音信。"

"是吗?"他瞪着大大的眼睛,不相信地看着它。

"你有什么话想对我说的,你就进去跟我说吧。"为了不再让他发愣,我把他推进去,"如果我们是有情人,我会听到你说的。"

我都这么跟你说了,你还要怎样?

很久很久,我没有听到一句话传来。

我很清楚这不是什么情人壁,它只是一面普通的石壁。由于有个宽敞的进口,可以传音,所以,不管是相爱还是相恨的人,在此都可以听到壁里壁外说的话。

而我这么做，只是想让他说出那句关键的话。

而他，却不说。

我深深地失望，缓缓地向洞外走去。

"芷——心——我——爱——你！"

忽然，我听到了很大很大的声音，在说，在喊。

我停下步来，被不绝于耳的回音缠绕。

我转过身，看到了他，他的笑脸。

点评： 打草惊蛇并不完全是为了把蛇打死，有时候只是为了把蛇赶出来，有时候只是为了把蛇赶走，还有时候只是想测试一下是否真的有蛇。用它来试验爱人的心，看他(她)是否爱你，是最好不过了。

林芷心用了一系列打草惊蛇的方法，来探测邢世嘉的态度。先是"抢"和送香水认识他，后又故意跟他碰撞，制造惊喜。关键还在于通过两次雨中送伞，惊醒他的感情，知道彼此都很在乎。最后，把他逼到情人壁前，使其毫无退路，对她说出"我爱你"，其实已经把"蛇"赶了出来。

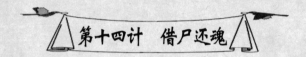

第十四计　借尸还魂

"花心大萝卜"的网恋史

原文：有用者，不可借；不能用者，求借。借不能用者而用之，匪我求童蒙，童蒙求我。

译文：有所作为的，不可利用；无所作为的，可以控制和利用。利用无所作为的，不是我受别人支配，而是我去支配别人。

🅰 甜言蜜语

"花心大萝卜"是谁？何臣也。一个人得到这个称号应该感到羞耻，至少说明他对感情不专一，常常吃着碗里的还望着锅里的。可是，何臣他不这么想，相反他还引以为荣。他说："花心大萝卜？这至少证明你男友我很有魅力，你知道的，一只青蛙想花心也花心不起来。"你瞧，他是何等地不知羞耻！

谁让我爱上"花心大萝卜"的呢，只有自认倒霉。可是，看他也许结婚后也不打算收心，跟着他我一辈子都得忍受他把一颗爱心掰成无数份而我只能占其中的一小份，我又不甘心。我必须在结婚前就把他治理好！

这天，"花心大萝卜"唱着情歌从外面回来，看我伏在桌上写作，就问我："累不累啊？"

"当然累。"我回答他，头也没抬，继续写作。

"那你的手指一定很辛苦了,整天握着笔不放。"

"是啊。"

"那么,你怎么不买台电脑呢?"他循循诱导我。

"买电脑干嘛呀?"

"用来写作啊,如果用电脑就不用笔,只动动手指头打打字,不用这么辛苦了。"

"我是有买电脑的打算,不过……"

他抢着说:"我就知道你想买电脑。如果你买了电脑,我也可以用你的电脑上网,这样我不必把钱花在外面是不是?"

"可是……"我还是犹豫不决。

"如果你买了电脑,我就戒烟!"

他戒烟这无疑是最好的条件了,我最不能忍受的就是他满嘴的烟味再来亲我,而且他的牙齿都被熏黄了,衣服经常被烟头烫出洞。

但是,我担心他一旦有更好的上网条件,他会用我的电脑搞网恋的。这是我不能容忍的。

我忍住了没有把我的担心说出来,决定试一试。

🎱 勾搭上了

我出了 8000 块钱,这是我一年业余写作的全部稿费,"花心大萝卜"也说要出一半,却只有几百块,占很少的一小部分,我们终于把电脑买回来了。

没想到,后来"花心大萝卜"烟抽的比以前还凶,电脑却被他霸占着。最让我恼火的是,他竟然搞了一场又一场的网恋,虽然没有一次是成功的,却直接威胁到了我们的感情。那些虚拟的女人,难道比我的魅力还大吗? 我不信! 看来,我得好好治治他了。

我骗"花心大萝卜"说,最近公司生意好,晚上要加班。他和他的 MM 正聊的热火朝天,也不抬头看我,只随口说了句:"走夜路要小心。"我委屈地都要掉泪,心想,等会儿你就知道我的厉害了。

我直奔网吧,选了角落的那台电脑,打开 QQ,登录,然后加他为好友。这个 QQ 号是好友送给我的,不过,我从来没有用过,上面没有一个好友,"花心大萝卜"也不知道号码。

我在附加的信息里说:"帅哥,可以加我吗?我很寂寞,很想跟你聊聊。"

没想到,嗒嗒才几秒,"花心大萝卜"就加了我。并且,立马给我发来一句:"靓妹,今晚的月色很美,却不如我认识你后的心情更美。"

"我也是。帅哥,在哪个城市呢?"

"长沙。"

"我也是。"

"看来咱们还真有缘,说不定,咱们有一天会相见。"

"可能吧。你结婚了吗?"

"小姐,这么问太唐突了。不过,我还是乐意回答你。我去年才从大学毕业,在校忙于学习,参加工作忙着干事业,女朋友都从来没有谈过。"

呸!你还以为你是处男!

"是吗?"

"当然。妹妹,你呢?"

"我?还在大学读书。"

"真的吗?"

"真的!"干脆就扮个纯情少女,听说有不良人士专门盯着纯情少女下手,他大概也是。

他就发来了几个笑脸符号。不知是开怀,还是暧昧,或者淫荡。我都要被他气疯了,再无心思聊下去,匆匆地就下线。

回到家里,看不出"花心大萝卜"有什么反常,我纳闷,难道是小妹妹他不感兴趣?

亲密接触

第二天,我又去网吧。上线,就看到"花心大萝卜"昨夜在我走后的几个留言:"走了吗? 怎么不打个招呼?""是我说错了什么?""好想对你说,咱们好有缘。"

看到我上来,"花心大萝卜"就打招呼:"嗨,我还以为你今晚不会来。"

"我这不是来了吗? 你一直在等我?"

"是的,心都等痛了。昨晚为什么不打招呼就走了呢?"

"身体不舒服。"

"是吗? 要不要紧? 看医生了没有?"

"不要紧。这么关心我?"

"那当然。好想送花给你,不过,不知道你在哪里。"

TNND,相恋几年,"花心大萝卜"连情人节、圣诞节、我的生日都没有送花给我,竟然会轻易地送花给不认识的女孩?

我和"花心大萝卜"的网恋就这样进行下去了。为了不致被他识破,我请教了许多网恋高手,在各大论坛翻阅了无数前辈的经验,日日夜夜都在研究策划,终于可以纵横网海,吊足了他的胃口,勾引他上钩越来越紧,直到无法自拔。

天凉好个秋,不过,去网吧上网没有空调,人声嘈杂,我想赶快结束这场无聊的游戏,于是,在"花心大萝卜"每回 10 次,第100 次发来痞子蔡那句:"我们见面吧。"我终于轻舞飞扬式地十指敲击:"见面就见面。"

"咱们到哪里见面呢? 宝贝!"

要死的,宝贝是我的专有名词,你竟然会这么称呼一个陌生女子。我火气冲天。"你说,胭脂山顶可以吗?"

"胭脂山顶？好高的。"

"没关系，情深还需要心诚来验证。"

"我倒不担心，我只担心你能不能爬上去。"

"不用担心我。"

"什么时候？"

"明天晚上8点。"

"明晚？怎么要那时候？白天不可以吗？"

"晚上浪漫些。我希望我们第一次亲密接触应该是浪漫的，有星星，有月亮，有虫鸣，还有轻轻的风，柔柔的草。"

"真的很浪漫。好的，我就在那里等你。为了好识别，我将穿蓝色运动鞋，蓝色袜子，蓝色牛仔裤，蓝色长袖衬衫，再背个蓝色的书包。"

"哇！"我故意大惊小怪，"那是痞子蔡的装扮。我也将穿咖啡色休闲鞋，咖啡色袜子，咖啡色小喇叭裤，咖啡色毛线衣，再背个咖啡色的背包。"

"轻舞飞扬也是这样。我们的第一次亲密接触也一定可以广为流传、千古流芳。"

回到家，看到"花心大萝卜"满脸的笑，我试探地问他有什么喜事，很开心的样子。没什么，他轻描淡写地回答我。哼，不到黄河心不死，不见棺材不掉泪，我要让你见魔鬼。

冤无头，债无主

第二天晚上，我下班回到家，发现"花心大萝卜"竟然提前下班做好了饭菜，等着我吃。我吃饭，他催了我100遍，叫我快吃。我一吃完，他就收拾好碗筷，然后抹干净手，跟我说他今天晚上要跟朋友去聚会。

"何臣，你今天晚上的装扮好特别哟。"我拖长声音，拉着他的胳膊。

"没什么的。这些衣服买了好久也没穿几次,我想穿穿。"他又在镜子前照了照。

"为什么要背个书包呢?男孩背书包不好看,不如提公文包吧。或者公文包也用不上,你们又不是谈公事,只是聚会。"

"我们还要谈公事的,"他赶紧说,"书包是我在学校用过的,很久没用了,我怀旧。"然后,他在我的额上匆匆一吻,就急急地出去了。

看钟表,"花心大萝卜"在山顶上等了有半个小时,我给他发了条短信息:"对不起,我有事,要晚一个小时才能到。"他在网上把手机号码告诉了"我",我却一直没告诉他"我"的手机号码。为了今天晚上用,我特意新买了张手机卡。

一会儿,我收到了他的短信:"宝贝,我等你。"

半小时后,我又给他发信息:"对不起,还要等半个小时。"

"对不起,还要等半个小时。"又发了几次。

然后,我就发:"我已经租车来了。"

却又发:"车子在路上坏了,师傅在修,等我。"

又发:"车子坏的很惨,可能修不好,我先回家去了,你也回家吧。以后再见。"

哈,这时候已经是凌晨一点多了。我虽然在暖烘烘的家里,却也能猜到山顶一定冷风嗖嗖。

等了半个小时,"花心大萝卜"回来了,我跑去给他开门,就看到他双手环抱,冻得缩成一团,不停地颤抖。

"怎么这样?"我关切地问他。赶紧给他放水洗澡。

他什么也不说。

一直到一个月后,我们结婚后"花心大萝卜"才跟我说起他这次的网恋史,并且咬牙切齿地骂"她",也对自己进行了深刻的反省,求得了我的原谅。

我一直没跟"花心大萝卜"说出事情的真相。反正,他网都

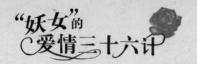

很少再上,电脑专用权归了我。

  点评: 只要对我方有利的东西,我都可以利用。但是,如何找到"尸",发现"尸"的利用价值,从而达到我还"魂"的目的,才是关键。在情人的眼里,我们可能并不是他(她)的意中人,不能使他(她)动心,如果我们能通过改妆,使自己脱胎换骨,给他(她)新的感觉,使他(她)心动,也就是达到了借尸还魂的目的。

  聪明的"我"在面对"花心大萝卜"的网恋时,并没有直接阻止,那样会引起他的反感,而是巧妙地借网恋,借其他女子的"尸",使他上当,达到了惩治他的目的。用一句电影中的台词,这叫做"高,实在是高"!

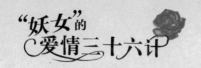

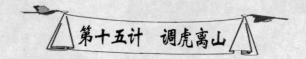

让我做你的黑雪公主

原文： 待天以困之，用人以诱之。往蹇来返。

译文： 等到自然条件对敌方不利时再围困它，用人为的假象去引诱它。向前进攻有危险，就想方设法让敌人反过来攻击我。

A 卖友求荣

海天说，他小的时候求爸爸最多的一件事情就是搬家了，因为搬家后他的家就不用和我的家在同一个地方，他也不用和我去同一所学校上学了。他之所以不想和我在一起，因为我总是在出卖他。

我上翻眼珠，露出眼白，说："我出卖过你吗？"

海天坐在我的对面，玩弄着脚指甲，他的动作让我一阵恶心。他一件一件地给我数出来，我一件一件地听着，他每说一件，就问我"是不是的"，我先是否认，然后是支吾其词，见实在是逃不脱事实，就干脆耍赖说："这能怪我吗？谁让你调皮。""切！我调皮跟你有何相干？"海天打断我说。

海天读小学、初中的时候，他的成绩不好，加之性格比较皮，特别地贪玩，所以经常地挨老师的批评，因为有我的告密，海天

112

受批评的频率又要高上一倍多。

海天和伙伴们新做了一个弹弓,他们拿到学校里,每次下课后都打鸟。上课的时候,海天也会把手伸到课桌里偷偷地摸着弹弓,然后思想开小差跑到课后打鸟去了。这时候,他的同桌我站了起来,向老师举报说:"老师,海天上课玩弹弓。"老师惊讶地看着我,把海天叫了起来,问我说的话是不是真的。海天只能站起来,老老实实地从座位里把弹弓拿出来交给老师。海天终于受到惩罚,挨了老师的狠批,最惨的是他最心爱的弹弓从此就不再是他的了,他的伙伴也怪他没有能力保护他们的东西,不愿意和他玩耍了。海天只能把怨气全发泄到我的身上,放学后,他截住我,把我按倒在草地上,用他肥肥的身体(那时他长得很肥壮,不像现在这么瘦高帅气)把我压住,直到我求饶为止。

这种卖友求荣的事情后来我还做过很多次,每次都是我受老师的表扬洋洋得意,而海天受老师的处罚灰心丧气。海天对我恨到了骨子里,却无可奈何。为了使我的阴谋诡计少得逞,上高中后海天就少了顽皮,把精力集中到学习上去。后来,他顺利地和我考上了同一所大学。所以,我常常对我的卖友求荣不感可耻,相反还自鸣得意。"如果不是我监督你,你能考上大学吗?"我的理由把海天给噎住了,他只能恨恨地瞪着我。

棒打鸳鸯

大二的时候,海天偷偷地谈了个女朋友。之所以称之为"偷偷地",是因为海天不敢把她带回家去,甚至不敢告诉他的父母。

海天打算连我都不告诉,那段时间他跟我玩失踪,每天下课后就找不到他人了,他也不跟我一起回家。偶尔一两次碰上他了,他说学习很忙,在自习教室里刻苦攻读。呸! 攻读? 我去自习教室找过他,哪里有他的鬼影子。

终于让我在路上逮住了他,当时他手牵着她的手,两人有说有笑。看到我,海天不禁一愣,失口叫出:"怎么是你?"

"怎么不能是我?"我笑眯眯地说,"你女朋友啊?"

海天畏畏缩缩地不敢承认,那个女生挺起胸脯大声地说:"我是她女朋友!"她把我当做了臆想中的情敌,想从气势上盖住我。

我淡淡一笑,对海天说:"恭喜你。"

我和他们聊了一会,我的态度让海天大为轻松,他以为我不在乎他谈恋爱的,也断然不会告诉他的父母。

没想到,下午他回到家里,他的老爸老妈就找他做思想政治工作。

一个说:"谁允许你在学校谈恋爱的?"

一个说:"还不告诉我们!"

海天痛苦地呐喊:"天哪!究竟是谁向你们告密的?"

我皮笑肉不笑地承认说:"是我!"

"你不说我也知道是你,只有你才有这么卑鄙,你为什么要这么做,棒打鸳鸯?"

"我也是为了你好,你放了正经事不做不搞学习,不务正业地去乱搞男女关系。"

"拜托,你用词能不能准确一点儿。什么叫乱搞男女关系?我十年寒窗考上了大学,也该休息一会儿了。"

"可是,你这样会误了学习……"

能说善辩的我远远比海天的理由充足,他只能甘拜下风。

海天还是和那个女生分手了,一方面来自家庭的压力,另一方面是那个女孩子觉得他身边的我非常地讨厌,她不想再看到我,我却是赶也赶不走的。

鞭长莫及

毕业后,我和海天都参加了工作,但没在一个公司。我想进他的那个公司,但没考进。海天幸灾乐祸地说:"这下我解放了。

解放区的天……"他唱起了革命歌曲。我恶狠狠地瞪着他,警告他不可胡作非为否则会遭到我的报复。

这天,我去海天家玩,他不在家里,他的老爸老妈闲在家里看电视,我去了他们非常地喜欢,邀我玩麻将。牌桌上有话好说,我套他们的口风,问海天最近在干什么。伯母说:"他很忙。"伯父补充说:"还不是忙着恋爱。"我一听"恋爱"二字,头皮发麻。追究之下,得知海天最近和公司里的一个女孩子好上了,那个女孩子都登门拜访了,二老对她还比较满意。

这一次,看来海天的父母是不打算再干涉他们儿子的恋爱了,用他们的话说"这是他的自由"。虽然我一个劲儿地挑拨离间,他们还是坚持不干涉。看来,我得亲自出马了。

这小子,保密工作做得越来越好了,关系都到这层上,还不让我知道。

但我是何人?我有通天的本事。收买了海天身边的朋友后,终于得知他的新女友名字叫董文珍,长相漂亮,性格特好。

"长相漂亮,性格特好",这八个字就可以使我屈服吗?我只不过是皮肤黑点,性格泼点,还有点卖友求荣。我愤愤不平。

间谍告诉我,明天早上八点钟海天要和董文珍在公园里约会,海天计划在宝塔下向董文珍求婚,戒指他都买好了。

"明天是你最后的机会了,看你能不能抓住。"间谍说。

"当然能!"我响亮地回答他,心里虽然没底,但还是愿意玩火。

 添油加醋

第二天早上,我赶到海天约会的那棵树下,果然有个姑娘焦急地等在那里。她一定就是董文珍了,果然漂亮,文雅的样子看起来性格也不错。可惜她找错了人,如果不是海天,她和别的帅哥都会是天作之合。

我走到她的面前,问:"请问你是董文珍小姐吗?"

董文珍疑惑地瞪着我,说:"是啊。你是谁?"

我笑了,"我是海天的邻居。"

"噢,你好。"她热情地说,牵住我的手,看来想跟我套近乎,好让我在海天面前为她美言几句。

"海天让我告诉你,他临时有事不能来了。"我开始施展我的诡计。

"是吗?"她一脸的失望。

既然约会不成,董文珍打算离开。我拉住她的手说:"不如我们去喝一杯。"

董文珍答应了。

在酒吧里,我巧舌如簧,把我和海天青梅竹马,一起长大,一起上学,一起受老师的处罚,他为我顶罪我为他挨骂,无中生有,有中添油加醋地说了一个小时。然后,我说我和海天两小无猜,情投意合,珠联璧合,我们打算长相厮守,请她高抬贵手,放爱一条生路。

董文珍一脸的无辜,说:"我是你们的第三者吗?"

"是啊。我和海天只是一时的误会,他才移情别恋,我们最终还是要在一起的,所以请你成全我们的美事。"

董文珍立时兴奋地说:"好啊,我可以成全你们。怪不得我和他在一起总是感觉不强烈,原来还有你的缘故。"

黑公主

第二天,我去海天的家里。

海天一见到我,就扑上来对我又撕又咬,恨恨地说:"你对董文珍说了什么,她对我不理不睬,要跟我分手。"

我淡淡地说:"没什么,我只是告诉她我们青梅竹马。"

海天气愤地说:"谁和你青梅竹马了?"

"难道你能否认吗？我有多大岁，就认识你有多少年。为什么不能让我做你的白雪公主呢？"

"有你这么黑的白雪公主吗？"

"那我做黑雪公主还不行吗？你是我的白马王子。"

"你总是欺负我，我不干。"

"乖，以前我是怕你跟别人跑了才那么做的。以后，你就能感觉到我的温柔、体贴、细心……"

"别肉麻了，我真的要跑了……"

我追！

点评："虎落平阳被犬欺"我们再熟悉不过，为什么它会被"犬欺"？因为它落在了"平阳"；为什么它会落在"平阳"？因为我们把它调来了，这就是调虎离山。调虎离山是让对方放弃有利的条件，而到不利的地方去。"调"字是关键，调得好则功成，调不好则事败，反被虎咬一口。情场也是这样，你可以用此计调走你的情敌，让他（她）不能再接触你的爱人；你也可以用此计调走你的爱人，让他（她）无所依靠，从而对你心生依赖。

"我"和海天虽然青梅竹马，也彼此有情，但在未挑明的情况下，不能长相厮守，所以海天的身边总是不乏其他的女人。当他再跟董文珍约会，并且打算向她求婚的时候，"我"把董文珍调走，想办法感化了她，从而为我赢得了宝贵的爱情。

117

第十六计 欲擒故纵

代理女友

原文：逼则反兵，走则减势。紧随勿迫，累其气力，消其斗志，散而后擒，兵不血刃。需，有孚，光。

译文：敌方被逼得走投无路就会拼命反扑，让它逃跑则可以削减它的气势。只能紧跟，不能逼迫，以消耗它的体力，待它军心涣散之时再擒住它，从而避免不必要的流血牺牲。这是《需》卦所说的，不进逼而赢得光明的战争。

A "让我做你的代理女友吧"

"让我做你的代理女友吧!"有人用可怜兮兮的声音对李遥说。说这话的人不是寡廉鲜耻，实在是太爱太爱他。

首先我得向你介绍李遥。李遥是个帅哥，容貌俊秀的那种，在你感到饥饿的时候看他一眼就能产生无穷无尽的力量。不过，相对他的才华来说，他的帅气又算不了什么。才高八斗、学富五车，他就是这样学识渊博，同时又孜孜好学。而他还是个热心肠的人，事无大小，只要你找他，他都很乐意地帮你。

做李遥的女朋友当然很幸福了，不过，也得有本事，没本事就叫高攀了，"高攀你够格吗"我们经常这样自问，然后我们就泄了气。但是，再漂亮的花也会有主人，他的主人就是赵芝芝。其

实，我们对赵芝芝不服，凭什么她可以做李遥的女朋友？仅仅是
因为他们是大学同学？大学同学有什么了不起，他们在大学有
什么理由在一起？每天下班后，赵芝芝手挽着李遥的胳膊骄傲
地走出写字间，众多女孩的眼睛冒火，又妒又恨的。赵芝芝也察
觉到了，骄傲更甚，高跟鞋叩击地板更响，把李遥缠得更紧了。

　　我比其他女孩子要幸运得多。因为她们只是李遥的普通同
事，而我却是他的小妹。李遥常跟我说，我个子小、年纪小，怎么
看都像他在老家的小妹。她土里土气吗？我问他，他不回答，只
是说她有些泼。泼怎样？好呀，他答得很快，很真诚的样子。他
说我土也好，泼也好，能够跟他多一些时间在一起，我就多一些
开心。虽然，我对他的奢望远远不止小妹。

　　不过，我从来没有想过，有一天赵芝芝会背叛李遥，她竟然
偷偷地投进了另一家公司的台湾老板的怀里。事情公开后赵芝
芝第二天就飞去了台湾，在那里永久性定居。这不亚于一枚炸
弹，不但炸得我们昏头转向，李遥也是粉身碎骨。赵芝芝走的那
天他没来上班，一连缺了几天。我每天都去看他，他如死人一般
蜷缩在没有了赵芝芝的房子里，一句话也不说。在大家都对他
的状态失望，说他可能再也不能上班了，他却又回到了公司，表
面上若无其事，精神却不振奋，做事丢三拉四，被老板骂了几回。

　　这样，我决定挽救李遥，而挽救他的惟一办法就是做他的代
理女友。从哪里跌倒，我希望他从哪里站起来。所以，我跟他说
了。

　　他看着我，像看外星人。

🌹 “不就是喝吗，你喝我也喝”

　　我说，我只是代理你的女朋友，帮你做做饭、洗洗衣，陪你说
说话，有时候和你上街走走，没有其他的非分之想。其实，这对
你来说都是占便宜的事，你干嘛不答应？

闷了一会儿，他蹦出一句："我不想占你的便宜。"

可我愿意让你占呀。这世道真反了，让人占便宜还要求人。

人在伤心脆弱的时候总会做一些愚蠢的事情。他答应了我这下贱的要求，并且把丑话说在前头，我只是做个小丫头，转正的想法可不能有。大概我这新奇的想法确实刺激了他，他竟然跟我开了玩笑，还露出了微笑。

不等听完他的严正声明，我就高兴地跳了起来，下班半个小时后，就把铺盖搬进了他租住的房子。看到我一手是包一手是铁桶脸盆，背上还有一床被子，他瞪着我说不出话来。"你可别想那么多，我住另一间房。"我虽然理直气壮，脸还是红了。

安置下后，就拉了他去买菜。一路缠着问他喜欢吃什么，他每说一道菜，我就答应做这道菜给他吃。然后，买的时候，他说白菜，我说我不爱吃，他说鱼，我说我不爱吃，结果我们只是买了不到三样菜，都是我最爱吃的。

我一个人在厨房里手忙脚乱地，丁丁冬冬的声音很响。"听声音你一定很会做菜了。"他在澡堂里，扬长声音跟我说。"那当然。"我响亮地回答了他。

等他洗澡完毕，走到厨房里看到我菜已切好，对着锅子在发呆，他问我怎么啦，我说是茎和叶子一起炒还是先炒熟茎再放叶子呢。其实，我哪里会炒菜。

"你是来照顾我的吗？"他有条不紊地忙着，我在旁边给他打下手，只配给他拿佐料。

"是呀。"

"我怎么觉得是我在照顾你呢。"

"还不都一样，"我讪讪地笑，"我要给你精神的照顾。而且，你相信下一顿我就能做，我的智商很高的，一看就会。"

晚饭后，拉他去中心广场玩。他不怎么想去，说去过太多次了。我明白，他是说和赵芝芝去的。但我还是把他拉去了。跟他站在人群里,看文艺表演,想起以前我总是和一群女孩子搂在一起,今晚有他在我身边的感觉很好。不远处是瀑布大饭店,由顶层而泄下的飞瀑如银河倾注,使我心神清爽。"你的心情好些了吗?"我轻声地问,真想拉住他的手,和他慢慢地走。他不语,走在前头。

接下来的几天,我对他是无微不至的关怀。很早就起来,给他烧洗脸水,帮他挤好牙膏。饭菜还是他做的,我只是饭前切切菜饭后洗洗碗。衣服当然各洗各的,我想帮他,他抢去不让我洗,其实我也不好意思,两个人清清白白的好像洗了衣服就不怎么清白了。有时间就问他心情怎么样,就学心理学家的样子,给他讲一大堆道理,引导他怎样解脱。不过,说真的,在这间充满赵芝芝的气息的房子里我也住得不怎么安稳,有时候在半夜也会醒来,好像看到赵芝芝站在房子中间对我冷笑。

而他似乎也没怎么听我说。那天,我一下班就回到家里,忙乎着独自一个煮晚餐,这样,弄到天黑的时候我基本上都弄好了,饭菜都端上了桌。我陶醉在自我良好的感觉里,心想他一定会夸我进步快,说不定还会给我一个轻轻的吻,吻到额头上,那也不错呀。我却左等右等也等不到他回来。我想,他会不会出什么事呢? 这一个月来,他都没有这样,他都是一下班就回到家里的,我不拉他上街他街也不上的。

我在街上疯跑,一家店一家店地看去,我想应该是酒店,男人也好女人也好,失恋了就买醉。我想的没错,真的在一家档次极低、什么样的人物都有的酒吧里找到他。他已经喝得大醉,我叫他的名字,他瞪着我,不认识似的,手里还拿着空瓶子往酒杯倒。我抢过他的空瓶,他一把推开我,夺了过去,我被他推倒在地。

从地上站起,我叫来一箱啤酒,一瓶一瓶地打开盖子,然后拿起其中的一瓶,一口气就喝干,再拿起第二瓶。在喝第二瓶之前,我大声地对他嚷:"不就是喝酒吗,你喝我也能喝。"

"那块石头是你,那块是我"

我们决定去旅游。如果这世上有一种方式可以使失恋者得到解脱,那么必定就是旅游了。当然,我说的是摆脱失恋,单相思就不行了。每次,我很想很想他的时候,我也旅游,只是这让我更加地想念他。你知道,我的他是谁了,他就是李遥,我的大哥。我想跟你说的是,这时候的我当然不想局限于大哥和小妹的关系,我们走得这么近,本来就该发生一些暧昧的故事,如果再不发生,那不仅仅是对不起观众,也对不起自己的回忆。这么好的人,怎么不去珍惜,而珍惜的方式当然就是永远在一起。

我们有两天的假,计划先游览漓江和阳朔,第二天去兴安的乐满地公园。其实,这些地方我们以前都去过,但我想我们这次的单身男和单身女的出游当然跟以前的出游有些不同。

漓江山水甲桂林,但他的评价却不怎么样,他说他家乡的山水不逊于此,只不过是一些城里人难得看到有山有水,又难得看到不受污染的山水,所以特别觉得稀奇。"你的家乡一定很美吧?"我揣测地问。他没有想,就回答了。"那你以后带我去看看好吗?"我挑逗地请求他。他说可以呀。很随意的样子虽然叫我不怎么欢悦,不过能够为以后许下诺言我毕竟还是喜欢的。

途经九马画山的时候,很多人都在欣喜地数着,想多数出几匹马。他问我数出了几匹马,我说我一匹都没有数出来。他就指给我看,哪个地方有一匹马。我不说话的样子,他以为我很笨,很仔细地指给我看,又说漓江的山水完全靠想象,你怎么想就怎么像,如果没有想象那都是一堆破石头。其实,我一直没有去想九匹马的故事,在我看来,那些石头都不再是马、骆驼、猴子、美女什么的,我的脑海里只有一些和爱情和天使有关的故事,每一颗石头和石头的影子都像天使。天使为爱而驻守,守候天下有情人。

导游小姐指着两座石峰说那是两只骆驼,一大一小,像母子。我尖声地欢呼,你看你看,那两块石头像两个人吗?他瞪大眼睛看着,看了半天说怎么看也不像人,倒像导游小姐说的是骆驼。怎么不像呢,好像呀,像两个人,一个是你,一个是我,喏,你是那块,高高大大的,我是那块,娇小不怎么好看的。船上的游客都看着我,有些是好奇,有些很羡慕。我把相机给一个游客,请他为我们照了张相。于是,这张相片就是我把手搭在他的肩上,他的表情有些木然,我却很欢喜,酒窝里盛满漓江的山水。

在兴安乐满地公园,我们进园之后不怎么感兴趣地在园内转了转,直到我们坐上了海盗船,才挑动起我们的情绪。船一上一下,上的时候人感觉不怎么样,而下去的时候心突然就悬空了,感觉到无助。以前来的时候,我不敢坐海盗船,因为我身体不怎么好,怕不能承受。现在,我只有大声地呐喊来去除我的恐惧。越升越高的时候,我的心脏再也承受不起,抓紧他手臂的手越来越紧,指甲都到他的肉里去了。我想我可能会死去。我就对他说:"我受不了啦!"停顿了一秒钟,我又说:"我爱你!"虽然周围都是又喊又叫,他还是听到了,他停止了叫喊,一直一直地看着我。接下来,我们疯狂地坐过山车、马车,我们甚至还坐了花轿,两个人在一顶花轿内,享受了古代的浪漫。我们只是不怎么说话。

"笨蛋,我不爱你我爱谁"

旅游回来后,我从他的视线里消失了。我不得不消失。既然已经跟他说我爱他的话,而他却一句话也不跟我说,即使是一句拒绝的话,我不喜欢这种沉默。而且,每个女孩子都有尊严,她可以无所畏惧地追求爱情,但如果被一再地拒绝,她还是会伤心地,还是会重新给自己披上一件可以保护自己不受伤的外衣。

在那间临时租住的又窄又暗的房子里，我几乎足不出户，只是在吃饭的时候才出去，在旁边的小饭馆里匆匆地吃完饭又匆匆地回去。在桂林这座小小的城市，我想我们很容易相遇。而我现在不想遇到他。

晚上，我就走出家门，在街上无目的地走着。有时候也去中心广场，希望在人群里意外地发现他，当然，如果真的发现了他，我不会叫他的名字。我只是想看到他。看到他这段时间瘦了吗，有没有想过我。想念的痕迹有时候会留在脸上。

一个人躲在屋子里，本来想变成懒虫，吃了就睡，睡了就吃，吃吃睡睡，无穷无止。但是，我却连睡的感觉也找不到。每天我都很少睡，谁都知道心里想念一个人是很难入睡的，即使入睡了也会因为想念而醒来。

我有时候翻翻书，有时候看我们的照片，有时候静静地发呆，更多的时候是拿着手机，期待它突然铃声响起。它响过一两次，不过，我惊喜地掀开机盖看时却不是他打来的。是好朋友铃子，铃子跟我东南西北的扯一阵子，然后说注意到他了，他好像挺落寞的，更加没有欢笑了，他一定是在乎你的。"他在乎我怎么不来找我呢？""他不知道你在哪里呀。""他不会问吗？""你不让我告诉他的。""他问过你吗？"铃子不语了。他没有问过她，虽然他知道铃子是我最好的朋友，只要问她就能知道我在哪里。

这样，过了近一个月的时间，某天，我正病恹恹地坐在床头，把手里的破手机狠狠地扔在地上，说以后再也不接他的电话了。房子的门却突然被推开。我一愣，是他。

他憔悴了，不是一点儿，是很多。他看着我，不说话。然后向我走来，路过手机时，把它捡起。坐到床头，把手机递给我，然后说："你还好吗？"很嘶哑的声音。

我却突然地就抱住了他，泪如雨下。我不止一次地想过，如果他来找我，我就不理他，他说什么好听的我都不理；或者要他说上3天3夜,向我解释他为什么这么久不来找我,是什么触动他来找我了,他要请求我的原谅,我才肯委委屈屈地原谅他。我没有想过突然会扑进他的怀抱。我的感觉就像在海盗船上一样,有一种只有抓紧他才能让自己远离死亡的感受。

"你爱我吗?"我抬起头,满面泪水地问他。

"傻瓜,我不爱你,我能爱谁?"他努力地笑了一下,然后,从口袋里掏出一枚戒指,说:"你的代理女友期限已到,现在该转正了。"

"可是,我该考虑一下我想不想转正。"我破涕为笑。

"由不得你,不想转正也得转正。"他捉住我的手指,就把戒指套了上去。

点评:"纵"不是放任自流,而是紧随其后。之所以"纵"是因为对手还在强势,强攻只能使他狗急跳墙,从而多做无谓的牺牲。"纵"的目的还是为了"擒",在他毫无反抗能力的时候再手到擒来。

当"我"不能做他的女友时,"我"干脆退一步做他的代理女友,这是"纵"的方法。"我"学着为他煮饭,陪他喝醉酒,和他一起去旅游,这样他还不开心,"我"只能从他的视野里消失,这又是一"纵"。于是,"我"也让他牵肠挂肚,他被"我"擒获了。

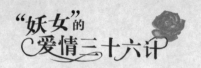

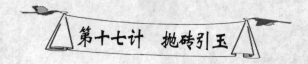

两百万的理想

原文： 类以诱之，击蒙也。

译文： 用相类似的东西诱惑敌人，使其懵懂地上当受骗。

A 卖唱的

下班啦！

我和小帆一口气跑到地铁站，准备以最快的速度赶回家。我们约好的，吃了晚饭就去大剧院看演出。票都买好了，花了三百块钱，当然是小帆出的钱，不然我的心情也不会这么阳光灿烂。我和小帆经常玩剪子锤子包赌输赢，但小帆总是输多赢少，而我赢多输少，没办法，我就是有这么诡，捣鬼的人当然赢。

"当你踏上月台，从此一个人走……"

我皱起了眉头，谁还会唱这老歌？这首《祝你一路顺风》流行的时候，我的年纪尚幼，如今我都参加工作两年了。现在流行《冲动的惩罚》，要不就是《两只蝴蝶》、《老鼠爱大米》。"我爱你，爱着你，就像老鼠爱大米……"你听，这才叫好听。

小帆和我的感受一样，也皱起了眉头，我们同时四处张望，寻找这声音的来源。

然后，我的眼睛看直了，嘴巴张大成"O"形。那是一个很帅气的男孩子,留着很艺术的长发,他抱着一把吉它在怀里散漫地弹着,嘴里唱着这首歌。在他的面前放了一个瓷碗,好像是卖艺挣钱,但碗里看不到一分钱。

"人长得不错,就是歌不怎么样。"小帆评价说,"喂,看男生也不要用这眼光,眼珠子都要掉出来了。"她后一句话是针对我说的。

我拉着她走了过去。

那男孩子刚把《祝你一路顺风》唱完,又换了一首歌,但还是老歌。我就和小帆站在他的身旁,听他唱。

一首歌终了,我问他:"你叫什么名字啊?"

他抬起头来,懒懒地看了我一眼,回答说:"张逸飞。"

张逸飞,好飘逸的名字。他的头发甩了一下,那样子酷极了。我心底喝彩。

一首唱完,又换一首。这次,他唱的是一首时下流行的歌。

在他每唱完一首歌之后,我都问他一个问题,他都回答,但都用懒懒的语气。虽然这样,我还是很喜欢。

小帆却不乐意了,嘟起嘴说:"慧乔,我们得赶回去做晚饭呢。"

小帆拉起我向车上跑去。我跑了几步,又跑回去,在张逸飞的那个碗里丢了一元钱。

"我叫李慧乔。"我说。转过头,跑走了。

⑧ 一元钱

这以后,我每次在地铁站都可以看到张逸飞。

每次,只要时间不很紧迫,我都会待在他的身边听他唱歌。而且,每次都会在他唱完一首歌的间隙时间里跟他说几句话。在每次离开之前,又丢下 1 元钱。

这样,张逸飞终于注意到我了。他说:"喂,你干嘛每次都给

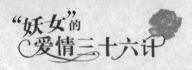
我 1 元钱啊?"

我笑咪咪地说:"呵,你终于肯主动跟我说话了。"

"你还没告诉我为什么每次都是给我 1 元钱呢?"

"那么,你想要多少钱?"

"我想要? 我的胃口很大,你身上有多少就丢多少。"他坏坏地说。

"噢。"我装傻,老老实实地在自己的兜里找钱。结果,找了半天,也只有 3 块钱。我说:"你看,我把身上搜遍了,也只有这么多。两块钱坐车回家的,给你的仍然是 1 块钱。"

"不会有这么巧吧?"他不相信。

"当然有这么巧!"这世上,有很多事情就有这么巧。

第二天,我对张逸飞说:"这次我带了足够的钱,我想请你喝咖啡,你肯放弃你的生意跟我去吗?"

张逸飞考虑了一会儿,说:"一杯咖啡至少也要 10 块钱吧?这样我多赚了 9 块钱,值! 当然去!"

在咖啡室里,我问张逸飞是学什么专业的,为什么要选择在地铁里卖唱。

张逸飞说了一所大学的名字,那是一所名校,他的专业是声乐,但在专业内他找不到工作。他问我:"是不是觉得我很狼狈啊?"

"不是狼狈,是看起来有点不习惯,"我努力地解释,不让他产生误会,"这么帅的一个男生在那么一个环境里,他的面前还放着一个碗。我知道你们学艺术的都很清高,而且都能坚持自己的理想。可是,你能不能先找个工作,让自己过得更好一点?"

张逸飞说他毕业两年来找了很多的工作,但没有一份工作可以一直干下去的,弄得现在都没有信心了。

我用很长的时间说服他,让他重新树立起信心,去找一份体面的工作。

面试

星期六、星期天，我陪张逸飞找了两天的工作。可是，不是对方对他不满意，就是他对对方不满意。

这回，他又黯然地从公司里退了出来。

我迎上前去，问他："面试怎么样？"

他说："没法谈。"

我恼怒地说："你究竟想怎么样？我都陪你走了一天的路，腿走酸了。你难道不能迁就一下，先找份工作把自己安顿下来，以后再往高处走不行吗？"

他解释说："我也想。可是，对方的问题太怪，他问我有没有过初吻。"

我气急败坏地说："面试的是男是女？是女的我卸了她。"

"男的。"

"哦，那也太无聊了。"

"是呀，所以我觉得这样的公司也好不到哪里去。"

我默不作声。

我走在前头，张逸飞跟在我身后。

"你生气了？"他见我不说话，以为我这样了。

"不是。我问你，你要说实话。你究竟有没有过初吻？"

"你干嘛也问？"张逸飞很吃惊。

"不为什么。"

"那我可不可以不回答？"

"是觉得难以启齿吗？"我冷笑，"还是记不清楚了，吻过的女孩子太多？"

"不是啊，"他委屈地，声音很低，"我还没有过初吻呢。"

看他的神态，忸忸怩怩地就像女孩子。我哈哈大笑，他更加地不好意思了。他的回答，让我顿觉心头轻松。

第二天，我花一个上午的时间缠着我们领导，让他答应录用张逸飞。领导说人都没见过，录什么录啊。但在我的甜言蜜语攻击之下，答应只看看他本人，随便问几个问题就做决定。

我喜冲冲地告诉张逸飞。他只是淡淡地说："不需要了。"

我的气又上来了，指着他说："你……"

"我是说，我想到做什么事了。"

他要做的事，就是去街上摆摊卖饺子。

晒钞票

我没想到张逸飞会做这事，但他却很得意自己能够想到这个好办法。他还说："我也好歹是做生意，虽然是小生意，你不会再看不起我吧？"

我嘀咕着："我什么时候看你不起了？"

准备了两张桌子，十多张凳子，买好炊具，张逸飞的饺子摊就开张了。让我们都高兴的是他的生意从一开始做就很好。这得益于他的饺子物美价廉，而且他待人很热情。私下里，我想因为有很多去吃的都是年轻待嫁的女孩子，都冲着他那张漂亮的脸蛋去的。能够一边吃着爽口的饺子，一边再看着爽眼的帅哥，这不是最好的享受吗？

我就常常去张逸飞的饺子摊吃上一碗，边吃边盯着忙碌的他看，心情很好。吃完之后，付钱给他，他是不要的。我就借故以工相抵，帮着他招呼客人。我之所以这么做，一来是真心想帮他，二来也让客人产生误会，以为我是张逸飞的暧昧的什么人，哈哈，我就愿意他们这么想。

一月下来，张逸飞一算账，竟然挣了1600多块钱。

"收获不少，不过，这里面也有我的一半。"我开玩笑地说。

张逸飞就要给我800块钱。

我说："我现在不要，等你挣到很多很多钱了再给我。那时候,你还能给我一半吗?"

"能!"张逸飞肯定地说。

"别答这么响亮。如果你有 100 万,会给我一半吗?"

"会!"

"1000 万呢?"

"会!"

"不错! 不过,我不要 1000 万,我只想要有 200 万就足够了。"

"为什么是 200 万呢?"

"你知道我的理想吗? 我的理想就是要有 200 万,100 万用来和心爱的人花掉它,100 万换成现钞全都放在家里,每天拿在太阳底下晒晒。你想,每天早上,我和爱人把 100 万都搬到天台上,一张张地铺开,在阳光下晒着,然后我们搬摇椅坐在那里,一边谈天一边看着 100 万,该是多么惬意的事情。"我闭上了眼睛,一副陶醉的样子。

"哇,多么伟大的理想!"张逸飞夸赞说。

"难道除了这句狗屁奉承话,你就不能说句让人心跳加快的话?"

张逸飞闭嘴不说。

我们的理想

我很忙,有几天没去找张逸飞了。

张逸飞主动来找我。几天不见,发现他瘦了很多。

我怜惜地说:"挣钱也不要这么拼命啊? 身体可是革命的本钱。"

"没办法啊,"他说,"我得努力挣足两百万。"

"挣两百万干嘛?"我不解地问。

"这样我就可以和心爱的人晒钞票了。"

"哇,什么时候克隆了我的理想? 小心我会告你!"

"克隆,难道我和你怀着共同的理想不行吗?"

"你是说……"

"我说,我想最快赚到两百万,然后和你用一辈子的时间花掉其中的 100 万,另外的 100 万每天都拿到太阳底下去晒。你愿意吗?"

他用深情的眸子望着我,那里蓄满了爱意,我除了说"我愿意",之外我还能说什么呢?

点评：抛砖引玉实在是一本万利的生意,谁都愿意一生干上百十次。此计须先投对方所好,牺牲一点小利益,从而在对方那里得到更多好处,谋求到最大的利益。但不对头的投其所好,只会白白地牺牲,别说引"玉",就连抛出的"砖"也赚不回。给心上人一点小利益,投其所好,赢得心上人的一颗心,也是抛砖引玉。

"我"只是每次去听张逸飞唱歌的时候丢一元钱,顺便再激励他的斗志,就赢得了他的爱情,难道还有比这更便宜的事吗?所以,"我"要告诉你,如果你对爱情怀着渴望,"英雄救美女"、"美女救英雄"的事情不要觉得俗气不去做,而要多做。

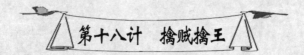

第十八计　擒贼擒王

我们从哪里开始相爱？

原文: 摧其坚,夺其魁,以解其体。龙战于野,其道穷也。

译文: 摧毁敌人的主力,擒拿住它的首领,就能瓦解它的整体。就好像龙不在大海而在陆地作战,只能陷于绝境一样。

A 厉害的老太婆

我追求任佳和的时候,同事都极力地反对,她们提醒我说:"妙玉,你要小心被他的老娘羞辱一番哟。"

我对她们翻白眼,我是追佳和,跟他的老娘有何干系?

有过经验的女士,也就是曾经主动追求过佳和,并且在他老娘那里碰了大钉子的跟我介绍说:"你不知道吗?他有个好厉害的老娘。"

他的老娘,厉害到几乎打算让他的儿子打一辈子的单身。她要求未来的儿媳妇不漂亮,不太高,丰满,屁股大,并且任劳任怨。之所以这么说,她说不漂亮才不会招蜂引蝶;不高看起来才不像根竹竿,和她一米六八的儿子站在一起才不显得鹤立鸡群;丰满屁股大的女人是为了好生育;任劳任怨当然是为了在做儿媳妇的同时兼着保姆一职。

厉害!我竟然都不在她的条件之内。首先,我有一米七,这样的高度在男士那里不怎样,但比一米六八的任佳和至少高了两厘米,和他走在一起确实是鹤立鸡群了;而我特显苗条,屁股不大;漂亮更是我的天赋,我一生下来就漂亮得像混血儿。天哪!漂亮又不是我的错,就因此不能和任佳和在一起吗?

任佳和是我的上司,工作能力很强,而且他的脾气特好,心特别地细。每次和他一起去吃饭,离开的时候我都会把包给落在座位上,每次都是他提醒我。十来次后,他问我:"你不会是故意的吧?"你瞧,我故意的他都看出来了,就可以想象出他的心细到了何种程度!

如果我和任佳和两心相爱,我们相爱到难舍难分,"山无棱,才敢与君绝",即使他老娘反对,又能怎样?如果我们让生米煮成熟饭,把结婚证扯了,在外面偷偷地把孩子生了,然后领着孩子去叫她"奶奶",她又能怎样?可惜,每次我问佳和爱不爱我,他都微笑地摇着头,一语双关地说:"妙玉,我不想高攀啊。"高攀?讽刺吧,我还想低就呢。这些不负责任的话只是敷衍我。

难道我会无计可施?

B "故乡楚"这个女人

任佳和在工作,他的电脑打开着,QQ 也开着的。开 QQ 是为了向作者约稿,工作用的,并不是为了私聊。但是,我在旁边看到,有一个网名叫"故乡梦"的女人(至于是不是女人还需要验证,但她的头像是女人)总在骚扰佳和。一会儿,她发消息说:"中午吃得好吗?吃得饱吗?"一会儿,又发消息说:"呵,我有些倦了,你呢?上班累不累。"佳和都是笑着关闭消息,并不回言。

我在一旁看得忍无可忍,终于大声地呵斥说:"还有这么无聊的女人,烦不烦啊!"

我本来是向着佳和的,没想到,他竟然不领我的情,反而说:"妙玉,不许你说她的坏话!"

我委屈地说："她是谁啊？你这么向着她，该不会和她有一
腿吧？"

佳和的回答更是暧昧，他说："何止是一腿，两腿都有。"

我醋意更浓，"佳和，你太过份！"

佳和哈哈大笑，揭开谜底说："她是我老妈！"

我才发现自己吃错了醋。

原来，他的老妈退休后没事做，就买了电脑上网，可是上网
后更加没事做，就乱找人聊天，而别人都不愿意跟老太婆聊天，
她只好缠着自己的儿子，她的儿子更忙，很少理她，她却乐此不
疲地给他发消息。

我灵机一动，就要了他老妈的 QQ 号。然后，我回到自己的
座位，开了 QQ，并且加了佳和的老妈为好友。当然，如我预料
的她很快就有了回应，也加我为好友。

"你是小姑娘还是小伙子？"果然挺无聊的，老太婆一上来就
问这个。

我说："姑娘，但不小了，都可以出嫁了。"

"哦，"哦一声，就又说，"找到婆家没有？"

然后，我们从找婆家入手，大谈特谈了一番，谈得很欢。让
我痛苦的是，老太婆的打字速度慢得出奇，我说了一句话通常她
老半天才能回一句。为了减轻这种痛苦，我一边跟她聊，一边打
开网页看新闻。

从那以后，我经常上网和佳和的老娘聊天，只要没有工作任
务了，我就打开 QQ，而只要我上线，就能看到老太婆也在线。
每次只要我上线，老太婆就很期待地问："上来了啊？我等了你
好久。"我心窃喜。

我和老太婆还聊找婆家，她老人家很关心我的私事，还许诺
说有机会给我介绍些好的小伙子认识。更多的我们聊的是持家
的事情，比如怎样才能搞好一个家庭，女性应该在家庭中处于怎

样的地位。还有家庭生活小常识，比如怎样才能除去衣服上的油漆，怎样才能炒出鲜嫩的菜。老太婆虽然上网，但仅限于聊天和打开几个常用的网站，网页搜索的功能都不会使用。我就利用搜索功能，找了很多生活小常识，然后把这些小常识拿到她那里去卖弄，让她大感惊讶，对我深为佩服，说我学识太渊博了。我暗自得意。

忘年之交

老太婆告诉过我，她喜欢早上去公园里唱京剧，因为她年轻的时候是唱京剧的，这些年来一直都有这爱好。她还告诉了我在哪个公园，她一般在哪个位置。

于是，我很方便地找到了她。但是，我并没有出来和她认识，我只是装作京剧爱好者站在一旁饶有兴趣地听着。她唱了多久，我就聚精会神地听了很久。我这样子，终于引起她的注意了，她问我："小姑娘，你也喜欢京剧吗？"

"喜欢！"我响亮地回答，好掩饰自己的心虚，"爸爸从小就带我去剧院看京剧演出，"其实我爸爸也最讨厌京剧了，"使我从小就培养了兴趣，京剧是我们的国粹……"我把网上找的资料全都背了出来，虽然没有一个观点是我的，但却征服了老太婆。老太婆拉着我的手，坐下来，和我谈论京剧。她说的时候，我就侧身倾听，脸上保持着微笑，隔那么一会儿就说一声"对"或者叫好。到我说的时候，我就背资料，她也说"是"或者叫好。只一个小时，我们就成了知音，都有相见恨晚的感觉。

那以后，我变勤快了。早上再不赖床，每天都准时赶到公园，去听老太婆唱京剧。老太婆比我更早，很期待地等在那儿。她唱戏，我就听戏。等她唱完，我们就坐下来谈京剧，也谈其他的。谈了之后，我们一起去吃早餐。如果那天是星期六或者星期天，不用上班了，我还和她一起去街上玩。一般都是陪她购物,她对购物有很大的兴趣,讨价还价更擅长,有时候为了买一条毛巾可以和小贩砍价半个钟头,砍得小贩腿脚发软,真的要跳楼吐血了(小贩最喜欢说"这是跳楼价,这是吐血价"了,终于有了报应)。我多半不参与砍价,只是在旁看着。但是,这够让老太婆喜欢的了。她说还从来没有遇到过一个姑娘这么有耐心的。我说,即使我不喜欢砍价,也得尊重老人,陪着她啊。她听了,更是喜欢,说我有孝心。老太婆感叹地说:"妙玉,不知道谁家的婆婆有福气,能够讨你进门。"老太婆就这么与众不同,她不说谁家的小伙子说谁家的婆婆。

🔔 "天涯无际就是我!"

星期天,听老太婆唱完京剧,一起吃了早餐。老太婆一时兴起,说要带我回家去参观她新装饰的家。我高兴地答应了。我想,她不会是想把我介绍给她的儿子吧?即使不这样,也该是谜底揭开的时候了,只有这样才能推波助澜,让我直达爱情的彼岸。

老太婆站在家门外敲了半天的门,她的儿子,也就是任佳和也没来开门。老太婆挺尴尬地说:"那条懒虫一定还在睡懒觉。"

佳和终于来开门了。他眼眼惺忪地把门打开,埋怨地说:"老妈,我跟你说了多少次,出门要记得带钥匙,别吵得我觉也不能睡。"哇,这时候都九点钟了,睡懒觉还这么有理由,看不出在单位表现积极的佳和也这样子啊。

佳和这时候发现我了,他吃惊地说:"你……你……"他看到了我和他老妈竟然手牵着手,眼珠子瞪得老大。

老太婆热情地说:"来,给你们介绍一下。"

"妈,我们认识,不用你介绍了。"佳和打断了她老妈的话。

老太婆感到惊讶,问:"你们认识?"

"是啊,我和佳和是同事,他还是我的上司呢。"我微笑地说。

"可是,你怎么认识我老妈的呢?"佳和疑惑地问我。

"我们网上认识的。"我说。

"网上认识?"不止佳和疑惑,老太婆也疑惑。老太婆说:"妙玉,我们不是在公园里认识的吗?你为什么要说是网上呢?"

我对老太婆说:"伯母,难道你不记得你的网友'天涯无际'了吗?"

"记得啊,我们经常在网上聊天,前两天我们还聊了天的。你怎么知道她的?难道你……"

"我就是'天涯无际'。"我笑着说。

"真的啊,"老太婆拉着我的手,重新端详着,很高兴地说,"我还打算把'天涯无际'约出来见面呢。没想到,你就是她啊。一个是我的好友,一个是我的知音,没想到,两个人就是一个人,太优秀的一个人了。可是,孩子,你为什么要这样做呢?"

我羞涩地说出了我的目的。

"你是说……"老太婆不敢相信,"你喜欢佳和?"

我点了点头。

狂喜的老太婆只说了一句"天作之合!"然后欢天喜地地去准备丰盛的午餐了。

我呢,攻克下堡垒后,剩下的事情都顺理成章。我和任佳和半年不到就结了婚,真应了老太婆那句话:"天作之合!"

点评:打蛇要打7寸,因为7寸是蛇的关键所在;擒贼要擒王,因为只要擒住了王也就瓦解了对方的力量。抓主要的比抓次要的何止事半功倍。不管是情人,还是情敌,之所以我们不能取胜,都是因为我们没有发现他们的"王"所在,或者虽然发现了,但没有把精神集中在"王"的身上。如能擒住其王,那剩下的事情都水到渠成。

"我"因为发现任佳和的母亲在他的爱情中起着关键的作

用,所以决定先从他的母亲下手。通过和他母亲网上、网下的交流,增强了双方的喜好,从而擒住了"王",达到了目的。恋爱中,对方的父母起着非常重要的作用,许多悲剧的爱情就是因为父母的反对太强烈而不能如愿。如果能从他(她)的父母入手,巧用心计,博取好感,效果可能比私奔更好。

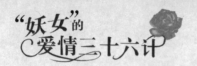
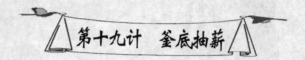

第十九计　釜底抽薪

校花校草

原文：不敌其力，而消其势，兑下乾上之象。

译文：不直接面对敌方的锋芒，而间接消灭它的势力，从而达到以柔克刚的奇效。

A 才子和佳人

高中时，漂亮的白雪公主爱跟漂亮的白雪郡主玩，不漂亮的黑雪平民爱跟不漂亮的黑雪草民玩，"同貌相吸，异貌相斥"。

大学里，一个冷傲的西施的身后总跟了一个骄傲的东施，西施与东施各得其所，正应了红花绿叶映衬的道理。

兰兰有绝对的姿色。曾经有低年级一个寝室的 6 位同学废寝忘食地翻遍《中华实用成语大词典》，找到了数百个形容女子品质的成语：一尘不染、万古流芳、出水芙蓉、风姿绰约、天生尤物、天姿国色、天下无双、仪态万方、花容月貌、无与伦比、如花似玉、倾城倾国……在一张工程图纸正反两面列下这些成语后，用水彩笔大大地写了两个字在这些成语的上面：朱兰！

而我，不相信成语词典真有那么多美好的成语，翻了几页后，就扔了它，然后给自己归纳：还算可以。还算可以！不知道这个算不算成语,却充分地归纳了我的品貌,特别是"品",体现了我自信的心理,也不使我走在兰兰的身边而失了面子。所以,我认为那些深情地望向我和兰兰两人的眼光也有1%是属于我的。

忧忧,中文系的第一大才子,文学社的至尊社长。文学社的那帮女社员都是冲着忧忧而来,忧伤地混在社里,整天写一些与文学扯不上边却是风月的打油诗抒发情怀。她们最出色的作品就是那句传遍全校的口号:他就是玉树临风风流倜傥才高八斗貌胜潘安号称一枝梨花压海棠绰号玉面小飞龙的中文系的纯情文学社的痴情社长忧忧! 最差劲的也打遍天下少敌手:忧忧忧忧我爱你,就像老鼠爱大米。弄得全校的女生都成了老鼠,只盯着那一粒大米想成为自己的腹中之物。

🅱 校花的暗恋

不喜欢兰兰的男生肯定有,我不止一次听到一些男生对我们的背影"哼"。不喜欢忧忧的女生我却没听说,虽然她们明知这个人会叫自己伤心,她们还是不愿意说他的坏话。明知不能爱,还是放纵自己去爱他。不管是我,还是兰兰。

虽然兰兰是个很虚伪的人,全校有3000人爱她,她还希望是4000人,表面上却对一个也不放在眼里,从不拿正眼看他们,总给他们翻白眼。她爱忧忧,还是逃不过我的眼睛。

排队打饭的时候,还有几个同学就轮到她了,她发现忧忧捧着饭盒进了食堂排在另一队里,她另去排到那个长长的队伍后面和他的后面(隔一二个人),低咕:"那窗口太慢了。"她就跟着队伍移,也跟着他移,脸上写满了快乐,希望这短短的几米就是长长的一生。

她不跟他坐同一桌吃饭,却不看饭菜,老是拿眼光看他,有时候还拿筷子向他的头夹去,好像那是一只肥硕的鱼头。他去洗碗了,她也急急站起来去洗,根本就忘了她2两米饭还剩1.8

两。她就在他的身旁，白花花的水哗啦啦地流在她白净净的手上，她闻到了他幽幽的体香，这叫她几乎瘫软。

如果她在寝室里，而他从我们的窗外经过去打开水，她一定会守候在窗前。她拿一面镜子在手里，左边脸照一下，右边脸照一下，玩弄着脸上微细的汗毛，直到他的影子在镜子里出现，就一动不动地盯着那个影子，直到影子也无影。

帮了个忙

"你对他说吧，你这么爱他，你又这么出色，他一定会加倍爱你的。"我不止一次提醒和点化兰兰。是看在多年密友的份上，情人节帮她消化了大堆的巧克力，再加之我知道自己胜率无几，才忍痛割去心头肉。

"我不！"她就这句话，从来不说第二句，没有任何的理由和解释。我说她看似美貌，实则很蠢，让人贱看。那本来是件很好的事情，你就是说是天赐良缘也行，可是，她却不能把握。

我跟兰兰在洗衣服，兰兰洗鞋子的时候，忘了带鞋刷，她左右张望了一下，看不到一个认识的，不过却看到了忧忧。

"雨，你帮我到他那里去借个刷子。"

"他是谁呀？"我头都没抬，搓着衣服。

"他……你看！"

我抬头，顺着她的眼光，就看到了他。"你自己去吧，我懒得管你。"说不定我去就给他们牵线搭桥了，我才不做这费力没好处的傻事。

"去吧！我求你了！"

英雄难过美人关，我是女中豪杰，同样也抵挡不住美色的兰兰，经不住她下贱的哀求，不情愿地帮他去借。

"嗨，你好！"我本来还想说"帅哥"的，怕给他个轻薄的印象，忍住了。

"你好!"他直起身,甩掉一手的洗衣粉泡沫,给了我一个灿烂的笑容,我如沐春风。看来她们的传言都是假的,他蛮热情可亲的。

"想请你帮个忙,我想借你的鞋刷用用,可以吗?"我才不会提兰兰的名字,在心爱的男孩面前我不会蠢到再提别的女孩的名字,特别是情敌。

"当然可以。"他立即就把鞋刷递给我。我伸手接过,真想握住他白里透红的手指。

"谢谢了。"我给了他一个十足纯金的笑容。

"不用。"

入文学社

两天后,我就光顾了文学社。这是我第一次到文学社来,看到里面收拾得干干净净,所有的物什都堆放得井井有条,看来他是个爱整洁的男孩,管教有方,我喜欢。

"小姐,找谁呀?"坐在门口那个架起二郎腿的男生用暧昧的眼光笑里藏刀地问我。

"我找社长。"我直截了当,犯不上跟配角啰唆。

"社长——美女找你!"油嘴滑舌的,证明他目光短浅,连我也称美女。

他抬头望着我,我迎着他的眼神向他走去,立即就摆明了目的:"社长,我想加入文学社。"

"入社? 我们并没有贴招收启事呀,现在不招人。"说这话的男生我认识,是文学社的副社长,也是情人节送巧克力给兰兰的老施主。我受了他的好处,还是要反感他。

"可是,不能破招吗?"我只对社长说,"你们招收考试我报了名,考试那天我生病了就没参加,太遗憾了。"没办法,为了达到目的,只有让自己无辜地多生病一回,反正小感冒对健硕的我来说也算不了什么。至于报没报名,反正他们不会留下报名表的。

他只是看着我，不说话。大概是赞许和欣赏吧，至少不会反感，我信心大增。

"我从小就爱好文学，9岁就在《小学生月刊》上发表文章，到目前为止发表了数十篇文章，虽然无论是从数量还是从质量上来说跟社长相比都是一碟小菜，但我对纯情文学社一直是无限地向往，并且为之努力两年有余了，如果不能在有生之年加入将是我毕生的遗憾，社长大人总不希望我带着遗憾回家吧？"

真感谢初中的老师，让我冒充小学生在《小学生月刊》上发表了处女作。后来，我在初中生刊物上发现一个跟我名字相同的人经常发表文章，就剪下来一直保存着，没想到今天可以派上用场。

他接过我的剪辑本，认真地看了一遍，然后说了句："我们欢迎你加入。"

耶！

真想抱住他亲一口。

Ｅ 再帮个忙

我频繁地出入文学社，把文学社当家，而从兰兰的身边消失了，令她极为反感。同时，又刺激了兰兰。

熄了灯后，兰兰破例爬到我的床上来（按惯例是我爬她的床），满口酸话，臭我。

"有本事你就去追呀。"我很恼火，她占着茅坑不拉屎放着男人不去追还想要别人不拉不追。

"我是要追，"她不愠不恼带着微微笑，"我给他写了一封信，你帮我交给他好吗？"

"呸！你想的倒美！"没想到，她也这么阴险，让我上了当。

"求你了。"她拉着我的胳膊摇呀摇摇到了外婆桥，又到我的胳肢窝搔痒，我最怕她来这个了。

"有什么好处？"

"大不了追到后分一半给你。"

"去你的！我还想全吞呢,让我分一半给你我都不舍得。"

她把我的真话当做了假话,充满激情地说成功了要请我当伴娘。

第二天,她的那封鬼信我帮她送去了。信封上没写一个字,我偷偷地在太阳底下晃照,眼皮看肿,半天也没看清信里的一个字。防我呢,用这么厚的信封。我当面把信给了他,也没帮她多说一句。

"我帮你送到了。"我气鼓鼓地跟她说。

"嗯。"

就这句？出乎我的意料。

"你不想知道他的反应吗？"

"不想知道。"

"算你聪明。他还没有反应。你就耐心等吧。"

约会也代劳

不知道是那封信让他感冒,还是天气转凉他为了保持风度不要温度因此伤身,反正几天后就传出了他感冒的消息。

他感冒倒成全了那些一直苦于无缘结识无借口献殷勤的女生,她们纷纷地明里送药暗里送花不明不暗地送补品。

"你呢？送不送花？"

"送！"

我只是逗她,没想到她这么干脆。难道他已经回复她了？接受她了？她的样子看不出呀。

"又要我代劳吗？反正我已经代了一次,不妨再多一次。"我脸皮就有这么厚,给她赶走追求者的是我,给她去追求的也是我。

"不必了,我亲自出马。"难得她说了这句带点幽默的话。她出身高级知识分子家庭,性格内向,做事认真、古板,玩笑都很少开。有时候,我想,像她们这样生活也没什么意思,有享受不会享受,有条件不会利用,纯粹在浪费自己的青春,真枉为上帝偏心一场。

她出马,却还要我侍候鞍前马后。我陪她到了那棵不足一个人高的小树旁,把花放进她的怀里。

"我走了,好好享受。"

"别走——"她拉住我的衣角。

我小时候就这样拉住妈妈的衣角,妈妈别走,我怕,我要你陪着我上课。这一刻,我涌上一种母性的情怀。兰兰,我支持你,相信你会成功。

"雨——你帮我问候他,我走了!"

她竟然把花放回我怀里,撒腿跑了。

在我尴尬的时候,他来了。

"你好。"他跟我打招呼。

"你好。"

"真的有什么事?一定要到这里来说清楚。"

看来也是个笨蛋,一男一女相约到这里,还有什么好事?

他看到了我手里的鲜花。我手一抖,把花给了他。

"送给你。"

我就想抽腿跑。

"等等!"

我停了一步,他就追了上来。

"既然约了我来,为什么不说清楚呢?"

"说清楚什么?"

"你不是要向我表白,你喜欢我吗?"

"我……"

我想说"去你的",我的脸一下子绯红,心跳到喉咙口,嘴唇翕张了几下,就是没声儿。

"雨,我也喜欢你。"

他抱住了我。我傻呆了。那束花就在我们中间。

鸠占了鹊巢

后来,我追问他,为什么那么肯定我喜欢他。他说我又是借刷子,又是入社,又是送信,又是送花,都这么明目张胆、色胆包天到了极限,不是喜欢是什么?

"爱呗!"我随意地说。爱是我和他的口头禅。

我说:"不过,那封信不是我写的。"

"不是你写的是谁写的?"

"你看笔迹看不出来?"

"虽然不是你的笔迹,难道你不会找个人帮你抄吗?"

"署名呢?"

"没有署名。"

原来如此!

我不会再告诉他是谁写的了,这是秘密,让他对我永远充满神秘,我对他还有吸引力的就只有这一点了,我可得保留。

兰兰虽然对我鹊巢鸠占恨之入骨,也奈何我不得。无计可施之下,她狠狠地对我说:"你一定要赔我一个帅哥。"

"一定一定!赔你一个比忧忧漂亮十倍的帅哥。"

"别提他的名字!(隔了会儿)比他要漂亮百倍。"

点评: 釜底抽薪是断其火灭其势,但要达到这种效果,并不局限于抽薪,断其水,断其粮草,断其银两都行。只要能去掉他所依赖的东西,他就无计可施。我们的情敌,不管他(她)爱的火焰烧得多高,只要给他(她)来个釜底抽薪,他(她)就没辙了。

雨本来是帮兰兰追忧忧的,牵线搭桥扮演红娘的角色,但她没守本分。帮兰兰借刷子,帮兰兰送信,帮兰兰送花,代替兰兰约会,雨从来没在忧忧的面前提起兰兰的名字,只是抽去了他们爱情里的"薪",他们的爱情还有可能成熟吗? 这是鸠占鹊巢的另一种版本。

第二十计 混水摸鱼

爱上了就没有错

原文： 乘其阴乱，利其弱而无主。随，以向晦入宴息。

译文： 趁着敌人内部发生混乱，利用它力量虚弱、丧失主见之机，迫使它跟随我方，就像人按着天时的变化而作息一样。

Ａ 能干的男生

那天，我的一个老乡叫我去参加聚会。我和她是同一个省，但不同市，所以我以前从来没有参加过她们的聚会。那天，她可能是一时兴起，她不会想到她的冲动会给我带来爱情。就在那天的聚会上，我认识了谢庭，那个青春阳光的男孩子。

那天，我装得很勤快，抢着去捡柴，抢着去洗菜，甚至还去烧火。我也想给他们留下好印象，好让他们下次聚会的时候也叫上我，我就好多蹭一顿饭吃。但是，有人比我还勤快，这个人就是谢庭。

谢庭并不捡柴、洗菜，烧火就更不做了，他只是炒菜。虽然我们有十多个人，但真正敢掌厨的只有谢庭。看谢庭一个人手忙脚忙，但一点儿也不乱，把每一道菜都烧得又香色又好看，几个女孩子就悄悄地说："以后谁嫁给他真是幸福。"我给谢庭烧火，马上就感觉到了幸福。

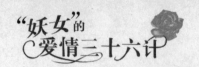

不过,让我泄气的是,那天虽然我一直很卖力地烧火,但谢庭并没有看我,我把原因归结于他太忙了。可是,等他炒好菜后,不再忙的时候他也不看我。他只跟他的那些男老乡干杯喝酒,对我们所有的女老乡都不怎么看。一个漂亮而且能干的男孩子他有骄傲的资本,谢庭的傲气很足。

B 美丽的影子

谢庭并非没有喜欢的人,但他喜欢的人竟然就是我的好友!

那天,我花了巨大的代价,收买了谢庭的好友王飞。王飞,这个听起来像著名歌星王菲的男生有些娘娘腔,但宰起人来又狠又准,他看准我对他的哥们谢庭爱意浓浓,就大跟我讨价还价,最后我给他买的零食足够我吃一个月了,我以后还要免费为他洗衣服,并且也为他介绍一个女生认识。前两个条件我非常地心痛,后一个还好些,大不了就把肖静介绍给他,保准会把他弄得神魂颠倒。

谢庭喜欢的人就是肖静。喜欢?暗恋吧。谁能想到这样的大帅哥也会暗恋人,但他就是那样地深深地爱着她。

谢庭是这样爱上肖静的:肖静经常站在足球场的这头看踢足球,谢庭经常在足球场的那头拿着画夹写生,日久天长他就注意到这个白衣飘飘的女孩子了,并且对她日久生情。

但是,谢庭一直都没有对肖静坦白,不知道是他缺少勇气,还是他喜欢这种两两相望的情调。而且,他一直只看到白衣、长发的她模糊的影子,影子看起来很美丽,她的脸都没法看清楚。

我对这种精神上的恋爱不以为然。但它可以为我所用。

C 站对了地方

我们班有一个月的实习时间,大家被分成了两个组,一个组去外地实习,一个组留在本地。我分在留本地的这组,肖静分在去外地的那组。那天我把她送上了火车，她拉着我泪眼婆娑。她就是这样的女孩子，很容易伤感。

回到学校，我把肖静留下的东西整理了一下，能够用的我就拿来用，不能用的就替她保管着。然后，我去学校的操场。

我站在肖静经常站的地方，因为我特别穿了白裙子，我的头发留了半年也很长了，所以，我的样子从远处看起来有点像肖静。

我发现了谢庭，他站在球场的那边，手里拿着画夹。他在写生，但他的写生好像只是做个样子，他时不时地就抬起头来看着我。

真好，只是站对了地方，就有帅哥凝望。

"连香！"有人叫我的名字，不用说也是王飞。我安排他叫我的。

"什么啊？"我说。

"你的 QQ 号是多少？"

"××××××××"我报了我的 QQ 号。

 注意到了

果然，晚上我打开 QQ，就见谢庭已经把我加为好友，他正在线，看样子是在等我。我哈哈大笑，鱼儿上钩了。

我说："你怎么知道我的 QQ 号？"

谢庭说："我问王飞的，他是我的好朋友。他和你认识是不是？我下午看到你们说话了，他说他问了你 QQ 号。你们怎么认识的？我以前怎么不知道他和你认识。"

我说："这么多问题叫我怎么回答？还是我先问你吧，你是谁？"

谢庭说："我叫谢庭，你听说过我的名字吗？"

我说："没有。"

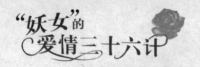

谢庭说:"你见过我的。"

我故作惊讶地问:"是吗?我在哪里见到你的?"

谢庭说:"难道你不知道,每天下午都有一个男孩子和你站在球场的对面遥遥相望,他一直都在注意你。"

我说:"噢。好像是。有一个男孩子在写生。"

谢庭很高兴地说:"真的吗?你注意过我?"

E 白衣飘飘

我和谢庭经常在网上见面,我们已经熟悉得像老朋友了。每次下网的时候,我都让他先下。他又想让我先下,他说:"你是女孩子,你先下。"我说:"每次我看到别人下了网,心里就空落落的,我不想你也这样,所以我要你先下。"我这句话竟然让他感动得老半天都无法说出一句话来。我等了他半天,他发来信息说他流泪了。这个我从书上学来的招式,竟然把他哄住,感动得一塌糊涂,每次他说我好,就举这个例子。

谢庭把他的照片发给了我,我看了自然是一个劲地夸他帅。然后,他也顺水推舟,向我提出看照片。我怕我的照片会把他吓退,还不如见面,即使他觉得不满意我也可以用花言巧语哄住他。

我就和他见面了。我们约在学校食堂的门口,那里有来来往往的同学。我叫了谢庭的名字,谢庭看着我,怔怔地。可能他的印象中我会很漂亮,因为长发白衣飘飘身材修长的姑娘看起来应该很漂亮,没有想到我相貌平平,只是样子清秀。谢庭老半天才说了一句:"哦,你是连香啊?"我轻松地说:"是啊,我是连香,让你失望了是不是?""哪里呢。"谢庭掩饰了他的尴尬,但他的失望是显而易见的。

F "我爱你"

我和谢庭约好去爬山。在山脚下,我们在一丘田里找到了很多红薯,我们又找些柴,把它烤熟了吃。

红薯的味道很好,很香,我和谢庭吃得津津有味。我看到手上有些灰,就故意地给蹭在了谢庭的脸上,他竟然会上当,没有觉察。反倒是我时不时地就看他,越看越觉得好笑,就放声大笑起来。谢庭终于醒悟,不管三七二十一,抓起一把灰就抹在我的脸上,我立马变成了"包黑子"。气得我手捧了两把灰,要给他抹上,谢庭赶紧闪人,我赶紧追。哈哈。

爬山的过程中,我一个趔趄,差点摔下去,谢庭及时地拉住了我,我就拉着他的手往上爬。如果不是他牵着我的手,我不打算往上爬了,因为山太陡。谢庭鼓励我,登山要登顶,才能看到最美的风景。我们爬到了山顶,看到了最美的风景。谢庭牵着我的手,忘了再放开。而我即使没有忘记,也要忘记。

下山的时候,我让谢庭先走,我说要给他的背影说几句话。我对谢庭说的是:"我爱你!"我把这3个字说了3遍。

谢庭任由我在他的背后狂喊乱叫,他默不作声。

我跟在他的身后,默不作声地。

"再见"说了一句日语

有几天没有看到谢庭了,可能他在逃避。我也没有去约他,我觉得挺搞笑,一个女孩子对男孩子喊了三句"我爱你",他竟然无动于衷。

谢庭给我打了电话,却对我的喊话没有回应,他说的是另一件风牛马不及的事情。他说,他昨天下午去足球场,意外地又看到一个长发白衣飘飘的女孩子,他以为是我就惊喜地走了过去,没想到走近才发现认错了人,问她才知道她的名字是肖静。肖静还说,她去实习之前习惯每天下午都站在这里看球赛。现在,他才发现,原来他偷偷爱的人叫肖静,后来阴差阳错怎么又变成了连香。

我说:"你想告诉我什么? 你是责怪我站在了肖静的位置?"

谢庭顾左右而言他:"あいしてる。"

他说的是日语。他是日语系的高才生。我是学中文的,不知道这句日语是什么意思,估计也是"对不起"或者"再见"之类的。

我伤心地放下了电话。

也是"我爱你"

我一个人在校园里游荡。我拒绝了肖静的邀请,她邀我一起去跳舞,说那样子可以结识男生。她只出去实习了一个月,人大大地变了,开朗了许多,还敢开玩笑了。她说,她想在毕业之前谈一场有意义的恋爱。我想,她本来会有一场有意义的恋爱,不过都被我搅乱了。

没想到,我碰到了谢庭。

谢庭站在月亮下,手插在袋里,高高大大,又吊儿郎当。他戏说我:"靓妹,没有去跳舞吗?"

"没有。"我没好气地说。

"有没有兴趣跟我去跳舞?"

"不能!"

"为什么?"

"不高兴。"

"有什么不高兴的?"

"一个男孩子对我说了我不喜欢听的话。"

"什么话?"

"他说了一句日语,什么阿以希代鲁。"

"阿以希代鲁,あいしてる? 这是'我爱你'的意思啊。"

"你说什么?"我抓紧了他的手。

"难道你不知道日语的我爱你就是あいしてる?"

"见鬼,我又不是学日语的。"

"难道你就不会去问别人?"

"我……"

"难道不应该跟一个对你说'我爱你'的男孩子去跳舞吗?"

如果我拒绝他,他的第四个、第五个"难道"很快就要来了。我只有答应他啦。

大功告成!跳个舞。

点评： 混水摸鱼是得到了好处,水可能会混,也可能不混,在不混的情况下就得把水搅混。情场可能乱,可能不乱,在其不乱时就得把它搅乱。然后,看准你心中的那条"鱼",狠狠地把它捉住。

谢庭爱的是肖静,但因为"我"站在了肖静的地方,他误以为"我"就是肖静。"我"将错就错,跟谢庭谈恋爱。等谢庭发现"我"不是他暗恋的人时,他发现"我"已经是他深爱的人。所以,"我"的混水摸鱼功夫是一流的,不是吗?

第二十一计 金蝉脱壳

谁让你和他约会的？

原文：存其形，完其势；友不疑，敌不动。巽而止蛊。

译文：保存阵地原有的形状和气势，使友军不至于产生怀疑，敌军不至于轻举妄动，而我军却秘密地转移主力去攻击别处的敌人。

▲ 大清早的争吵

"卓小雅，你给我出来！"

是谁天还没亮，就在我家的楼下大喊大叫？

我听出了她的声音，但懒得理她。我继续赖在床上，打算接着做美梦。在梦里，袁宗玉跪在我的面前向我求婚，他把戒指套在我的手指上，后来……就被讨厌的郭玉莹那一声大叫给打断了。后来，我应该会很乐意答应袁宗玉，因为他是我最爱的人；可是我却装作不在乎，因为我毕竟是女孩子，还得保留一点羞涩吧。我赖在床上，这么胡思乱想。

"卓小雅，你给我滚下来！你再不滚下来我就去你们公司闹了。"

郭玉莹可能已经非常地愤怒了，她连粗鲁的"滚"字都不择言说了出来。如果她去我们公司闹，那叫我太没面子了，虽然两个女孩子争男生不是什么丢丑的事情，我毕竟也是小小的组长，

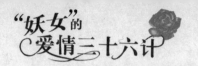
官不大,也要在下属和同事面前保持自己的形象,可不能被她弄得颜面全无。

我终于迅速地从床上爬起,三两下穿好衣服,头也不梳,像个女鬼,风风火火地跑下楼。我不满地说:"喊什么喊,还让不让人睡个好觉啊?"

郭玉莹手叉着腰,盛气凌人地站在我的面前,她的声音还是那么高,她说:"卓小雅,昨天晚上你做了什么?"

"做了什么?"我装糊涂,其实是明白她要说什么,"不就是和袁宗玉约会了吗?"

昨晚,我和袁宗玉约会的时候,就料到了卓小雅迟早都会找我算账的,只不过没想到她会这么快找上门来。

"昨晚的约会真是甜蜜,我和他……"我添油加醋地说。

郭玉莹气得花枝乱颤,用手指着我的鼻尖,责问我:"谁让你和他约会的? 你不是向我保证过不私下跟他来往的吗?"

"可是,你不是也背着我跟他来往吗?"证据就是力量,我的举证使郭玉莹失去了反驳的能力。

郭玉莹耍赖地说:"反正我再不让你和他约会了。从今以后,我粘着你,不管你走到哪里,我都跟着你,不让你有见他的机会。"

被"粘"住了

我从来没有见过比郭玉莹还让人生厌的人。自从她对我抱着"粘"字诀之后,她就像块椰子糖,咬她一口之后她就粘着你不放。

每天早上,我还在甜蜜的梦乡里,郭玉莹就到我家来,把我叫醒。我把门打开,她就赖在我家里了。然后和我一起洗脸,一起吃早餐。做早餐的时候,我阴险地只做了一份,但她比我更阴险,抢在我的前面把所有的食物都吃了个精光,我气得竖眉毛瞪眼睛,只得再做一份。

吃了早餐之后,我去上班,郭玉莹反正不用上班,她就在我公司里混着。有时候,我在公司里走着走着就能碰上她,她跟我打声招呼,我没提防被她吓得半死。心里七上八下,不知道她的乌鸦嘴有没有对我的同事乱说什么。

下班后,我去街上玩,反正郭玉莹以前也是我的玩伴,她就跟着我走。我买衣服,她就在旁边指手画脚,在我跟老板谈价钱的时候,她警告老板说我是找乐子的,即使价钱再便宜最后也不会买的。听了她的话,再有耐心的老板也会把我扔在一边不理了。

晚上,因为有郭玉莹在我家里,我不敢外出。我担心她会把我的零用钱找出来,说是替我保管,其实是怕我拿去花在袁宗玉的身上。她可能还会偷看我写给袁宗玉的情书,那都是没有及时地发出去的信。还有袁宗玉送给我的礼物,她也会毁尸灭迹。我只好和她一起待在家里,但我们无话可说,只有看电视,如果不看电视,我们就你瞪着我,我瞪着你,瞪出满眼的仇恨。

夜已深了,郭玉莹该回去了吧?心想累了一天,被她弄得神经紧张,终于可以睡个好觉了。没想到,赶她回去她也不走。我再怎么威胁,她都不肯屈服。我说我家里只有一铺床,没有地方供她住。她找几张报纸铺在地上,说打个地铺。

我忍无可忍,终于大声地说:"郭玉莹,你想干什么?"

郭玉莹不愠不怒,只是笑。无比阴险的笑。

上网

趁着郭玉莹上厕所的机会,我给袁宗玉打了个电话:"宗玉,今天晚上一起看场电影好吗?"

袁宗玉不满地说:"卓小雅,你在搞什么鬼,几天没看到你了,跟我玩失踪啊?"

难道他牵挂我?我心头狂喜。我说:"没办法,有人找我逼债,我只有躲起来。"

"是吗?欠了多少?要不要我帮你还?"袁宗玉调侃地说。

"不多,你也帮不上,"情债,他当然不能帮了,"我可能一时脱不开身,你去帮我买两张电影票好吗? 我们看9点钟的那场,在电影院门口见。"

和袁宗玉说好后,郭玉莹也从厕所出来,她瞪着我说:"你刚才打电话给谁?"

"没打电话。"我才不会告诉她。

"那我怎么听你说电影什么的。"

见鬼,我那么小声,她都听见了,难道她是顺风耳? 好在她听到的也不多,不太清楚。我就随便扯了个理由,把她给骗了。

晚上8点钟的时候,我拿包准备走,郭玉莹问我:"去哪里?"

"去……"我刚想说电影院,心念一转,马上说,"上网。"

"我也去。"她八成是以为我会和袁宗玉在网上见面,搞网恋,她想监视我。

"随便。"我淡淡地说,我的主意已经打定了,才不怕她监视,何况她根本是没法监视的。

在网吧里,我找了一张位子坐下来,因为人多,位子紧张,郭玉莹只在我的对面找到了一张位子。她恶狠狠地警告我:"不许和袁宗玉聊天!""是!"我快乐地向她保证,我的快乐对她是致命的打击,她对我更加地不放心了。她上网不到3分钟,就要抬起头来看我一眼,看我还在不在。我当然还在,还没走,不是不想走,只是还不是时候。

溜之大吉

郭玉莹主动缠住我聊天,而且速度很快,话题也很无聊,问的是吃了没有吃的什么怎样的吃法怎样吃才有味道又营养。如果我回答得稍慢了,她就会警告我说:"在干什么? 不回答了。"她以为这样的话就能把我拖住,我再无精力跟袁宗玉聊了。事实上,袁宗玉今天晚上根本不在网上。他可能还在家里,可能已经去了电影院,在等我了。

但是,我打字的速度特别地快,不但可以应付郭玉莹,还能分出时间和别人聊天。

我对我在线的好友亚丽说:"帮我个忙,玩个偷龙转凤的游戏好吗?"

亚丽很高兴地回应我说:"好啊,我最喜欢玩游戏了。"

我说:"我待会儿要跟一个男孩子约会,但是我的一个姐妹也喜欢他,她不让我和他约会,所以她想在网吧里把我拖住。待会儿,我会下线,你看到我下线马上用我的 QQ 登录,告诉她我这里刚才死了机,然后以我的名义和她聊天,我则偷偷地跑去和那个男孩子约会。"

亚丽说:"很刺激的。不会穿帮吧?"

"不会,只要你不跟她说实质的东西,说一些乱七八糟的东西她就不能识破。"

"你去风花雪月浪漫,我在这里和你的朋友干架,你给我什么好处?"

"随便你要什么好处!"我豪爽地承诺她。

可是,我竟然点错了名字,把这句话发给了郭玉莹。

郭玉莹马上就不解地问我:"什么好处啊?"

我吐舌头,真是见鬼。我说:"只要你放弃袁宗玉,我就随便你要什么好处都给你。"

郭玉莹当然不会放弃袁宗玉的,她借题发挥,把我臭骂一顿。

我淡淡一笑,任由她骂。

我的机子终于顺利地"死"掉了。我下了线。

我的朋友应该很快上了线,并且以我的名义和郭玉莹在聊天。而郭玉莹好像也没有发现,还和"我"聊得正欢。

我低下头,猫着腰偷偷地走掉了。

我赶到电影院,比约定的时间迟了几分钟,袁宗玉刚好失去耐心,打算放弃看电影。看到我,他问我:"搞什么鬼? 你以前从不迟到的。"

　　我说:"没办法,被朋友缠住了。"剩下的话我就不再说,也不提郭玉莹。多一事,不如少一事。

　　那场电影对我非常重要,因为我借机行事,在电影进入最刺激紧张的时候,在男主人公被坏人要干掉的时候,我尖叫一声,然后抓住了袁宗玉的手。袁宗玉想拒绝我的,怎奈我抓的力气太大,他怎么样都甩不脱,就任由我抓着。从我的手心,把爱源源不断地传给了袁宗玉。所以,电影散场的时候,我和袁宗玉由抓手变成了牵手。

　　袁宗玉把我送回了家。郭玉莹却在我家楼下等着。看到我和袁宗玉手牵着手,郭玉莹的眼冒火。袁宗玉跟她说话,她也不吭一声。直到袁宗玉走了,她才对我又撕又咬,说:"你干得好啊! 竟然骗我上网,跑去跟他约会了。"

　　后来,我和袁宗玉结了婚。郭玉莹也找到了她的白马王子。这世上永远不会缺少白马王子,只是要找到自己的那匹"白马"需要时间和机缘,有时候可能还会看错,把别人的误以为是自己的。就像郭玉莹,把我的白马王子袁宗玉看成了她的,对我充满了仇恨。一旦她找到自己的那匹,对我的仇恨也烟消云散了。

　　点评:金蝉脱壳是变消极为主动,在不能取胜的情况下脱身而去,另辟战场。脱出的"壳"最重要,如"壳"不被看出则脱得成功,如被看出则不但走不成,还招致灭顶之灾。我们可能对情敌束手无策,打算撤退,但我们不能轻易地对情敌说放弃,不如脱下一张壳,吓吓他(她),这样也能减轻失败,增加胜利。

　　"我"被郭玉莹粘得够烦了,难以脱身。只能采用金蝉脱壳之计,找一个朋友冒用我的名义缠住她,然后我再溜去跟袁宗玉约会。因为脱身脱得好,所以没有被识破,也为后来和袁宗玉的恋爱打下了坚实的基础。

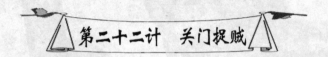

韩浩是怎样被"摆平"的?

原文: 小敌困之。剥,不利有攸往。

译文: 对弱小的敌人,要围困后歼灭。而小股敌人虽然力量薄弱,但机动灵活,不宜急追远赶。

A 韩浩和我的恶缘

首先,我得向你介绍一下可恶的韩浩。你看到我用了"可恶"这个词,你就该清楚我不会再用什么绝色男子、才华横溢、家财万贯的光环来罩住韩浩了,虽然我认为韩浩长得还不难看,也有一点点芝麻大的才华,家里的装饰也吓得住几个穷人,他时常自称是极品男人、好男人。你瞧,为了装作成熟,小小年纪的他叫自己男人而羞于称男孩。

我之所以会和八辈子也打不着的韩浩扯上关系,因为我在急急忙忙上班的途中一不小心被他撞上了,并且我被撞倒在地,然后他向我道歉,扶起我,然后我们就认识了。主要是我认识了他,并且纠缠到了他的公司,然后纠缠到了他的家里,然后,我就向他的家人宣布我爱他,然后我盯着他,问他爱不爱我。那一刻,他没有爱我,相反,他极恨我,恨我在他的家人面前说这种使他丢脸的事情,让纯洁的爱情变得暧昧了。他对我冷淡极了,我只能在心里骂"死韩浩死韩浩死韩浩",我骂了100遍,然后神采飞扬地离开,并且口出狂言:"明天你再给我答复!"

"我喜欢厨房"

说自己喜欢厨房的女孩要么是没有出息,要么是别有用心。而我只能是后者,相反我大大地有出息。

韩浩家本来是4口人,他老爸老妈老妹和他,自从我公开追求他后,他家就自然地增加了一口。每天,他下午回到家里,听到厨房里丁丁东东作响,而老妈又坐在电视机前,他就问老妈谁在做饭。他老妈努努嘴,面带微笑地说:"你说还会是谁?"然后我跑了出来,围着布裙,手上一把白闪闪的刀,脏脏地沾了一手背都是菜叶、佐料。我问候他一声"回来了?"在得到他的回答之后,自以为深情地注视着他说:"我在给你做饭,很快就可以吃了。"

毫不夸张地说,我做的菜真不赖,至少比他老妈一辈子都不长进的手艺要强百倍,比大馆子做的也要高一点点,不然他怎么舍得开始推掉朋友的饭局而宁愿回家吃饭而宁愿忍受讨厌来面对我呢?

看着他吃得很开心,我比他更开心。这样,饭吃到一半的时候,我就干脆停下来不吃,只是专注地盯着他,看他吃。如果他讨好地拿眼的余光瞟我一下,或者对我展示一个稍纵即逝的微笑(毕竟受人之恩也该有小小的回报),我就手舞足蹈了,站起来把每个碗里的菜都夹一筷子给他,说:"浩浩,多吃点。"

"唔。"他含糊不清地应答,吃得正欢。

"你说你怎么到我们家来就在厨房忙乎呢?"饭饱菜饱之后,七倒八歪地坐在沙发上剔牙,他就会问我这个很现实的问题。

不过,这个有些刁钻的问题却一点儿也难不到我,我几乎想也没想,就回答说:"我喜欢厨房呗。"声音还很宏亮。

我这句话是说给他听的,也是说给他老妈听的,主要还是说给他老妈听的,因为他根本没听进去我这句话,他只是嘲笑我小女子心态没志气只能做女人家做的事。他老妈就不同了,得了我这句话就像得个宝一样,说我是新时期的好女孩,上得厅堂下得厨房。

"至少你娶了她不愁吃,像你这么懒就该找个会做饭的。"他老妈再也不用为他们准备繁琐的晚餐了,她得了便宜当然替我说好话。只是简简单单的一顿饭,他就这样被他老妈给出卖了。

ℓ "鸟也爱自由"

说这话的一定有点弱智,因为是我说的,随人家怎么想我都不放在心上;但把这话听进去的,我可不敢说他低能了,因为是他老爸。

他老爸爱鸟是出了名的,从单位退休后惟一的爱好就是养鸟,还和街道办事处的一帮老爷子们成立了个什么"爱鸟协会",整天做的事情就是提着个鸟笼聚在一起谈论怎样养鸟和怎样逗鸟儿乐。而他的家就成了"鸟窝",到处都放了鸟笼,有几十只鸟十来个品种,随时都能听到鸟叫,即使是在半夜三更,也有啁啾的鸟鸣。什么"鸟语花香",韩浩说他最怕听到这个鸟成语了。好在他浸淫日久,做到了身在鸟鸣中照样睡大觉的盖世神功。

晚餐后,老爷子开始给鸟喂食,或者逗鸟玩,教鹦鹉学舌,教信鸽练翅。而我也对老爷子的那群鸟表现了极大的兴趣,跟在他老人家的后面,帮着递食物,学着他的口舌"啁啁"地呼唤着鸟儿,尖着嗓子跟鹦鹉打招呼说"你好",直到听到那一声"你好"的鸟语后,我和老爷子会心地相视一笑。

有一次,一只画眉生病了,老爷子束手无策,竟然被我买的药给治好了。看我给小鸟喂药那小心的样子,老爷子感动又感激。画眉恢复生气后,韩浩也觉得不可思议。

最绝的还是后来我对老爷子说："你把这些鸟儿都放了吧。"韩浩在一旁听了,怀疑我是不是有病,明明知道老爷子最在乎的就是这些鸟东西,如果把它们都放掉,他活着还有什么乐趣?

老爷子疑惑地望着我。我却深情地歌颂说："虽然你这样给了它们舒适的生活环境,但它们更向往自由。"老爷子不语,隔了一会,我又补充一句:"像人一样。"

第二天,韩浩下班回到家里,发现家里安安静静,四处探望,竟然没有看到一只鸟儿,只有阳台上有一排排的空鸟笼,问他老爸,老爷子说刚才和我一起放归大自然了。老爷子喜形于色,韩浩问他以后会不会觉得失落,老爷子说有我们陪着不会觉得失落,又死死地盯着韩浩重重地补充说:"琪琪可是个好孩子,心肠好,你可不能负她!"

韩浩到厨房里,对弄得脸上满是菜叶的我说:"你真是好样的。"从来不脸红的我却脸红了。

"我家代代能喝"

说这话远远不如说"我家代代为官",不过,醉眼朦胧的我说这话时却放浪形骸、盛气凌人,就连他老妹也被我的气势给蒙住了。

他老妹说过,如果她哥要找对象了,她是他的把门神,再优秀的女孩子在她那里没有过关也别想嫁进她家的门。谁知她的如意算盘被我打得粉碎,最后拼命出卖韩浩的却是他最为倚重的老妹了。

抽了一个星期天,我约了他老妹,一起去逛公园,一起去购物。自我标榜为小资的他老妹购物果然疯狂,而且要求极高,都是拣最好的价格最高的衣服买。我强忍着心中的悲痛,每次都赞同她"独到的眼光",把夸她身材苗条优美的台词背诵了一遍又一遍,从而促成她的购买。她的购物费用都是我承担,这花去了我几乎半年的工资,却因此为我博得了"出手阔绰"的美名,使她对我的好感大大地加深。

那天,夜很深的时候,韩浩从一个朋友家回来,路过一家酒吧,偶尔伸头向里探看了一眼,就意外地看到了他老妹和我在里面。他走了进去,看到我们两个都喝得有些醉意了,却还吆喝着"哥俩好",杯来杯往。

他夺下老妹的酒杯,不让她再喝。他老妹却抢回杯,说:"今天我们玩得很高兴,就让我们喝个痛快。"

"琪琪她不能喝的。"

"她怎么不能喝?"他老妹用醉眼瞪着我,"她说了她家代代能喝。"

我立即就接过话去说:"是呀,我家代代能喝,祖先都是蒸酒为生,饮酒如饮水,传到我这代有所削弱,不过,一次喝一二斤也不是难事。"说话后不敢再看他。

一个小时后,他扶着我们走出酒吧,一个劲儿地埋怨我不能喝就别逞强喝这么多给他添麻烦。

𝕰 四面楚歌,无处可逃

这样,不到半年,韩浩就处在四面楚歌之中,哪里还有路可逃?本来想辞职逃到广东去的,遮遮掩掩地躲在自己的房间里写报告,也被他的特务老妈瞅去了,通过老妹的口告诉了我,然后老爷子当着我的面给他上了一堂长长的理论课。老爷子的理论课最后以一句"你和琪琪择个吉日结婚吧"结了题。韩浩几乎昏倒。

而让他更气的是,婚后他问我,我真的从小就会炒菜吗,我说那是登他家门之前半个月才上厨校学的;问我真的很在乎鸟儿的自由吗,我说我小时候跟着一帮男孩子用汽枪打了无数鸟儿现在是赎罪;问我能喝吗,我说我事前吃了醒酒药事后还是打了吊针第二天上午没上班。"要想摆平你,只有先摆平你的家人;要想摆平你的家人,只有投他们的所好。"我重重地说这话,很得意的样子,好像很了不起。"呸!什么摆平摆平的,黑社会的架势,把我当什么了。这么狡猾的女人,我想我以后没有好日子过了。"他问我是不是,我用深情的眼光看着他,柔情地说:"我舍得吗。"他宁愿相信我这句话是真的。

点评:"贼"被关住后只能被捉,但如给他一扇门他却可以逃脱,所以此计的关键还在于门关得牢不牢,有没有给对方逃跑的机会。对情人下手,可能从一个方面还不能使其屈服,不如全方位进攻,把他(她)层层包围,使他(她)无路可逃。

琪琪是个聪明的女孩子,韩浩是个优秀的男孩子,聪明的女孩子在追求优秀的男孩子的时候不会只是一味地纠缠,她选择了从他的老爸、老妈、老妹入手,投他们的所好,使他们成为她的"帮凶"。摆平了他的家人,韩浩处在四面楚歌之中,除了任她宰割之外还能怎样?

第二十三计　远交近攻

天秤女子和她的牛牛哥

原文： 形禁势格，利从近取，害以远隔。上火下泽。

译文： 当地理条件受限，形势发展受阻时，攻打近敌对己方有利，攻打远敌对己方有害。火焰是向上升腾的，水是向低处流动的。

🅰 小气的牛牛哥

我本来以为，金牛星座的男孩子也应该像头老黄牛一样，有一种默默奉献、舍己为人的精神。没想到，我的牛牛哥是金牛座的，也姓"牛"，却是小气的牛牛哥。

牛牛哥喜欢和我上街，也喜欢陪我购物，如果是逛超市牛牛哥更是喜欢。在超市里，牛牛哥会不停地挑选各种各样的零食，他每拿一种东西之前都会征求我的意见："这东西好吃吗?"不等我说"好"或者"不好"，他就把它扔进了篮子里。每次，看到他肯为我买这么多好吃的，我都心花怒放。可是，到结账的时候，他都会在口袋里掏上一分钟，一直到后面排队等着付账的顾客催我们快走的时候，我心甘情愿地掏钱付账。走出超市，牛牛哥无辜地说："对不起，芹芹，我忘了带钱。"我的天，为什么你每次都是忘了带钱，而付账的总是我呢?

9月26日是我的生日,前一天,我就向牛牛哥暗示了,好让他做好准备。生日那天,一下班我就缠住了他,向他直白:"今天是我的生日,我请你吃晚饭,你给我过生日。"他惊讶地问:"是吗? 今天是你的生日吗?"不知道他是故意装作不知道,还是真的没把我昨天说的话放在心中。

我们在一家比较高档的酒店吃了晚饭。吃饭的时间比较长,其实我也没吃什么,主要是我想要他在吃完饭后委托服务小姐买盒蛋糕来,我故意拖延时间。他却一点儿表示的意思都没有,不提我的生日,更是绝口不提礼物的事。我实在等得不耐烦了,就大声地朝他嚷:"牛牛哥,今天是我的生日,你可不可以送我礼物?"都到这份儿上了,追着要人送礼物,也没什么意思,不过,我还是想要亲爱的人送我的礼物。蛋糕,吃了甜甜蜜蜜的;布娃娃,每天抱着睡觉,做好梦。牛牛哥瞪着我,慢慢地说:"我是想送你蛋糕,不过,我一直在想,如果我买盒蛋糕,我们吃了饭之后也吃不了几口,这太浪费了。何况,过生日就吃蛋糕,这是不是太俗气了? 我想要你过得有意思些,所以,我决定请你看电影。"

看电影? 现在还有多少人约会看电影呀,不过,我喜欢这老土的方法。我立即就把蛋糕抛到了太平洋里,拉了牛牛哥的手就往街上跑。

"等等! 等等!"牛牛哥阻止了我不停地向前奔跑的脚步,我以为是他没有力气,想和他蹲下来休息一下。牛牛哥说:"我又改变了想法,我要送一本书给你。书是精神食粮,比蛋糕还要好。"他拉着我的手进了一家个体书店,然后挑选了一阵子后,选了一本畅销的书《菊花香》。牛牛哥说:"你瞧,这本书里有美丽的、可歌可泣的爱情,但愿它也给你带来美丽的爱情。"我几乎为他这句话冲动起来,想抱住他了。

第三天下班后,牛牛哥叫住我问:"《菊花香》应该看完了吧?

明天带来给我看。"这时候我才明白,原来他一直想看这本书,他就给我买了,其实就是给他自己买的。过了半个月,书还在他那里。看来,他是不会再给我了。

花心的牛牛哥

牛,是忠诚的代表,对主人很忠,对万事万物都很忠。金牛座的男孩子也应该这样。可是,我的牛牛哥就不忠了,他可是花心得很。

我对牛牛说了我喜欢他,想做他的女朋友。牛牛哥搔首弄姿,羞涩地说:"我已经有很多女朋友了。"我一听,泄了气:"我怎么没看到呢?""我当然不会带给你看的。""那我就做你的……""第八位女朋友。你瞧,多么吉祥。"

吉祥!吉祥你个头!第二天起,我就逐渐地见识了牛牛哥的那些女朋友。先是上班的时候,有女的打电话给牛牛哥,牛牛哥一看号码就躲到一边去接听,然后用很低的声音跟她通话,他的脸上一直保持着微笑,有时候还开心地笑出声来。要不是我实在看不惯了,吓唬他说:"董事长来了!"牛牛哥可能会通话到下班才结束。我问牛牛哥,她找他什么事。"吃饭。"牛牛哥简短地答复了我。"约吃饭,几句话就可以说清楚了,用得了这么长时间吗?"我表示了我的不满。牛牛哥很贼地看着我,阴阳怪气地问:"你真不懂吗?这叫调情。"调情?呕心!

下班后,和牛牛哥一起出来。在街上,迎面走来一位美女,老远地就喊:"牛成成!"牛牛哥和美女站在一起叽里咕噜地说了半天,我先是耐心地听着,猜想美女会问及我,我还准备了客套的招呼语。我想,如果她问我了,我就说我是牛牛哥的第八位女朋友,不过已经是他最爱的一位了,这样多多少少对她也是打击。可是,美女视我如无物,而牛牛哥也把我完全地抛之脑后了。我站了半天,腿都酸麻了,头昏,就灰溜溜地自个儿先回家了。

晚上，新闻联播一结束，我就打电话给牛牛哥。我是忍了好久，告诫自己不可以打电话给他，他不在乎我，我怎么能不在乎自己呢。可是，我就是有这么贱，我想他了，非常地想念他，想知道他现在做什么。如果他没有事做，需要我过去陪我，我马上就可以过去陪他的。电话打通了，却没人接，难道是牛牛哥在做什么事情把手机取下了？过了好一会儿，我都想放弃了，突然听到牛牛哥说话了："谁呀？"我几乎要倒地身亡。我的电话号码，他再熟悉不过了，还用得了这么问？我问他，现在做什么？他这时候才说："芹芹，是你呀。我现在和人在喝咖啡，等会儿再跟你联系。"他就自作主张地挂了电话。我感到失落，他一定是和女孩子在约会。喝咖啡，认识他这么久了，他从来没有约过我喝咖啡。过了10分钟，我再打电话给他。他说，还在喝。再过10分钟，再打，还在喝。喝喝喝，喝了1个小时，我再打，他说："芹芹，我和人在吃哈根达斯。"我听到他这句话几乎要吐血。喝了咖啡吃哈根达斯，谁让他这么疯疯癫癫，谁让他这么舍得付出呢？

狡猾的牛牛哥

既然牛牛哥可以有那么多的女朋友，我也只是他的老八，他不仁在先，也别怪我不义了。我把我以前的男朋友都叫了来，要知道以前跟牛牛哥表白后，我就当着他的面发誓说要和所有的旧情人断交。我对他们说，我现在恢复了自由，我要重新跟他们交往。他们都很高兴，有的说我几个月不见就憔悴得不成样子，有的说我当初放弃和他交往是我最大的错误，有的打算今晚约我去跳舞，有的打算请我在适当的时候去外地旅游。我在他们中间像个心花怒放的小公主。嘿嘿，牛牛哥，咱们走着瞧，谁会更在乎谁。

牛牛哥再想跟我亲近的时候，我就把他推开说我是名花有主了。牛牛哥再想和我一起上街，我就说跟人有约了。牛牛哥再想分享我的零食的时候，我就义正词严地拒绝了："这是我男朋友送的东西，不能跟人分享！"牛牛讪讪地笑，孤独地走开了。看着他落寞的背影，我有报复的快感。

晚上跟一个男朋友还有他的朋友约在酒店吃饭，这个男朋友心血来潮，说要把我的牛牛哥也请来。我想了一下，拍手说"好"。牛牛哥接到我的电话后，犹豫了一阵，还是答应了。

牛牛哥赶来，见到我们这么多人吃了一惊，他可能是以为我只是和一个男朋友在一起。牛牛哥不吭一声地拉张椅子坐下来，坐在我的对面。我本来想让他坐我的身边的，想到他对我太坏，我就放弃了。我们都很欢快地喝酒吃菜，只有牛牛哥一句话不说，只低头顾着吃菜。直到我的男朋友举着酒杯要和牛牛哥干杯，牛牛哥说他不喝酒。他们都不依他，一定要牛牛哥喝。牛牛哥却怎么也不肯。他们就和牛牛哥闹僵了。终于不可收拾了，他们骂着牛牛哥，如果他不喝，就是灌也要灌倒他，再不喝，就要打他。惹得我愤怒了，我把男朋友的酒杯打倒在地，骂他们欺人太甚。没想到，男朋友竟然对我大吼："你以为你是什么东西！"可能是他喝多了，酒后乱了性子，也可能是我以前没有看清他的本来面目。那一刻我特别地失望，也感到害怕。牛牛哥却抄起了一把椅子，露出凶神恶煞的样子，吼道："谁敢动！谁过来就打死谁！"牛牛哥拉起我的手，就跑出了酒店。

跑了很长的一段路，我们才停下来。牛牛哥不说话。我打破了沉默。我表示了我的歉意后，才埋怨他说："其实，你喝一杯酒也没什么关系呀。"牛牛哥说："不是一杯酒，我怕他们人多，把我灌醉，如果灌醉了我，我怕我不能照顾你了。"我听到他这么说，一下子就流泪了。我对他说："你那么地不在乎我，怎么还想着我的安危呢？"牛牛哥惊讶地说："我怎么不在乎你了？"我说："你不舍得给我买蛋糕，你不舍得请我吃哈根达斯，你给我买的书都要拿走。"牛牛哥说:"我想省些钱呀,和你以后过好日子。""那你为什么请别人吃哈根达斯?""我有吗?""你有!""傻孩子,骗你的。不骗你,你怎么会在乎我呢?""你为什么要把我编为第八号女友,不和以前的女朋友断交?""其实,我哪里有什么旧情人呢。那也都是骗你的,不跟你说了,有些事说白了就没意思了。"

一切都明了。其实,我的牛牛哥还是很在乎我的。只不过,他设了个圈套,把我给套住了。我激动地扑进了他的怀里。

后来,我感到莫名其妙,金牛座的男孩子怎么会这样呢?去查星座书,上面说他们金牛座的男人倔强、固执、多疑,比较现实,不轻易动感情,但一旦爱上了,就会成为女人最安全的避风港。我半信半疑的,倒是说我这天秤座具有迷人的气息和高雅的气质,特有的魅力会带来所期望的一切利益。说得一点儿不差。哈哈!

现在,我和我的牛牛哥幸福地生活在一起,在城市里过着牛郎织女的生活。

点评: 团结远方的朋友或者敌人,来攻击相邻的敌人,这是此计的意思。为什么要这样?因为"近"比"远"更容易形成威胁,使你防不胜防。通过远交近攻,达到内外夹攻。但是别忘了远敌也是敌人。同时面对几个情敌的时候,也有远近之分,不如先团结一些比较疏远的情敌,而攻击关系最近的情敌,在胜利之后再攻击最后的情敌,从而达到逐个击破的目的。

天秤座的"我"和金牛座的牛牛哥相恋,但对牛牛哥的缺点——小气、花心、狡猾都无能为力,只好团结"远"(旧男友,因为是旧男友关系肯定疏远了,故称之为"远")来攻击"近"(牛牛哥,他是"我"最心爱之人,所以称作"近"),从而促使牛牛哥不得不在乎我。

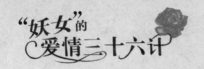

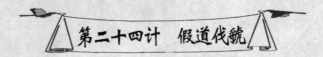

第二十四计　假道伐虢

谈谈稿,恋恋爱

原文: 两大之间,敌胁以从,我假以势。困,有言不信。

译文: 地处两个大国之间的小国,当敌方威胁它屈从的时候,我方应立即出兵援助,并借机扩展自己的势力。对处于困境的国家只有口头承诺而不拿出实际行动,是不能取得信任的。

教训

丁哲是我的作者,我是从他的来稿中和他认识的。

那天看稿,我一连坐了3个小时,结果视觉模糊了,头昏昏沉沉,却没有见到一篇好稿子。这时候,我看到了丁哲的来稿,他写的竟然是一首诗。我一看就火冒三丈,我们是一本时尚杂志,发表爱情故事,诗歌在我们眼里视作怪物,竟然会有人写诗来!

我一气之下给他回复了,本来我从来不回复不留用的稿件,我的回复只有很短的一句话:"请以后投稿之前先研究刊物,不要滥发垃圾邮件。"我的回复是非常地不客气,把他的文章比作了"垃圾",一般的作者很难接受。我把邮件发走就后悔了。以前,我收到作者的稿子不回复,作者还有怨言,如果回复稍为严厉了点,作者就会不客气地跟我干架说:"你算什么东西? 神圣的文学岂容你亵渎!"

我诚惶诚恐,生怕他会报复我。只希望他的邮箱有问题,不会收到这封信,或者他心情好,对我的回复置之不理。没想到,他很快就来了信。他的回复相对我的两句话是相当地长,首先他称呼我为老师,然后说领教了,然后说起他的写作经历,说从来没有人这么热心地指教过他,希望以后能够再得到我的指教。他非常地诚恳,我很受用。我知道,这肯定是一个热血的文学青年,却始终投稿无门,见了黄世仁也当好人。

我的心情顿时舒畅,就把自己的 QQ 号码给了他。他很快加了我,并且现身网上跟我聊天。他大多问我的是关于写作和投稿方面的问题,我都一一为他解答。他始终是很谦虚受教的样子,我每解答一个问题,他都恭敬地说"是"。最后,我对这种问答有些倦了,就问他个人方面的问题,知道了他是一个男生,当然凭直觉我也觉得是的,并且知道他的年龄和我差不多,最巧的是我们在同一个城市里。我就提出跟他见面,我说的理由是当面谈比网上谈更清楚。他很痛快地答应了,还很感激我能在百忙中抽出时间见他。百忙! 我闲得很呢,乐得有人买单听我夸夸其谈。

领路人

虽然抱了有人买单的念头,但我还是做了自己买单的准备。以前有个作者约我到酒吧里谈稿子,约的时候他说得很好听,说要好好地请我吃一餐。没想到两人话不投机,谈到最后不欢而散,他气得就走掉了,我却没有带钱,只好叫朋友过来买单,朋友也讽刺我。

我们约好是下午 5 点钟,我提前 10 分钟赶到,丁哲已经坐在那里等我。他手里拿着我们约好的暗号:一本我们社最新的杂志。要不是这本杂志,我还不敢相信,这个网上口口声声叫我

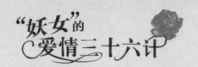

"老师"的男孩子竟然这么地漂亮。我快乐地上去和他相认,他看到我也有些不相信,可能他没有意识到我是个和他年纪相仿的女生。

他站起来,客气地叫了我一声"杨老师",给我让座。

我心里说:"要命!"坐下了。

他又说:"杨老师……"

我赶紧打断他:"可不可以不这么叫?我们本来年纪就差不多。"

他说:"可是,你是我文学的领路人。"

"你这么叫我有多难堪啊!"

他看我一脸的痛苦相,就问我:"那我叫你什么呢?"

"随便你,你叫我杨小蕾可以,小蕾也可以,如果你愿意的话,叫我妹妹也行,反正我比你小一点。"如果他愿意的话,叫我情妹妹我更喜欢,反正我对他已经一见钟情了。

他想了想,说:"我还是叫你杨小蕾吧。"也好,太亲切的叫法他现在还不能习惯,让他以后慢慢地习惯。

我们点了橙汁,边喝边谈着文学。主要是我在说,他在听。我把杂志写作的有关事情都跟他说了,比如杂志有固定的风格,固定的栏目,固定的字数,不能天马行空。作者写作之前必须先研究杂志的特征,给我们杂志写就研究我们杂志的特征,给别的杂志写研究别的杂志特征,有的放矢才能提高命中率。对编辑要从一而终,不能今天跟这个相好明天又跟那个私奔。投稿也要求原创稿首发,不能一稿多酬。我说的都是最基本的东西,没想到还是把他唬得瞪着眼睛望着我发愣。在我结束滔滔宏论之后,他由衷地说:"怪不得说'听君一席话,胜读十年书',我写作10年从来不知道还有这么多诀窍。"他一脸的佩服。

 担心

由于话很投机,彼此相见恨晚,我们谈话结束的时候已经是夜里 10 点钟了。而我还是言犹未尽，丁哲婉转地说："时间不早了，以后我再登门拜访，亲自前来请教吧。"

我抢着结了账，丁哲一再地拖住我的手说："怎么能让你付钱呢。"他的脸急得通红，那样子太可爱了。还是我付了款，让他的良心很不安，说下次一定要请我。我好高兴，他主动地拉了我的手，虽然是在无意之中，还向我承诺了下次的约会。

我们在门口分手，我叮嘱丁哲说："早点回去啊，路上小心些。"他是骑着自行车来的，所以我这么说。这话怎么听上去，都应该是男孩子对女孩子说的，可是我又这么关心他，也顾不得谁说谁不该说了。他说："是。你也要小心。"这话，听起来又像出远门的丈夫一再地叮嘱妻子。呸！我想到哪里去了，羞不羞啊。

我到家后，就给丁哲打电话。丁哲还不知道是我的电话，问我是谁。我报了名字后，丁哲很意外地问我有什么事。我说没什么，只是想知道他有没有平安到家。丁哲感动地说："谢谢你的牵挂。"我说在路上看到了交通事故，所以一路就担心着他，所以一回到家就给他打电话。丁哲一再地道谢。我估计他在那端感动得都流鼻涕了。

第二天下班之前，我收到了丁哲发来的稿件。他新写的这篇稿件很符合我的要求。我打电话给丁哲，他说他昨天回去后一晚上都失眠。我心里想问他是不是想我所以睡不着。他说他很激动，后来干脆就起来，看了一晚的杂志，然后在清晨的时候灵感突发，迅速地写了这篇文章。我告诉他的文章很不错，只是有些地方要改一下。我约他明天上午公园里见，在那里我告诉他怎么改。丁哲满口答应。

升级

星期六的公园，到处是相偎相依的恋人，原本是恋爱的地方，哪里适合谈什么稿子。我把丁哲约到这里，就是抱着不可告人的目的。

丁哲到之后，我用三五分钟的时间把稿子如何改的问题就说清楚了。他的稿子本来就不错，不需要多大改动。然后，我提议我们一起去玩玩。丁哲走在我的后面。我不满意了，说："你走在我的后面我怎么跟你说话啊？"他就和我并肩而行。

我们一起坐了过山车，开了碰碰车，玩了蹦极，我本来就贪玩，而丁哲对我的提议概不反对，我们像个小孩子一样看到好玩的就玩。自然，玩是让人快乐的，我和丁哲都很快乐。

玩到中午的时间，一起去吃饭。这次，我再不拒绝丁哲的好心，让他请了我。我的兴致很高，喝了半瓶的酒，这样子脸显得红扑扑的，看起来很可爱，在丁哲的心里留下了很好的印象。

上班后，我收到了丁哲改好的稿子。我告诉他，交给领导审阅了。几天后，领导的意见下来了，丁哲的稿子通过了终审，可以发在杂志上。我非常地高兴，马上把这件喜事告诉了丁哲。丁哲非常非常地激动，连声地说"谢谢"，谢谢我的栽培。我提醒他，这是很大的喜事，说不定是他人生的转折点，应该好好地庆祝。他也同意庆祝，我就和他约好去爬山。

之后，丁哲就成了我固定的作者。每个月，他都给我几篇稿子，任由我选择。每个月，他都可以在我的杂志上发表至少一篇的文章。要知道，我在他的写作和修改稿件的过程中，都及时地给予了指导，我还在领导的面前为他美言，使他成为重点作者。这样，他不发表文章谁发表呢。

我和丁哲见面是经常的，约稿要见面，给稿子提意见要见面，通知稿子在审要见面，稿子过了要见面。见面的地点也经常变化，只要我觉得哪里有情调我们就到哪里去。丁哲从不反对，虽然他逐渐地成为小有名气的作者，发表文章的地方也越来越多。但他对我还始终存在着感激，何况，在感激之外他也有了莫名的冲动。就这股冲动，使他在面对我说的"我爱你"那三个字的时候,很快就抱住了我。我在觉得时机成熟的时候,终于选择了浪漫的环境和浪漫的地点,首先向丁哲做了大胆的表白,说出了"我爱你"。丁哲接受了我。于是,我们才子佳人走到一起。

某天,我在办公室上班。一名编辑高声喊我:"杨小蕾,有人找!"所有的编辑都回过头去看找我的人。我看到是丁哲,旁边的女编辑小心地说:"好漂亮的男生,是你的作者吗?不如介绍给我。"我哈哈大笑,说:"不好意思,他以前是我的作者,现在升级做男朋友了。"听了我的话,所有的女编辑都嫉妒得要杀我,我跑过去拉了丁哲就逃。

点评:当初从虢国借道的时候,虢国没有想到自己也会被灭掉。此计说的就是如何地忘恩负义,又是如何地一箭双雕。对你的情人,你可以先不跟他(她)谈爱情,而只是从他(她)的事业或者生活入手,待时机成熟后,再一石击二鸟。有句话叫"谈谈心,恋恋爱"说的就是这个道理。

杨小蕾利用工作之便,从写文章入手,不断地跟丁磊见面。她和他谈的始终是他的文章,所以他不会提防有一天她会反过来杀向他的爱情,而他这时候全无招架之力,只有冲动。谈谈稿,恋恋爱,多好!

第二十五计　偷梁换柱

设个计谋骗骗你

原文：频更其阵，抽其劲旅，待其自败，而后乘之。曳其轮也。

译文：频繁地打乱敌人的阵容，抽调开敌人的主力，等待它自行败退，再乘机制服它。这就像拖住了大车的轮子，也控制了它的运行。

🅰 失败的网恋

知道天南有个亲密的女网友后我被气炸了，怪不得，我含蓄地暗示了天南好几次我喜欢他，他竟然一点反应都没有，我还以为他认为我犯贱所以对我不屑一顾，原来他是另有所爱。

这都怪我，只知道千方百计地讨好天南，暗地里为天南做各种各样的事情，却从来没有想过网恋也是爱情的一种，没有和天南网恋过，却让他人捷足无登。网恋太虚无缥缈了，我一点都不相信，特别是几位闺中密友倒在网上，网上是"白马王子"，见面后却是"恐龙"，我更是对网恋有一种很深的恐惧和讨厌。我虽然也有 QQ，但几乎不用，QQ 上只有几位好友，而跟她们联系我通常都是见面和打手机。不过，既然天南也爱这个，即使是非常讨厌的东西，我也得好好利用了。

　　我不知道天南网恋的 MM 的 QQ 号码是多少，这也不难，反正我们设计室有个电脑高手，在工作设计上他笨得要死，却是个黑客高手，我用两顿大餐就把他哄得团团转，他就帮我把天南的 QQ 破解，弄到了那个 MM 的 QQ 号。看到网名"柔情似水"的 QQ 号，我惊呼一声：这不是财务室的王怡吗？

　　已经嫁人的王怡会和天南网恋？带着这个疑问我找到王怡一问，她先是笑，然后告诉我说她只是逗他玩玩的，因为觉得他好玩，不敢相信生活中老实的他在网上也会那么不老实。"他知道你是'柔情似水'吗？"我问王怡。王怡摇头。王怡问我是不是喜欢上了天南，我羞涩地回答说"是"。"祝你好运！小 MM。"王怡真诚地拍着我的肩膀，她干脆把她的 QQ 密码都告诉了我，说这个号码她以后再不用了。

　　天南的网恋故事以喜剧的形式开始以悲剧的结局告终：第一天，柔情似水对他少了以往的激情，第二天对他不冷不热，第三天对他冷若冰霜，第四天找个小小的借口把他骂了个狗血喷头。天南大感疑惑地问："怎么啦？以前对我那么好，现在又突然对我这么坏，我究竟做错了什么？在你的身上发生了什么事情？可以告诉我吗？如果是我的错，我可以改；如果是你的事情，希望我可以帮助你。"柔情似水却对他的一腔真情毫不感冒，扔下一句："网恋的男人没有一个好东西！"招呼也不打就走了。从此以后，柔情似水再没在天南的 QQ 上出现过。

　　伤心的网恋让天南深感绝望，他的 QQ 也从此废弃不用。

难完成的任务

　　主管交给我两张磁盘，说是最近的设计任务，让我把其中的一张交给天南，那里有他的任务，其中的一张是我的。交待完之后，主管就乘飞机出差了。

　　我打开天南的磁盘，是让他搞美工设计，再打开我自己的，是文字设计,加在一起就是给某客户的产品说明书的完整设计方案。

　　天南从外面回来了,问我主管交给他的任务是不是在我这里。我把两张盘都给了天南,并且告诉他说要在三天内设计好的,三天后就要交货给客户。

　　过了一会儿,我看到天南坐在电脑前发呆,我走过去问他怎么啦。他不相信地问我:"主管真的说这都是我的任务吗?"我肯定地告诉他说这都是主管要我交给他的。"那怎么还有文字说明呢? 我一直只管美工,不管文字的。"一直以来,文字是由我负责的,天南不好意思说是我的任务,把后半部分话咽下了。"可能是主管想栽培你,让你独立完成一个设计方案。"说了这话之后,我回到自己的办公桌,悠闲地欣赏着公司以前的设计产品。

　　上午过去了,午餐的时候我问天南设计得怎么样。他说还没动工。"不会吧? 都一个上午了,那你怎么在 3 天内完成呢?"天南苦着脸说主要是文字说明不知道从何下手。我让天南尽快把美工搞好,有时间的话我帮他写文字。天南听到我这话后吁了口气,可能他本来就想请我帮忙的,又不好意思跟我说。

　　下午和第二天,天南时不时地就抬头向我这里张望。他一定想问我什么时候帮他写,他又不好问,看到我是一直在忙碌。直到第三天的午餐时,天南主动端着饭盒走到我这桌,问我什么时候有空帮他。我说我很忙呀。"好妹妹,求求你了,救救我!"天南祈求地说。天南很胆小,经常连我的名字都不好意思叫的,为了完成任务,他却叫我"好妹妹"了。我轻笑了一下,然后跟他说:"为了你这句'好妹妹',我一定帮你。"

　　下午,我帮天南写文字。下午没完成,晚上我们留在办公室加班,到 11 点钟的时候,终于完成了。天南激动地不得了,忘情地握住了我的手,说了好多的感谢的话。我红着脸把手抽了回来。

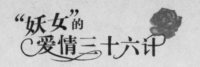

生日的晚上

快下班的时候,我告诉天南说我今天生日,请他晚上到我家来吃晚饭。天南问,还请了其他人吗,我说没有,只请了他一人。天南很激动的样子,说到街上走走就来。

快天黑的时候天南才赶来,我给他拉开房门,他对我说"生日快乐",然后递给我一盒生日蛋糕和一束鲜花。"从来没有给女孩子买过花吧?"我取笑天南,天南不好意思地笑笑。

天南在我的屋子里扫视了一眼,就发出惊叹,我问他原因,他说你平时看起来大大咧咧地,没想到房子却布置得这么漂亮。"再怎么说,我也是女孩子嘛。"我谦虚地说,羞涩地一笑。谦虚和羞涩都是美。

天南参观我的卧室,在桌上发现了一盒幸运星。天南问我是自己折的吗,我说是的。然后我告诉天南,今年以来,我每天早上起来后都折一颗幸运星,我希望自己在今年内能够幸运地交到一个漂亮的"白马王子","就像你一样漂亮,"我眼睛放光地盯着天南说,"你不会笑我吧?""哪会呢。每个女孩子都有梦想。"天南低下了头,我炙热的目光他受不了。天南问我一共折了多少颗。"刚好 180 颗。""很吉祥的数字。你一定会幸运的。"

天南问我晚餐弄好了没有,要不要他帮忙。我带他走到厨房里,掀布桌子上盖着的罩子。"哇!"天南顾不得斯文,大喊大叫。一桌丰盛的晚餐出现在天南的面前。"都是你自己做的吗?""难道你不相信我?"我保持着好的脾气。"太不可思议了!这么短的时间你竟然弄出了这么丰富的晚餐,看起来就好吃。"

那顿晚餐,我们吃得很开心。我频频地给天南倒酒,天南一个人喝了两瓶啤酒。我也喝了些饮料。天南喝了那些酒后,话就多了些,跟我讲他童年的故事。"有过初恋吗?"我问天南。天南说没有,他老实地交待本来跟一个女孩网恋快成功了,对方却突然变心,也不知道为什么。"不过,我已经忘了她,决定开始新的生活。"天南向我保证说。

天南走后,我第一个电话打给红红,谢谢她花一个下午的时间帮我收拾房间;第二个电话打给柳柳,谢谢她花一个下午的时间帮我折幸运星;第三个电话打给依依,谢谢她花一个下午的时间帮我买菜做饭。"等一个月后我真正过生日的时候,我们再相聚。"我向她们保证,请她们到最好的酒店吃饭。

去年的车票,今年的爱情

"生日"后的第二天,等所有的人都下班后,我拿出一张车票跟天南说我准备明天动身去北方城市。天南问我是不是出差,我说不是的,我打算辞职,去北方发展。天南一下子急了,说我在这里发展得好好的,怎么想到去北方,为了什么。

"为了一个人,"我幽幽地说,我哀伤的眼神使天南低下头不敢看着我,"我喜欢他很久了,而他不喜欢我。"

我收拾桌上的东西。其中有一个香袋是天南送给我的,作为我帮他搞设计的报答,它让我的办公桌总是洋溢着芳香。我说:"还很香。"把它塞进了我的包里。我从包里拿出幸运星,就是昨晚天南看到的那盒,说送给他,祝他好运,碰上自己的白雪公主。

天南沉默了许久,才说:"也许他也喜欢你,只是他并不想让你知道。有时候,爱一个人不是在嘴上,而是在心里。"

"但是,我想跟他在一起,至少,要让我知道他爱我。"

"你要他怎么做呢? 对你说'我爱你'吗?"

"拥抱我一下也可以呀,抱一下,表示他爱我。"

我闭上了眼睛,静静地等待。

感觉到天南终于轻轻地抱住了我。我的头倚在他宽厚的肩膀上。"我爱你!"天南对我说,他的声音在颤抖。

我幸福地睁开了眼睛。今天是 2004 年 7 月 7 日,爱情的日子,我终于征服了我的白马王子韩天南!

我看了一眼我的车票,上面印着日期:2003 年 7 月 7 日。我偷偷地把车票塞进了口袋。

点评:偷的是梁,换的是柱,没有了顶梁柱,房屋自然会倒塌。不过,偷换要隐秘,不被觉察,否则“偷鸡不成反蚀把米”。情人的所有东西都可以“偷”,但最有效的是偷心。

“偷”用了柔情似水的 QQ,“换”了个人;“偷偷地”把自己的任务也给了他去做,却“换”成了帮他的忙;房间是朋友整理的,幸运星是朋友折的,饭菜是朋友做的,把功劳全都“偷”“换”到自己的头上就成了贤慧。车票只是过期的废票,却把他骗得好惨,让他爱得一塌糊涂!好笨的天南!

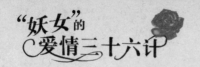

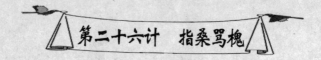

第二十六计　指桑骂槐

当鼠标爱上键盘

原文： 大凌小者，警以诱之。刚中而应，行险而顺。

译文： 强者慑服弱者，须用警戒的方法来诱导。刚强适当获得拥护，坚毅果断使人顺服。

Ａ 天生的一对

键盘的本名叫朱坤，这个名号在我们大学响当当。曾经有首打油诗形容他："朱坤一回头，女生站满楼。"这缘于一来他长得帅，二来他是校足球队队长，能够经常出风头。

我虽然和键盘是校友，还是同系的，他比我高一届，但以前他并不认得我，只是我认识他，我是他的爱慕者，这一点他很久都不明白。

为了结识朱坤，我通过一番打探终于得到了他的 QQ 号码，然后申请加他为好友。可是，让我纳闷的是，他却三次没有通过我的申请。我看到他的网名竟然是"键盘"，忍不住哈哈大笑，马上把自己的网名改为"鼠标"，没想到，再次申请朱坤也就是键盘就加我为好友了。

键盘：你怎么取了个"鼠标"的网名呢？

鼠标：你不也是吗？取个网名叫"键盘"。

键盘：我用这个名字很久了，主要是我这人欠打。

鼠标：哈哈！"键盘"本来就是让人打的。看到你取的网名我就想起了我以前用过的"鼠标"这个网名。我这人欠击。

键盘：哈哈！"鼠标"本来就是让人击的。我们还真是天生的一对啊。

天生的一对，嘿嘿。

欠击，欠打

几次网聊之后，我和键盘决定见面。

我在约会的地方等了他一个多小时，才见他姗姗来迟。

看他那副懒散的样子，一点儿都没精神，我都不敢相信是他了。

我说："你真的是键盘吗？"

"如假包换！你看，我手上有我们的暗号。"说着，他把手伸给我看。只见他的掌心写着"键盘"二字。

我笑了。

"你呢，你是鼠标吗？"键盘反问我。

"我怎么不是啦？"我把手伸给他看，我的掌心写着"鼠标"二字。

"我从来没有和这么不讲究的女生约会过，你看你，衣服搭配很不好看，妆也不化一下。"

"我不是说过，我天生欠击吗？别说我，你呢，第一次约会就迟到一个小时……"

"你别说了，我天生欠打！"

我们相视一笑。

讨厌的客人

键盘去我租住的房子，他饶有兴致地打量着，不时地发表评论:"窗子怎么少块玻璃也不装上？墙壁上一张明星的照片也没有？地板是不是从来没拖过？中午吃饭的碗还没有洗,好恶心哟。鼠标,你是懒得不能再懒了。"

"有像你这样的客人这么说主人的吗?"我叉着腰,倒打一耙。

键盘发现了我的电脑,惊喜地问:"是你的电脑吗?"

"那当然!"

"太好了,我以后上网不用去网吧了。"

"什么意思啊?"

"就是——我慢慢跟你说来,我呢,自己没有电脑,以前上网都是去网吧的,不过从今天开始,我就不去网吧了,就在你这里上。"

他一屁股坐在椅子上,手就向主机伸去。我手疾眼快,抢在他的前面,用手掌挡住了开机键。他用力地把我的手掰开,然后打开了电脑。

"可是,我不想跟人一起上耶。"我心里恨恨的,却深感无可奈何。

"错! 你不必跟我一起上,我是说我一个人上。"

他说他要独霸我的电脑!

 讨厌厌厌!

"键盘,到吃饭的时间了,你得回去吃饭了。"

"你不是煮好了吗?"

"可是,我只煮了我一个人的。"

"那你就再煮一份。对,先拿来给我吃了。"

……

"键盘,我吃晚饭了,你回去吧。"

"鼠标,你那么聪明,有了前车之鉴,想必你也煮了我的那份。不！应该是你不会连自己的那份也不煮吧?！"

……

"键盘，都快 12 点了，你该回去睡觉了。"

"我的游戏打到最关键的时候了。"

"天哪！难道你连觉都不回去睡了？你还叫我怎么见人？"

"我正有此意，打算明天就搬来住，反正你这儿还有一间空房。"

我顺手操起个家伙就朝他砸去。听到他"哎哟"了一声。

不过，他还是没有搬过来住，可能他也觉得这样不太好。只是，我的电脑却常常被他霸占着。

E 键盘的好处

键盘也不是没给过我好处。

比方说，我和他一起上公园玩，他一时兴起，从花坛里折了一枝玫瑰给我。

我虽然很高兴，但故意说："你也太不道德了，怎么能折公园里的花呢？花被你折了，别人还看什么？"

键盘说："送你花你拿着就是了，还说这么多，女唐僧啊？"

"都说玫瑰送女朋友，你是送给女朋友还是什么呢？"

"呵，该不会是想做我的女朋友了吧？"

"呸！你想得美！"

再比如，我请他去看电影。电影散场后，我又请他吃东西。吃了东西，又玩了一会儿。这样，我们回去的时候，已经是深夜了。天气有些冷。

"真想借你的怀抱暖和暖和。"我把衣服紧紧，双手抱在胸前。

键盘瞧了瞧我，说："那好吧，我就借给你 1 个小时。"

我依偎进了他的怀里。

我说:"好温暖。你有没有这种感觉?"

"没有。挺难受的。"

"干嘛难受啊?"

"要学柳下惠坐怀不乱啊。"

"去你的! 你以前经常借怀抱给女生温暖吗?"

"是啊。"

"花花公子!"

🎵 最关键的时候

键盘要离开学校了,我去火车站送他。

键盘说:"鼠标,别拿这么副脸对我,不知情的还以为我欠你什么。"

"你就欠我的! 我给你煮了那么多次饭,电脑让你免费用了那么久,请你吃了那么多次烧烤,你没还我就走了。"我嘟起嘴,很不乐意。

"毕业是好事啊,难道你要我留下来做'大五生'。"

"你留不留下来做'大五生'关我什么事?"

之后,我就沉默。任键盘怎么逗我,我都不说话。

键盘说:"该不会学电影里的样子,把最关键的话留到最关键的时候再说吧?"

我还是不说话。

"那样虽然好,就怕你到时候不记得说,可别后悔哟。还有,我可能会偷偷地溜走呢。"

"你敢溜!"我威胁他。

火车进站后,键盘起劲地往前跑,我起劲地跟在他的后面跑。他往车厢钻的时候,我就在下面托着他的背把他用力地往里推。他终于挤了进去。

然后,我站在下面等着。

过了一会儿，键盘打开一扇窗，对我喊："总算杀出一条血路，上来了。现在，有什么话你该说了吧？"

我闷了一会儿，说："我担心我家里的键盘和鼠标会想念你的。"

想念你

键盘走后，时常给我打电话。告诉我他工作的情况，告诉我他累得瘦了几两。

有时候，他也说："你的键盘和鼠标都还好吗？"

我说："不是很好，它们常常罢工。"

"一定是你经常虐待它们了。"

"没有，我用得比较少。我猜想它们是想念你的缘故。"

"真的吗？"

"真的。不过，我告诉它们了，不要想你，它们自己好好地相爱，互相想念。"

毕业了

我也毕业了，也工作了。

我也经常给键盘打电话。

"工作还好吗？累吗？瘦了没有？"键盘问我。

"很累，很瘦，很不好。"我告诉他。

"如果你觉得不好，你就过来吧，到我这里来，我可以照顾你的。"

"你学会照顾人了？"

"是啊。你不在，我学会了煮饭、洗衣、做家务，照顾你想必绰绰有余了。"

定情信物

键盘把我从火车站接到了他的家里。

看到他的家虽然小,但温暖干净,我笑了。

"带了这么多东西,是不是全部家当都带来了?"

"是啊。不打算回去了。"

"我看看都是些什么。脏裤子,臭袜子,怎么还有键盘,还有鼠标? 天哪,是我以前用过的那两只,你怎么把它们也带来了?"

"没办法,它们想念你太厉害,都病得报废了。"

"嗯,是报废了,上网肯定用不上了,不过作为我们的定情信物还是不错的。"

"你说什么啊?"

"我是说,作为我们的定情信物。反正我们都很穷,没有钱买戒指。它们破虽然破了一点,纪念意义却不少。难道你不愿意?"

"我的意思是,你的木脑袋怎么突然开窍了呢?"

"嘿嘿。"

点评:对着桑树在吼,骂的却是槐树,此骂法实在高明。而之所以绕个圈子,是因为"槐"该骂而不敢骂、不便骂,"桑"却可以骂,通过骂"桑"也能达到骂"槐"的目的。杀鸡儆猴也是这个道理。在情场上运用,就是旁敲侧击。有些事不能直接做,有些话不敢直接讲,就从侧面去点拨。

"我"不能直接对朱坤表达爱情,他是个粗鲁的家伙,我就用鼠标和键盘不能分离的关系来旁敲侧击,通过一番努力,他也终于醒悟了。

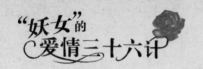

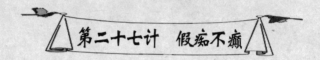

愚人节的爱情

原文：宁伪作不知不为，不伪作假知妄为。静不露机，云雷屯也。

译文：宁可假装不知道而不采取行动，不可假装知道而轻举妄动；要沉着冷静，深藏不露，就像冬季的雷电蓄势待发一样。

A "凑合谁？"

在开始我搞笑的爱情之前，还得介绍男主人公，因为这是一个非常重要的人物，是他弄得我神魂颠倒，食不香睡不着。他的大名叫韩雨林，我们的班长，每期一等奖学金的包揽者，也是学校帅哥队伍里的一张王牌。这不是吹，通常一个优秀的人才就有这么出色。这么优秀的一个人我当然非常地喜欢，何况他还是一个很搞笑的人，更和我臭味相投，我更加地爱他啦。

但如果要韩雨林爱上我，谁都会帮我算计：你相貌平平，成绩平平，爱好平平，凭什么就癞蛤蟆吃天鹅肉呢？所以，虽然和雨林同学了3年，我也只是暗恋了他一千多天，还不敢向他表白。

要不是这个愚人节，我想我不可能有机会和胆量做我一直都想做的事情。

那天晚上，我的好友张敏洗了脚后抱着脚丫坐在床上剪指甲，她一边做着这么恶心的动作一边问我："唐雪琴，后天就是愚人节了，我们想个什么好办法整治大家好不好？"

我顺口就答："好啊。"

可是，张敏问我用什么办法我就不知道如何回答了。因为，年年都过愚人节，要每年都想到新点子很不容易，要把同学骗得上当更加地不容易。

张敏说："我以前看过一篇文章，说有人在愚人节那天把一对恋人整得分手了。"

我夸张地叫了一声，然后说："哇！那也太不道德了，我们只能凑合别人怎么能让人分离呢？"

"可是，我们凑合谁呢？"

这时，我一下子就想到了我自己，我说："我啊。"

"你？"张敏吃惊地看着我，"你和谁？从没听说过你喜欢谁。"

"韩雨林啊。"

张敏一口就回绝了，"那不行！"

再问她理由，她却不说了。她不说我也知道，她也暗恋他。

我哄着她说："韩雨林你得不到的是不是？你不如帮我得到他，这样我幸福了，作为我的好朋友，你不也觉得幸福吗？"

"我不！"

"我每天给你打饭行不？"

"我不！"

"我把我最珍爱的布娃娃送给你好吗？"

"不！"

"我包了你每天的零食行不？"

"不！"

"天哪，难道要把韩雨林也分你一半不成？"

"……"

"生米煮成夹生饭了"

第二天,张敏在自习课的时候神秘地把韩雨林叫到了教室外面。

韩雨林问:"有什么事吗?"

张敏卖弄地说:"你猜呢?"

韩雨林很不耐烦,"小姐,现在是上课耶,有事快讲,无事我就进去了。"

张敏觉得很扫兴,说:"想不到你也是不解风情之人。韩雨林,你知道明天是愚人节吗?"

韩雨林说:"当然知道啦,我还想了办法整治同学呢。"

张敏说:"可是,你的办法新颖吗?"

韩雨林骄傲地说:"当然!"

"新颖到让每个人都鼓掌,每个人都产生无限遐想吗?"

"这个……"韩雨林不敢保证了。

"我给你介绍的这个主意一定会让每个人都说 I 服了 U。"

张敏对韩雨林耳语一番。

韩雨林惊讶得脸都变了颜色,"这个办法行吗?"

"保证行!"

"我是说会不会产生后果?"

"你放心,唐雪琴是我最好的朋友,如果她想不开我可以劝导她的。"

韩雨林还是犹豫不决。

中午休息回到寝室里,张敏把这些告诉了我。我当然是非常地满意,满面春风。

张敏却说:"可是,我想打退堂鼓了。我对韩雨林耳语,我从来没有那么近地靠近他,他身上的味道让我几乎要酥倒了。雪琴,我们换个位置吧,不如让他来捉弄我。"

206

我说:"木即将成舟,生米煮成了夹生饭,还由得了你我吗?"

"我们是恋人"

愚人节的早上。

大家都在教室里,等着上课铃响。

突然,韩雨林走了进来。

我的心"扑通扑通"地乱跳,既怕他不中计,又怕他按计行事。

他却走到了我的面前,对我说:"唐雪琴,我爱你。"

他一脸的柔情。

我努力地克制住自己的激动,装作很惊讶地看着他。在我准备说话之前,我听到有人带头鼓掌(当然是张敏了),然后是掌声一片。所有的人都为我喝彩,都说:"唐雪琴,韩雨林向你求爱了,你也说爱他呀。"

我娇羞万分地说:"韩雨林,我也爱你。"

掌声如潮水。

下课后,韩雨林走出教室,我紧跟在他的身后。

我说:"韩雨林,你去哪里?"

韩雨林的眼珠翻了上去,"这关你什么事?"

我说:"你去哪里,我就去哪里。"

"你凭什么可以这么做?"

"我们是恋人啦。"

"谁说的?"

"难道你这么快就忘了,我们在同学的面前说过爱对方的。"

韩雨林恶作剧地笑着说:"唐雪琴同学,想不到你这么好骗,难道你不记得今天是愚人节吗?"

我故意忘记了地说:"是吗? 今天是愚人节? 哦,我还以为你真的爱我,所以我也对你说了真心话。可是,我们在那么多同学面前都说了,就是想回头也没有回头路走啊。"

"同学的心里都清楚我们是开玩笑的。"

"那你就问同学吧,看同学认为我们是开玩笑还是说真话。"

"好的,今天不行,明天我一定问他们。"

"你还想赖吗?"

第二天,大清早地我就跑到韩雨林的房间,把他叫起床。

"雨林,起床啦,今天是星期六,我们去爬山好不好?"

韩雨林揉着眼睛说:"你是谁啊?来吵我。"

我委屈地说:"我是你女朋友啊。"

"我哪里来的女朋友?"

"你昨天还说爱我的,大家都听见的是不是?"

寝室的男生齐声说:"是的,我们听见过。"

我说:"你看,你还想赖吗?"

男生都说:"是啊,韩雨林你别这样欺负女生,"见我流眼泪了,又都说,"雪琴都哭了,雨林你就哄哄她吧。"

韩雨林一骨碌从床上爬起来,边穿着衣服边狠狠地说:"我跟你们说不清!"

韩雨林拿着饭盒去打饭,我跟在他的身后,"雨林,我帮你拿饭盒好吗?"

他理都不理我。

前面一个同学走过来,跟雨林打招呼,"小老乡,和女朋友一起打饭啊?"

雨林大吃一惊,"谁跟你说的她是我女朋友?"

雨林的老乡不满地说:"小老弟,还想骗你老哥啊,你昨天不是在教室里向她求爱了?你的胆也够大的。"

天哪!原来全校的人都知道了,把它作为美事在传播。韩雨林一脸的痛苦。

E "叫她,亲切些"

我在寝室里寻死不要活地,张敏站在寝室外面训斥着韩雨林。

张敏说:"韩雨林,你昨天对唐雪琴做了什么,她要死不活地?"

韩雨林委屈地说:"我没有做什么。她昨天跟了我一天,我走到哪里她就到哪里,还在我的耳边像只苍蝇一样说个不停,弄得我烦不胜烦,后来我就叫她滚开,她就跑走了。"

张敏说:"你怎么能叫她滚吗?你知道滚是多么侮辱人格的词吗?别说雪琴是你的女朋友……"

韩雨林打断说:"她不是我女朋友。"

"就算一个和你关系平常的女孩子你也不能叫她'滚'。现在她要寻死,如果真的死了你怕是脱不了干系。你还是进去安慰她一下,知道不?"

韩雨林进来了。

我把被子蒙在头上。

韩雨林说:"唐雪琴!"

我没理他。

"叫她雪琴,亲切些。"张敏在旁边提醒说。

"雪琴!"韩雨林又叫了我一声,"昨天的事是我不对,我不该骂你。"

我掀开被子说:"就是嘛,你烦我可以叫我走开的。"

"我叫你走了,可是你不走。"

"还有,我是你的女朋友,大家都知道的。"

"我只是在愚人节开个玩笑。"

"难道你不知道每个人都有自尊吗?何况我还是女孩子,怎么受得了,你叫我以后还怎么跟人相爱?谁还会爱我啊?"

"可能嫁都嫁不出去。"张敏添油加醋地补充说。

"不会那么严重吧?"韩雨林傻呆了。

"严重!"寝室的六个女生异口同声地说,包括我。

"除非你肯接受我。"我说。一脸的忧愁相,一肚的快乐。

"没有那么早"

"雪琴,我发现你还不赖,虽然不漂亮但经得起看,心地也好,还很聪明,特别是待我特好。"

"我没有你说的这么多优点吧?今天是愚人节,你不会又开我的玩笑吧?!"

"亲爱的,我是说真心话,怎么会是开玩笑呢?也多亏了去年的愚人节,才让我有机会和你在一起。"

"那么你是什么时候爱上我的?难道是去年的愚人节?"

"没有那么早。"

"过后的几天?3天?5天?1个星期还是1个月?"

"差不多吧。"

点评:人生难得糊涂,糊涂有时候比聪明、自作聪明更好。用此计之人或大智若愚或深藏若虚。在我们骄傲的情敌面前,不如假装糊涂,借以掩藏自己的实力;在我们固执的情人面前,不如假装糊涂,借以掩藏自己的目的。

"我"明知是愚人节,计谋还是自己一手策划的,可是在面对情人韩雨林的愚弄时还是假装上当,对他的"我爱你"回应了"我爱你"。然后,借已在大庭广众之下坦白要挟他,使他后退无路。所以说,不是韩雨林愚弄了我,而是他被我愚弄了。这是假痴不癫的最高境界。

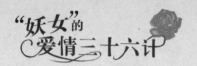

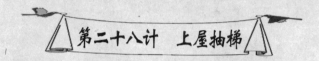

第二十八计　上屋抽梯

爱情岂可真戏假做

原文： 假之以便，唆之使前，断其援应，陷之死地。遇毒，位不当也。

译文： 故意给敌人提供方便，诱使其深入我方，然后切断它的前应和后援，使它陷入绝境。敌人之所以遭遇祸患，是因为贪图不应得的利益所致。

A 我被老妈"出卖"了

还是在年前，老妈就给我打了一次电话，说春节等我回家就给我介绍一个男孩子认识认识。我以为老妈在讲笑话，也开玩笑地答应了。

没想到，春节放假前的一天，老妈又打电话来问我什么时候回家，说已经跟那个男孩子说了，马上就相亲。我一听，老妈似乎来真的了，赶紧说刚才听同事讲春节不放假。我也就真的没回去。年三十的晚上，和几个姐妹狂吃、狂欢了前半个晚上，等到新年的钟声一响，就都哭得稀里哗啦，然后几天里都过得郁郁寡欢，想念老妈做的菜和她买的零食，却不敢回家，都怪她说要给我相什么亲。

老妈却不依我，她每天一个电话，每个电话长则两个钟头，短也不低于半个小时。她在电话里是无穷无尽地讲那个男孩子的好处，我实在不耐烦了就打断她说："他这么好，你另外找个女儿嫁给他呀。"老妈就反唇相讥说："都怪我当年生错了你，要是我还有个女儿也不会轮到你了。"最后，她逼问我："回不回来？不回来就永远不要回来了，我也不要你这个女儿！"哇，也太夸张了，犯不着为了一个外人就干掉一个女儿吧？接着，老爸拿过话筒，也说"不回来就绝交"，就连一向对我恩宠有加的老哥也帮陌生人说话，也说要跟我绝交。我内忧外患，几乎要气得吐血。

不明白的人，还以为我比西施的邻居东施还丑，是嫁不出去的老姑娘。其实，我今年才 24 岁，从一所名牌大学毕业，现在外资企业做白领，绝对的秀色可餐，不愁嫁，只要我在街上喊一声："我想嫁人！"我保证满街的人都会来排队。

真不知老妈安的是什么心，这么急于把女儿嫁出去，不过，我却不敢不回家了，再怎么说，相亲可以真戏假做，老妈还有老爸老哥却不能不要。对，真戏假做，只要我回去后，跟那个人来个"真相亲假恋爱"，骗骗老妈他们的眼睛，他们又能奈我何？

🎱 光秃秃的玫瑰枝

初八的下午，我回到了家乡那个不太热闹的城市。一下火车，被扑面而来的寒风冻得缩紧了脖子，就狠狠地诅咒那个未曾谋面的小子。老妈他们都在车站外面等着，老妈一眼就看见了我，扑上来动情地说："好女儿，可把妈妈想坏了。"她把我搂住，眼泪都快要掉下来。我却一点儿也不感动，推开了她，阴着脸问："老妈，你究竟得了人家什么好处，这么卖女求荣？"老妈笑嘻嘻地说："没多少好处，只是我和他在一个单位，他经常帮我搬搬东西。"我的天，做做"搬运工"就可以晋级"女婿"，这也太划算了吧？老妈，这样的"生意"你做得也太亏了吧？

我抱着皮箱也不让老哥拿，说："回家吧。"老妈老爸都说"等

213

等",我问他们等什么,他们只是神秘地笑却不说。我低头冥思了几秒钟,马上想到,会不会是那个臭小子来接火车?是的,一定是!想我何等聪明人,怎能猜不到。

我心一惊,马上就可以见到他了,不知他是何方妖怪,弄得我全家人团团转。我看自己,虽然风尘仆仆,容颜却没憔悴,加之新年新买了一套靓装穿在身上,简直是气质高贵纯洁典雅,就是这气质也可以吓退他吧?这么一想,我就轻松了,还有些期待看到他那自卑猥琐的样子,就耐心地等着。

他终于来了。见他走上前来叫"伯父伯母",我就知道是他。老妈为我们介绍,我趁此打量他,说老实话,他长得也还不赖,要不是我在大地方帅哥见多了,这还真是我们家乡这小地方比较稀罕的美男子。不过,我不动心,自己大学时遭遇了一次美男子的欺骗,我就有了句名言,叫"不和美男说话"。

老妈埋怨地问:"崔卫平,不是说过早点来接方华的,你怎么这时候才来?"

崔卫平,就是这个讨厌鬼,他急急地解释说:"伯母,对不起,"然后又转向我,"方华,很抱歉,刚才给你买花去了所以来晚了。"

"买花也用不了这么长时间呀?"老哥也问。

"没想到今天店里的花都早早卖光了,我跑了好几家花店才从一家小店里买到了这束花,瞧,还是几天前剩下的。"

我从他手里抢过花来看,几乎要晕倒。那束玫瑰,整个就蔫了,我的手一抖,花纷纷凋零,落叶纷纷飞舞,顷刻之间就只剩下光棍几条。就连老妈见此情景都大惊失色,更别提那个蠢蛋的脸色有多苍白。

真戏怎能假做?

我原本以为,那个叫崔卫平的蠢蛋送的那束残花足以吓退老妈,对他死心,老妈却不计较,她还为他辩解说:"他也是好心,才去买花送你,还跑了全城呢,证明他是真心。"我给老妈一个白眼,反正"丈母娘看女婿,越看越爱"(老妈可能打心底把他当做女婿了),我说什么也没用。

第二天,早饭还没吃完,崔卫平就敲开了我家的门。看到他,老妈老爸还有老哥都当"瘟神"来了,三五下就把最后的几口饭扒完,给他泡杯茶上好糖果后,就都一个接一个地溜出门去,走之前还向我们挤眉弄眼。

只剩下我们两人在屋里了,我想,他会不会心生歹意? 就站起来,故意说要拖地,把拖把拿在手中,心中想:"只要他起坏心,就把他按倒,把他的脑袋当地拖。"

他坐在我的对面,双手夹在双腿之中,眼睛只看电视不看我。电视上的美女虽然比我漂亮也用不着这么刻薄我吧? 我咳嗽了一声,他马上惊醒过来,看着我。

我说:"我们……"

他就打断我说:"你老妈把你的情况都跟我说了。"

"那我们就不要谈了。"我挥挥手,好像挥手之间就把他当苍蝇一样地赶走了。

"为什么?"他的脸上写满了惊讶。

"我和你不适合。"

他就问我为什么不适合,正如我所料。我只好委屈自己,抬高他,说自己性格泼辣不够温柔都怪吃辣椒太多,不会煮饭不会洗衣不会疼人。他却说我的辣性格和他的软性格互为补充婚后可少些争吵,他会洗衣会做饭会疼人。实在没辙了,我瞪着血红的眼睛,大喊一声:"我心烦了还打人!"我的拳头挥舞,好像此刻就要打他。他望着我,过了一会幽幽地说:"你要打我,就轻点,别让外人看出来,只要你心不烦。"我突然都要感动了,想到这会不会是他随口编出来的,赶紧提醒自己重新拿出铁石心肠来,不要被他的花言巧语所打动。

最后，我压低声音问他："我们可不可以真戏假做？"他不解，问什么叫真戏假做。我说："真戏假做就是表面上在谈恋爱，实质上并没有，我们只是做个样子给我家人看的。"他连连摆手，说："那怎么可以，怎么可以骗他们呢。"我拍案而起，茶杯里的水都晃了出来，溅在他的腿上，"说，是你不想，还是不想骗我老妈？"他低下头，说："我不想。"

笨蛋，"我爱你"都不会说？

接下来，虽然没有按我的想法真戏假做，不过，我和崔卫平相处得还算融洽，奇怪的是我们没有争吵，这主要是我经常发火而他却从不多言，你想，谁会对一个哑巴还滔滔不绝？

而崔卫平也如他说的那样能干。他经常到我们家来蹭饭，一来就亲自下厨，工夫不大就能弄出丰盛的一桌饭菜，连我挑剔的老哥都赞不绝口，跟他称兄道弟，说："兄弟，真不赖呀。"

虽然崔卫平没有我梦中的情人那样有一双会变魔术的手，比如能从西装里突然拿出一枝玫瑰，他甚至再也不送花给我，但是，我对他的感情却在改变，我甚至——不能说，绝对不能说——我想，我开始爱上他了！

当我发现自己这一巨大的改变，我是多么地悲哀，我堂堂的大美女，外企白领，沦落到要嫁一个没头没脑的男子为夫，丘比特的那枝金箭是怎么射的？

可是，我控制不了自己不去爱他。我期待他说爱我了。他却不说，他这死脑壳怎么会想到说爱我的话呢？

终于，就有了我这一次的发大火，无名地，我就叫他闭上臭嘴，滚出门去，站到楼下。他看着我，嘴唇动了动，还是没说话，就真的走了。

我想，他一定老老实实地站在外面，但我不去看，不去把他叫回来，谁让他伤我的心呢。

老妈回来,万分惊奇地问:"你和崔卫平怎么吵架了?他在外面站着,现在又下着雨,我拉他都不上来,你一定欺负他了。"

我就哭了,说:"老妈,我怎么会欺负他,是他欺负我,不对我说'我爱你'。"我把心事一股脑儿地向老妈倒了出来,老妈又好气又好笑,说:"你知道他没心眼,你就应该先对他说呀。"我忸忸怩怩地说:"人家再泼,也是女孩子嘛。"老妈说她下去跟他说说。

老妈下楼去了,我待了一会儿,也跟了出去。下去后,看到他还站在雨中,老妈一定都跟他说了,他看到我,就喊:"方华,对不起,我不知道你是那么想的。现在,我对着伯母的面,对你说'方华,我爱你,一生一世都爱你。'"

这人!弄得全城的人都看着我们。我也顾不了那么多,把他拉上来,哽咽地说:"我相信你,你怎么这么傻,下雨了也不上来。感冒了怎么办?"摸他的额头,还真是滚烫,我大惊小怪地喊:"妈,快回去准备毛巾,准备开水,准备感冒药。"

老妈想笑,又怕招我骂,就转过了身。隔了会儿,我听到她"哈哈哈哈"的四声大笑,是那么地开心。

点评: 敌人之所以会"上屋",是受利益所驱使;我方之所以抽走梯子,是想逼敌人就范。爱一个人,不如先给他(她)一些好处,然后借此威胁他(她),使其屈服。

有的人把它挂在嘴上,有的人把它藏在心里;男人可能一辈子都不会说,女人一辈子都在乎;这句话就是"我爱你"。"我"被家人逼着相亲,在对崔卫平真戏假做的日子里,由对他反感到喜爱,他却吝啬得不说"我爱你"。我只好对他发火,把他赶出家门,逼着他在雨中向世人喊出了"我爱你"这句我梦寐以求的话。

第二十八计 上屋抽梯:爱情岂可真戏假做

第二十九计 树上开花

浪漫是件糟糕的事

原文：借局布势，力小势大。鸿渐于陆，其羽可用为仪也。

译文：借他人局布己方阵，兵力虽小气势强大。就像天上飞翔的鸿雁全凭仗其丰满的羽翼助长气势一样。

A 在雨中

有一天，我发现自己爱上了苏罗，我吃惊不小。在我的印象里，我对苏罗不太友好，除了说他的坏话，就是欺负他。公司分配的设计任务，我总是偷偷地拿大部分让苏罗去完成，而我只做小部分；吃午餐的时候，通常是苏罗提着两个饭盒，其中一个是我的，而且他打了饭回来后还得把最好的菜捐献给我；苏罗还必须不定期地接受我的敲榨给我买零食，在我不开心的时候给我讲笑话，在我开心的时候陪我疯玩。在他对我的要求有小小的抗议或者完成得不够痛快的时候，我还得说他的坏话，说他小气得要死、笨得要死、懒得要死。

我该怎么向这个我不以为然的笨蛋坦白呢？我都对他放电N次了，旁敲侧记N次了，不晓得他是浑然不觉还是装疯卖傻，对我的一往深情视作一杯白开水，对我俯首称臣视我如女王，却吝啬地不对女王说一句："我爱你。"看来，我必须在巧妙的时间

219

里利用绝妙的环境来发生浪漫的故事，才能共谋我和他的爱情大计。

看过无数的电影电视，男女主角巧遇在雨中，一把伞就击中了他们的爱情，他们脉脉含情地相视或者深情地拥抱在一起(少儿不宜的还有亲吻呢)。这是个好办法，操作简单，不需要本钱，我可以试试。

自从确定目标之后，我就天天盯着市台的天气预报，期待着下雨。天公却不作美，想要它下雨一连半个月都是放晴。直到半个月后，第一次从电视里听到说明天下雨，我"耶"地就跳了起来，惹得老爸老妈疑惑地望着我，说只是下雨就值得这么高兴吗？我窃笑，老爸老妈，这雨可是给你们带回乘龙快婿呀，珍贵得很！

第二天，我带了伞到公司。上班的时间里，我问了苏罗 N 次他有没有带伞，他说天气好得很带什么伞呀，最后他烦了我就说他带不带伞关我什么事。我讪讪地笑。

下班的时间到了，苏罗因为任务很重，留下来加了半个小时的班。完成任务后，他发现我还在办公室里，问我怎么没回家。我指指外面，说："喏，下雨了，我等你一起回家。"我向他扬了扬手中的花雨伞。苏罗看了看，才发现不知什么时候下的雨。我在等他？苏罗的脸上显露出感动的表情，说了句"谢谢"。

走出公司，发现不但雨很大，而且风也很大。苏罗说这样子俩人都会被淋湿，他打的回去算了。打的？我当然不会让他打的。我说："你怕我自私一个人独占一把伞吗？我不会的，我会把大部分空间留给你，真的。"苏罗对我急急的解释只是浅笑了一下，就和我一起走了。我轻吁一口气。

雨真的大了些，我们的注意力都用来照顾自己和对方的身体不被雨淋湿，不能说话，要体会到在毛毛细雨中散步的温馨不太可能。狼狈的是，我那把花伞比我还娇贵，被一阵大风一吹，突然就齐齐地往上翻,整个地翻转过来。这下子,我和苏罗都暴露了在雨中,倾盆大雨都往我们的身上浇,我们的身子马上全都湿透了。苏罗把伞拿过去,想再翻回去,却发现有几根伞骨已经折断了,要想再回复到以前的模样已经不可能。我们赶紧找了个避雨的地方。

就在我和苏罗手忙脚乱地蹲在地上给断伞接肢的时候,我突然听到一声暴喝:"琪琪!"我抬头一看,天哪,是老妈!我问老妈怎么也在这里,老妈说和几位邻居刚从超市买东西回来。老妈反问我在做什么。我什么也不敢说。老妈看到我的衣服湿透了,也不等我解释,揪了我就塞进的士,留下苏罗拿着伞的残骸在原地发呆。

第二天,我没能去上班,打电话给苏罗,他也说他感冒了请假在家。倒是老妈又气又高兴,问那个英俊的男孩子是谁,是不是新处的对象,找了对象怎么不跟家里人说,说24岁的人年纪不小了也应该找对象了,啰啰唆唆地让我烦不胜烦。还有那几个邻居,他们都是目击证人,都认为我恋爱了,说着恭喜的话。

在山上

雨中散步一团糟。没关系,还有爬山的计划可以实行。你想,要是我和苏罗一起爬到市外的大山顶上,然后在令人头晕眼花的峰顶上我对他大声地喊"我爱你",他能不感动得热泪盈眶吗? 在这样的环境下他就是想后退也无路。嘿嘿,别怪我阴险,爱情已经弄得我别无选择。

听说是去爬山,苏罗一口气就答应了下来。不过,他贼贼地盯着我瘦弱的身子好像在问"你行吗",我屈胳膊握拳示威"可不比你差!"苏罗建议我们买些零食去山顶上吃,我第一次拒绝了他的免费提供。在山顶上吃零食,那简直是浪漫大餐里的一条毛毛虫,太扫雅兴。

我们出发了，站在山脚下，望着高高的山峰，我倒抽了一口凉气。

边走边欣赏风景，风景尚可，很有山清水秀的样子，到处野花烂漫。"我带你出来没错吧？"我向苏罗表功，苏罗点了点头，肯定了我的价值。

我尖叫了声，苏罗问我叫什么，是不是踩到蛇了，我吓得躲在他的身后问有蛇吗，我告诉他我是听到了鸟叫。"鸟叫？也值得你这么大喊大叫？"苏罗不屑地看着我。"我可是好久没听到鸟叫了。"我不好意思地说。

"小溪，小溪"，我看到了一条小溪蜿蜒而下，跑去掬起一捧水，水特别地清澈，冰冰凉凉地。这水能喝吗？我问苏罗。苏罗说，不比矿泉水差。我真的喝了一口，那种感觉好爽。

我看到很多的野花，我采了一大捧。我问苏罗会编花环吗，苏罗问干什么，"帮我编个戴到头上嘛"，苏罗忙了半天，织出来的花环虽然又大又难看，我戴在头上还是有王后的感觉。

就在我得意洋洋，以为自己卑鄙的目的能够达到的时候，接着发生了一些我意想不到的狼狈。先是我穿的高跟鞋的鞋底脱落了，虽然苏罗帮我又把它钉好了，但怎么都觉得别扭了，我怪苏罗不会修鞋，苏罗怪我没有常识爬山也穿高跟鞋。然后是我的肚子饿了，叽里咕噜地叫，声音很响，苏罗走在我的身边都听得见。我再也顾不得不雅观，怪苏罗没有预备干粮，苏罗说是我阻止了他。虽然苏罗说他也饿了，不过我看他的精神还好。然后，我发现我的腿酸了，而山路却越来越陡峭，还没有一条正道，需要不停地拨开灌木杂草才能通行。"有没有尽头呀？"我向苏罗发着牢骚，苏罗说快到了，我望了一眼，大概还是在山腰上。

"我走不动了。"我每走一步都要向苏罗呻吟一句。"快了。"苏罗就不停地给我打气。我向山脚下望了一眼，"好高呀。"我的头马上就晕了起来。我想我有高血压，或者贫血。苏罗把我扶住，我对他说我马上得下去，否则我上得下不得。苏罗说都到了这地步，不达峰顶太可惜。可惜也得下！我扶着苏罗的肩，一步一步地拖着腿下山，后来实在走不动了，让苏罗背了下来。

在家里

爬山的事黄了之后，我在苏罗的面前再也抬不起头来，有事没事他就拿来取笑我，什么时候都朝我翻白眼珠，"你行吗？"我心虚得很，不敢看他不敢顶撞他，心里窝着火。"总有一天我会收拾你做我的男朋友！"我狠狠地想。

某一天休假，百般无聊中我拼命地看电视，用一天的时间看完了《流星花园》，流的眼泪把地板打湿后，突然受到了启发。杉菜？如果也有流星从我的天际划过，难道我不可以变成杉菜吗？即使没有流星，只要有星星，我也可以和亲爱的苏罗一起看星星，在星空下许愿呀。

我马上就打电话给苏罗，告诉他我很快就过去看他。之后，我换衣服，马不停蹄地打的过去了。苏罗正在家里忙碌着张罗晚餐。看到我，苏罗说："你来得正好。"就把手里的刀子放下，给我系上了围裙。我愣了一下，就快乐地忙开了。苏罗在客厅里看电视，吃饼干，悠闲自得。"难道家庭主妇也要实习？"我想。于是手脚麻利地洗菜、切菜、炒菜。

一顿丰盛的晚餐摆在苏罗的面前，他夸张地大喊大叫，夹一筷子菜在嘴里半天不说话，我担心他又要把我骂一顿，骂我把他的海味山珍都炒成了这样子，没想到他夸我的手艺实在是高超。"手艺好，我就给你煮一辈子的饭。"我只敢这么想，不敢说出口。

苏罗开了一瓶啤酒，给我倒了满满的一杯，我喝掉了。苏罗又给我倒的时候我再也不听他的，不管他怎么劝，我就是不喝。我知道我的酒量只有一杯，再灌一杯看流星雨就得变成泪雨纷飞鼻涕齐下了（我醉酒后爱大哭大闹）。苏罗这时候才告诉我说今天是他的生日。

哇！哇！生日，是他的生日，我竟然不知道。我给了他一拳，然后，扔了筷子，就去街上买蛋糕。等我买了蛋糕回来，我看到他的屋子竟然坐了不下 10 个男孩子。他们开了音响，在客厅里跳舞，或者对饮高歌。我提着蛋糕走到苏罗的身旁，对他说"生日快乐"，我的声音很高，他竟然听不清楚，实在是太吵了。我赌气地把蛋糕扔在桌子上，就坐在沙发里，冷眼旁观他们的吵闹。

苏罗和他的朋友跳了一会儿舞，就喊着我的名字，叫我也去跳舞。我理也没理他。苏罗也就把我忘记了。他一直在跳舞，我一直在生闷气。

过了很久，我看一眼手表，都十点多了，我那管教甚严的老妈在我回去后可不会少一顿好骂。流星雨今晚可能不会发生，而看星星，看样子也不太可能了，苏罗是主人，我不能把他从里面拉出来，即使能拉到阳台上，里面这么吵，我们看得成星星吗？

我的心情变得很烦躁。本来是好好的二人世界，要多浪漫就有多浪漫，半路却杀出这么多坏事的程咬金。我深怪这些男孩子，他们疯疯癫癫，破坏了我的好事，我也不能让他们好过，不能让他们开心。

我突然就跑去把音响关了。他们感到莫名其妙，我又是一声大喊："别吵啦！"我的声音在屋子里回荡。他们都发愣，看着我。"苏罗，你过来。"苏罗慢慢地向我靠近。"我爱你，苏罗！"我突然就说出了这句话。其实，我应该好好考虑的，考虑该不该说，考虑该怎么表达，我却突然不顾一切地就说了。

大家都愣住了。好一会儿后，发出振耳欲聋的掌声、欢呼声。苏罗先是红着脸望着我不知所措，后来激动地抱住了我。

"机关算尽，没有得逞，没想到，这么粗鲁反倒成就了好事。"在苏罗温暖的怀里，我甜蜜地想。

点评：一棵树虽然没有一朵花，但人为地给它粘上许多的花，也给人一种繁花似锦的感受，这就是树上开花的道理。树上开花，其实就是虚张声势，但又不让对方看出自己的虚，在气势上压倒对方。自己的力量不强，不能战胜情敌，或者不能讨得情人的欢心，这就需要打肿脸充胖子，把自己弄得很强大，从而俘获情人的芳心。

琪琪爱上苏罗，但她不能直说，只能借"树"开"花"。她设计了一系列的计谋，在雨中，在山上，在生日宴会上，但他却始终不能参悟她的真心。虽有"树"，但"花"不开。最后，她只能直接对他大声地说出"我爱你"，才算在枝头插满了鲜花。

第三十计　反客为主

一粒爱上老鼠的大米

原文：乘隙插足，扼其主机，渐之机也。

译文：乘着空隙插足进去，扼住敌人的咽喉，必须循序渐进地达到目的。

A "人鼠"

其实，我的本名叫关小米，想讨我欢心的人都亲昵地叫我"小米"。只有班上那群二八男人和三八女人才"大米大米"地叫我，我知道我长得娇小玲珑、秀秀气气地，他们这么叫我纯属不安好心，讽喻我人小鬼大。

我，一粒大米，一直都记得我是怎样遇上那只老鼠的。那天，我不知动了哪颗蒜哪根葱，竟然会主动要求参加青年突击队活动，而这次活动又恰恰是我平时最反感的大扫除，要把偌大的一座图书馆的卫生搞好，我竟然会毫不犹豫地答应了，参加到他们中间，还非常卖力地擦了一个下午的书架。

事情就发生在我擦书架的时候，我突然听到了老鼠"叽叽"叫的声音。我怀疑是自己的耳朵听错了，侧着耳朵听还是"叽叽"，又把耳朵里的耳屎掏出来，还是"叽叽"叫。我想真是有老鼠了，这么大的图书馆混进一只嗜书的老鼠也不是不可能，我就

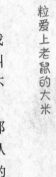

躬下身子在书架的底下寻找那只老鼠的踪迹。其间,我几次差点找到老鼠了,最后都因为是纸团或者什么东西弄成的黑影而泄气不已。好不容易又看到了老鼠的影子在前面的书架下,这次应该是真的了,我看到它一动一动的。为了不在它发现我之前受惊跑掉,我赶紧把手中的抹布向它抛去,同时嘴里喊道:"老鼠!"

抹布扔出去之后,我没有听到老鼠遭受灭顶之灾的"叽叽"叫,倒是听到一个人痛苦地呻吟"哎哟"。我抬头一看,不好,抹布打在一个男生的头上。惹祸了,我只好磨磨蹭蹭地走上前去,准备受他一顿骂,反正我是死猪不怕开水烫,干脆左耳朵进右耳朵出,他骂什么我都不听进去就是了。

他说话了,没有骂我,却是问:"你怎么知道我姓许?"

我深感意外,我有过说他姓许吗?我知道他姓许吗?

"我叫许可,他们都叫我老许。你认识我?叫我有什么事?有事也不是这样招呼的,干嘛用臭抹布打我的头呢?"他撇了一下嘴,不过脸上带着微笑,不像生气的样子,反倒像是高兴。

天哪!我竟然碰上了一个"蛋白质"——笨蛋白痴加神经质。"我听到了老鼠的叫声。"

"有老鼠吗?大概是我嚼零食弄出来的声音。"他演示给我看,从裤兜里掏出一包槟榔,拿一片在嘴里嚼,喉管发出"叽叽"的声音。

我的天!原来是一只"人鼠"。

老鼠和大米第一次见面的时候,老鼠对大米没感觉,倒是大米的眼前一亮,陡地来了精神,因为大米看到了一只从来没有见过的这么英俊的老鼠。一见钟情!对,大米对老鼠一见钟情。

B "干嘛动手动脚"

我叫许可老鼠也没错。我第一次登老鼠宿舍的门,人还未跨进门，就"老鼠老鼠"地大喊大叫，惊动他们宿舍正在午休的哥们都手忙脚乱一阵子后才让我进去。他们问我叫他什么，我说"老鼠呀，老鼠子"。"老鼠子？"他们宿舍的愣了下后都哈哈大笑，说"他还真像只老鼠"。后来，我得知他们认为他像老鼠的原因是他特爱吃零食，有事没事嘴里总是不空。有时候，晚上他在宿舍吃零食的那种声音"叽叽喳喳"还真像老鼠在咬什么东西哩。"叫他老鼠叫得好，小妹妹，你可是一针见血呀。"既然有他们寝室的都这么夸赞我，我叫他老鼠就叫得心安理得了。老鼠虽然皱眉，怎奈我就从来不叫他许可，只肯叫他老鼠，加之他哥们的帮衬，我们整天老鼠老鼠地乱叫，日久天长他也只能长叹一声后接受了。

我问过老鼠的理想，他说他的理想是天天都有零食吃，杏仁、葡萄干、杨梅、米饼、水晶之恋、哈根达斯……他要用一生的时间吃尽天下的零食。"除了吃难道就没有别的了吗？"我这话也只是憋在心里头，可没想过要一只老鼠有什么大的志向。不过，我还是希望他下辈子别做男人了，一个男人家整天都在吃不太雅观。

我也算服了老鼠，在他收下我做他的干妹妹后（他强迫我的，我可没答应，我心里头还有个小九九），他就把每天买零食的任务交给了我。不管刮风下雨，我每天都要按时到超市去给他买几包零食，并且必须是他从来没吃过的。

我试过停止老鼠的口粮。一个上午不跟老鼠见面，下午再见到他的时候，他一把就拖住了我，叫道："好妹妹，救命！"就到我的身上来搜。我尖叫一声跳开，"干什么动手动脚的。""快给我吃的。"看他可怜的样子，我才从衣袋里掏出那包干瘪瘪的萝卜干，他一把从我手里抢过去，抓起一根就塞进了嘴里。

因为有了我，老鼠也越来越懒了，他不但停止了自己觅食，有时候还要我给他把食物送到嘴边。他躺在床上，闭着眼睛，口不停地嚼着,隔一会儿再张开口,等我把食物送进他的嘴里。看到他这么惬意,我就来气。我忽然换了一把辣子塞进他的嘴里,他的嘴立即抽风一样地"呼呼"响,叫嚷着"你想干什么呀?"胡子竖挺着,眼里露着凶光。

我可没怕他,我知道他这老鼠什么都吃,就是不吃我这大米。

C "有种你吃啦"

所有的老鼠要么是没智商,要么就是智商太高会装疯卖傻。

当初,老鼠要认我做干妹妹的时候,我就没答应他。他威逼利诱,说如果我同意他,以后就会非常照顾我。遇到我恋爱时被人抛弃了,他就两肋插刀去找人家算账。我不同意,他骑在我的身上,掐着我的脖子说反正他是老鼠他就吃我这粒大米。我在他的身下动弹不得,我说:"你吃呀,有种别只说不吃。"最后,我还是答应了做他的干妹妹。他很高兴,找到了一个跑腿的,我发狠地想:"这只是权宜之计,有一天成了你的情妹妹,你就晓得我的厉害了。"

可是,快3个月了,我天天给老鼠打饭、买零食,还兼洗衣服,真正成了个跑腿的,他没半点意思让干妹妹变成情妹妹。甚至和他去公园散步,卖花的小女孩缠着他说"哥哥你的女朋友好漂亮,给她买朵花吧",他为了省下五元钱自个儿买零食吃,竟然当场就揭穿我的老底说:"她是我妹妹,不是女朋友。"我这张厚脸也撑不住一颗愤怒之心了,在回去的路上把他骂了个狗血喷头。

我试探地问:"老鼠,你以前谈过恋爱吗?"

"没有!"

我很高兴,"从来没有吗?"

"没有!"他坚决地说。

我太高兴了。看来，他对我的示爱信号不是不接受，只是不懂。一只没见过世面的老鼠，面对新事物当然是茫然的，比如他第一次看到电脑也会当零食，而不是用它上网。

我不再含蓄迂回了，赤裸裸地就向他坦白，含情脉脉地对他说："老鼠，我想我爱上你了。"

没想到，老鼠会拔腿就跑，嘴里喊着："救命啊！"

我赶紧追。多滑稽呀，一粒大米追着老鼠满街跑。

"耍耍他"

大米为老鼠的绝情伤心地哭泣，得到了闺中密友的同情，她们为她献计说："你是一粒大米，没有不爱大米的老鼠，主动权应该在你的手中。你要像顽皮的猫一样好好地耍耍他，勾起他的兴趣。比如说，他在洞里躲着的时候，你故意在洞口搔首弄姿把他逗出来，等他上当出来后，你撒腿就跑，不让他追上，他追不上的时候你又停下来等他，如果他进洞了，你又去勾引他。等你把他弄得筋疲力尽的时候，你就一口吞了他，这时候他才发现原来他是一只老鼠，迟早要被猫吃的。"

耶！这可是个好办法，我决定采用。我奸笑一声，好像看到一只老鼠被一粒大米耍得筋疲力尽，然后对大米说："求求你，放过我吧。"

老鼠再让我给他买零食的时候，我不理他了。下午去看他，让他搜了身也找不到。他流了一天的口水白流了。他只好一晚上都睡不着觉，都在思考在什么地方得罪了我。

第二天，他懒洋洋地打不起精神，准备自己去超市买，却在路上碰到我回来，我扬起手里的包说："喏，我给你买了好多好吃的。"他的眼光一亮。

我们约好星期天上午9点去爬山。他在山脚下等我，左等右等，把脚下的草都踩死了，踱来踱去，也不见我出现。他提起

231

包想回家,我却出现了,歉意地说因为起床迟了所以来晚了。

我和一个男孩子招摇过市,样子极亲密,有说有笑的,跟老鼠相遇了我也没跟他打招呼,只是暧昧地笑笑。后来,我告诉老鼠说那只是我的一个同事,我们没什么。

在老鼠想我的时候,我不出现,老鼠不想我的时候,我粘在他的身边;老鼠想让我笑的时候,我不笑,他想把我弄哭的时候我很开心的样子;一会儿他觉得我很近,一会儿又觉得我很远。

"你究竟在耍什么把戏呀?"老鼠终于对我忍无可忍了。我装作没听懂他的话,拿起自己的书包想走,他一把拖住我,非要让我讲清楚再走。

"这都是你造成的!"我气愤地说,"你不接受我的爱,我已经变得失去理智了。"我坚决地走了。

一会儿后,我听到背后他的声音:"小米小米我爱你,就像老鼠爱大米。"

我惊喜地转过身来,看到老鼠深情凝望我的的眼睛。

看来,还是没有不爱老鼠的猫,也没有不爱大米的老鼠啊。

点评: 喧宾夺主说的也是这个道理,但它只说出了反客为主的过程。喧宾夺主虽有"夺"字,但并不是为了取代主人,反客为主的目的才是为了取主人的势代主人的权。恋爱中的女子,不可永远把自己置于"客"的地位,该出手的时候还得主动出手,风风火火地闯情关。

关小米爱上许可,也就是大米爱上老鼠。但这粒大米并不是被动地等着老鼠来"糟蹋",而是向老鼠发动了猛烈的进攻。"我"虽然身为他的干妹妹,为他买零食、洗衣服,但不甘永远居于干妹妹之位,而是想做他的女朋友,让他给"我"买零食、洗衣服。所以,"我"用了一系列的计谋,从而掌握了主动权。

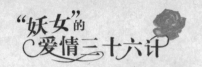

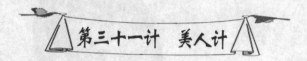

借个帅哥用用

原文: 兵强者,攻其将;将智者,伐其情。将弱兵颓,其势自萎。利用御寇,顺相保也。

译文: 敌人的兵力强大,就要攻击其将领;敌人的将领足智多谋,就要挫败其斗志。敌人的将领斗志衰弱,士兵的士气消沉,其部队就会彻底丧失战斗力。利用敌人的弱点进行控制和分化瓦解,就能保存自己的实力。

A 不让,打死也不让

琳琳告诉我说她喜欢上了申旭,我目瞪口呆。申旭是我们的主管,人虽然长得虎头虎脑,模样也不是很可爱,不过因为是钻石王老五,加之心地也好,对女士谦卑,所以在我们那个以男儿稀为贵的办公室还算热门货。

我对琳琳说:"不准喜欢申旭!"

"为什么不能?"琳琳倒在沙发上,跷起二郎腿,散漫地把电视的频道调来换去。她在我的家里,比在她自己家里还随便,想怎样就怎样。

"反正不能喜欢。"我想,只要能够阻止她不喜欢申旭,我也就没有必要跟她讲理由了。

234

不过,我的如意算盘却打错了。这一次,琳琳没有那么乖了,固执地一定要喜欢申旭,并且说从明天开始就追求他。我只好向她亮底:我也喜欢申旭!

　　"你也喜欢他?"琳琳看我如怪物,拍手称妙,"好呀,这下子热闹了。"

　　"还热闹? 血雨腥风。"

　　"那你就退出来呀。"

　　"我退出来? 为什么不能是你呢? 我是你老大。"

　　"老大又怎的了? 爱一个人是我的权力,没有谁可以阻止我爱申旭。"俗话说"吃人家的嘴软,拿人家的手软",她现在手里拿着我的苹果在吃,却嘴硬得很,还叉起了腰,像是要跟我干架。

　　"你必须退出! 我可以补偿你,你不是一直偷窥我那 12 只流氓兔吗? 我可以送给你。"那是我最心爱的宝物,我找遍了全城才找到的。

　　"想利诱我呀? 不要!"关键的时候,她还算清醒。

　　"我以后每天都免费提供一包零食。"这得花我多少钱呀,我心疼,难道她还不心动?

　　"不行!"她竟然一口回绝了。

　　"其实,申旭有什么好呢? 长得又不帅,呆头呆脑的,脸上有雀斑,虽然是主管,也不是很有钱,还高傲呢,故意不跟人接近,很难相处的。"

　　"别想骗我! 你嘴里这么说,心里其实说申旭这人千好万好,不然你会下这么大的劲儿跟我抢他? 我认定了,就他! 别人我都不要,我只要申旭一人。"

　　"你必须把他让给我!"我下了命令。以往,她看到我这么坚决,为了不断日后在我这里白吃白喝的财路,她都会借口让步于姐妹之情而答应我的。

　　"杨枝,我告诉你,我就是不让,打死也不让。"我在她的脸上

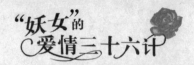

只看到了两个字:坚定!

天哪,难道我们姐妹真的要板着脸情场上见?

 免费的午餐和免费的帅哥

我说请琳琳到"怡心酒楼"吃饭,琳琳怎么也不相信我,目光在我的脸上搜寻。

"怕我在饭菜里下毒呀?"

她叫了起来,"我就是担心你下毒。"

我伸出手撕她的嘴。

我们在酒楼坐下后,我打了个电话说:"表哥,我现在到了怡心酒楼,你快点过来。"挂断电话后,琳琳问我什么表哥表哥的。我说,我同时约了我表哥,到时候介绍我表哥给她认识。

"我表哥长得可帅了,每年情人节的时候,送花给他的女孩子要在他家外面等上半个小时才轮得到哟。"

"是吗?"琳琳拖长声音,讽刺地说,"你有这么好的表哥,怎么从来没听你说过?"

"他一直在北京工作,这次回来休假。"

过了半个小时,我站起来招手,"表哥,这边!"一个美貌的青年男子向我们这边走来。

我看到琳林的眼睛瞪得好大,眼珠子都快掉到地上了,"喂,发什么呆呀?"我的手在她眼前晃来晃去,她才不好意思地收回了目光。

"这是我表哥。这是我好朋友,王琳。表哥,自我介绍一下吧。"

"你好,"表哥绅士般地伸出手,琳琳赶紧也把手伸了出来,慌慌张张地不像个淑女,"我叫金浩南,现在北京一家网络公司,很高兴认识你。"

"表哥,你不是喜欢发名片的吗? 也给王小姐一张名片,到时候你们好联系。"

"是的,是的。"表哥赶紧从口袋里掏出他的名片,给了琳琳一张。琳琳恭恭敬敬地接过了。

"琳琳,你也告诉我表哥怎么跟你联系吧。"

"我没有名片。"琳琳不好意思地说。

"那你就把你的电话号码写在纸上。"

表哥拿出纸和笔给了琳琳,琳琳立即就写下了她的电话。

我在琳琳的耳边轻语,"我说我表哥长得很帅,没骗你吧?"

"唔,唔。"琳琳瞟我表哥一眼,点了下头,她的脸绯红,借喝茶掩饰了羞涩。

她和他的约会

我打电话给表哥,"表哥,今天晚上有空吗?"

"没空,要陪老妈。"

"那太可惜了。"我故意叹了口气,轻得刚好让表哥听到。

表哥赶紧追问,"可惜什么呀?"

"你还记得王琳吗?"

表哥立即说:"就是昨天一起吃饭的那女孩子,怎么啦?"

"我还以为你不记得她了。人家对你印象可好了,一直挂念着你呢。她打算今天晚上约你去看电影的,没想到……"

那头狂喜,"真的吗?"

"是呀,本来她想买票的,我说我先跟我表哥说一下,不知人家有空没有……"

表哥赶紧接过话,"有空! 有空!"

过了一会儿,琳琳回来了,说玩了一天,累死啦。

"很累? 晚上出不出去玩?"

"再好玩我也不去了。"她倒在我的床上,平摊四肢,闭上了眼睛。

"那太可惜了,本来我表哥想跟你一起看电影的……"

琳琳翻身坐了起来,"你说……你表哥……约我看电影?"

"是呀,刚才打了电话来,要我跟你说一声,他六点钟准时来接你,你们先吃饭,然后看电影。没想到,你不想去。"

"我去! 我去!"

她从床上跳了下来,手忙脚乱地找衣服。"我那件粉色的上衣呢?""我那水晶袜子呢?""我那……"团团地转,大喊大叫。我帮着给她找。

她穿好了衣服,在镜子面前自我陶醉一番,问我:"好看吗?"

我说:"好看是好看,不过,如果配的是我那件米黄的上衣也许更漂亮一些。"

"快借给我! 快借给我!"

我没多说一句话,就把自己的衣服借给了她。

求婚

琳琳和我表哥交往也快 1 个月了,现在,他们天天见面。有时候,我撞见了他们手拉着手,他们立即把手分开。我背着琳琳取笑表哥,背着表哥取笑琳琳,他们都不好意思。

我问表哥,发展到了何种地步,有没有向琳琳求婚。表哥说,琳琳那么好的女孩子,愿意嫁给他吗? 何况他在北京,她在湖南,他们相隔这么远,她愿意跟着他吗?

"笨蛋,你没有问过人家女孩子,就以为她不愿意跟着你? 北京,首都,她最向往的地方,她一定愿意去那里和你在一起。你不知道,有时候,琳琳就在我的面前自言自语'浩南怎么还不向我求婚呢,难道他不爱我?'"

"真的吗? 她真的这么说了?"表哥抓住了我的双肩。

"手别这么用力,"我打掉了他的手,表哥说"对不起","你今天晚上向她求婚,我保证你会成功。"

"谢谢！谢谢！"表哥的全身在颤抖，沉浸在未来的幸福之中。

"不过，在你向她求婚之前，有一件事情我要说清楚，琳琳经常赖在我家里，在我家里白吃白住，还白穿我的衣服。我的这些损失，应该由你来补偿。"

"我补偿你！"表哥豪气千丈，当即跟我算起了账。拿到钱后，我嘱托他："千万别跟琳琳说，虽然这不是什么丑事，她还是不想你了解她的过去。"表哥向我保证，永远当做不知道琳琳白吃白住白穿过，永远忘记付过钱给我。

回到家里，我问琳琳表哥有没有向她求婚。琳琳忧伤地说还没有。琳琳问我，是不是我表哥对她不是很满意，所以不愿意娶她。

"他不愿意？"我喷了一口水，"你美若西施，才高八斗……"我拼命地从脑子里搜刮成语，只要是好的就用上，即使词不达意，反正也不会坏事。

琳琳羞涩地说："你以前说我那么坏，现在又说我这么好。"

"我才对你没什么好感。这都是我表哥的原话。"

琳琳来了劲儿，"真的？他真的这么说了。"

"是呀，他说，他好多次想向你求婚，不过，他担心自己配不上你，只好把相思之情埋在心底。"

"怎么会呢？我好喜欢他的。"深情的样子叫人呕吐。

"我也这么跟他说，他终于开通了。他今天晚上约你，我估计他会向你求婚，你要有思想准备。"

"真的吗？"她的眼睛放光。

"不过，在你赴约之前，有句话要讲清楚。你以前在我家里白吃白住，连赴约的衣服都是白穿我的，你也不想我表哥知道你不光彩的历史吧？咱们把这账算了，你买单后我就当这事永远没发生过。"

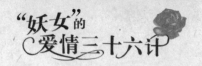

"我给你钱!"她豪爽地就从皮夹里掏钱。

皆大欢喜

再过得半个月,琳琳和我表哥手拉着手来向我告别。表哥说,明天琳琳要跟他到北京去了。

我问:"你们什么时候结婚呢?"

表哥喜气洋洋地说:"快了,半年之内。到时候会通知你的,一定要到北京来喝酒。"

琳琳接过话去,"放心,来往车费我们全包,还请你游遍京城。"

"一定来! 一定来! 不过,我建议你们再迟几天走,有个喜酒现在就在等着你们吃。"

我把一张请柬摆在他们的面前。

表哥看请柬,念道:"新郎申旭,新娘杨枝。"表哥马上说"恭喜恭喜"。

琳琳的脸突然变色,不过,很快又变得若无其事,也笑着说"恭喜恭喜"。

皆大欢喜!

点评:美人计的效果可以说是立竿见影,迅速地打垮对方。情敌有时候软硬不吃,但他(她)并不是不吃"美人",如果能投其所好,让他(她)抱得"美人"归,而自己也可以抱得心上人归。用此计须谨慎,否则会引火烧身。

"我"在威逼利诱都无法让琳琳放弃爱申旭的情况下,使用了美人计。表哥就是"我"的"美人",而琳琳也按照我的设计,进了圈套,投进了"美人"的怀抱,从此丧失了作为我的情敌的资格。

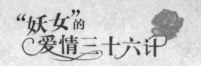

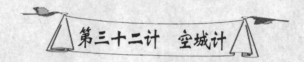

谁让你爱上一只猪的？

原文： 虚者虚之，疑中生疑；刚柔之际，奇而复奇。

译文： 兵力空虚，却故意摆出更加空虚的样子，从而使敌人的疑惑加重；敌强我弱的时候，用此计就更加奇妙莫测。

A 爱情宣言

我跟凡尘在餐馆里认识的，当时我狼吞虎咽下两盘美食之后，对着空盘子大发感慨："美味难得，可惜太少！"

凡尘走了过来，对我说："小姐说出这么有品味的话，难道也是美食家？"

我听了哈哈大笑，"美食家？说我是暴食家还差不多！"

"谦虚就是骄傲，小姐可别骄傲哟。"

骄傲？我不懂骄傲为何物。从小到大，我就是喜欢吃，不停地吃下去，至于吃成专家这样高深莫测的问题我从不去研究。

交往两个月后，凡尘对我说他爱上了我，我听了又是哈哈大笑，说："爱上我？不是讽刺就是说笑话吧？"

凡尘委屈地说："怎么会是讽刺呢？"

我说："我不相信你会爱我。你是漂亮的男孩子，性格脾气又好，完美得没有缺点；而我，既不漂亮，脾气又差，又好吃，又懒

242

做,还贪图享乐。"

凡尘说:"你怎么会有那么多缺点呢? 我不信! 何况就算你有,我也能容忍你的缺点,不是说爱就是包容吗? 我能包容你的一切。"

我听了,吓得赶紧逃跑。

凡尘在我身后喊:"你不相信这么伟大的爱情宣言也不必逃跑呀。"

我边跑边喊:"我是感动了,感动得五脏六腑都运动起来了,所以我必须去餐馆安慰它们。"

凡尘追到了餐馆,请我大吃一顿,目的是让我接受他的爱。

在被他灌了一壶的甜言蜜语后,主要还是他的美味佳肴满足了我的欲望,我答应试着做他的女朋友,不过如果他觉得我不够好,只要跟我说一声,我保证不纠缠他。

朝九晚五

第二天早上,凡尘到我家里来找我。他按了半天的门铃,我才开门。

凡尘进来问:"在干什么,让我等了这么久?"

我穿着睡衣,趿着拖鞋,头发也没梳,样子看起来像个女鬼。我说:"你想我在做什么呢? 我在睡觉!"

凡尘大喊大叫:"这么晚了还在睡觉? 有没有搞错?"

我说:"这算什么,我经常这样,朝九晚五。"

"九点上班吗?"

"不是,9点起床。"

"我算服了你。"凡尘由衷地佩服。

最让凡尘佩服的还在后头呢。

我在洗脸漱口的时候,打发凡尘去给我买早餐。

我口里含着泡沫说:"多买些,面包油条豆浆牛奶我都要。"

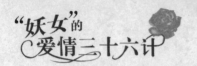

凡尘没听清楚,追问:"什么啊?"

我补充一句:"越多越好!"

等我磨磨蹭蹭地把脸洗好,凡尘的早餐也买了回来。我开始大吃大喝,在感觉到腹胀的时候停止,然后放肆地揉着肚皮打着嗝。我发现凡尘一直都盯着我,却没有吃,我说:"你干嘛不吃呀?"

凡尘生气地说:"你让我吃什么?只剩半根油条了。"

我说:"你不能怪我,我叫你多买些的。"

他说:"我也不知道你这么能吃,"顿了顿,他说,"我觉得你吃的样子活像一只……"他不好意思说了。

我说:"是不是猪啊?"

他狡黠地一笑,说:"就是这样子!"然后盯着我看,想看到我自信心受到打击后痛苦难过的样子。

我却轻松地对他说:"是呀,我的朋友都说我像只猪。"

✉ 暴殄天物

凡尘对我说:"你能不能煮顿饭给我吃?和你交往这么久了,你还从来没为我煮过饭的。"

我说:"一起去餐馆吃不是很好吗?"

他说:"女人都要做妻子的,为人妻者就要贤慧,贤慧的妻子最重要的一条就是能做家务,做家务当然是做饭……"

我打断他说:"喂,别这么罗嗦好不好,我是猪吃好懒做的,不可能成为贤慧的妻子。"

结果,在他的威逼下我还是为他做了一顿"丰盛"的晚餐。

之所以称之为"丰盛",是因为我做了足足 10 个菜,一改我很少自己做晚饭的习惯,也一改我从来只做一个菜的习惯。为了他,我算得上是大开恩了。至于味道如何,那是仁者见仁智者见智了,可是,凡尘只能称作愚者,他说我做的菜五味齐全却难以下咽!

我做饭的时候,不允许凡尘到厨房里偷看,全都准备好了我才叫了他。

凡尘兴冲冲地跑进厨房,抄起筷子,夸赞地说:"品种还真多!"却很快大惊失色,"白萝卜跟红萝卜煮在一起,丝瓜跟南瓜炖在一起,你做的都是什么!"

我也很扫兴,花一个下午的功夫做的东西,他连尝都不尝就全桌否定了。我把它们全都倒进一个大盆子里,说:"我做的是大杂烩!这下你满意了吧?"

"乱七八糟!"凡尘生气地说,他尝了一口,味道更是让他惊叹连声,"太咸了!太辣了!味精味儿太重了!"

慌得我又是加水,又是加糖,加了这样又加那样,直到他说:"好啦!"我才停止,喘着粗气问他:"味道很好了吗?"

凡尘怒气冲冲地说:"什么好?只是不那么让人觉得不是人吃的。你知道你在做什么吗?你这叫暴殄天物。"

凡尘吃出一脸的痛苦相,而我好像觉得不错。他疑惑地问我:"这么难吃,你怎么还吃得这么有味呢?你的味觉是不是有毛病?"

我嘻皮笑脸地说:"你说过我是一只猪,猪它只管有没有吃,不管食物的味道如何,再难吃的东西它也吃得津津有味。"

庆祝个鬼

凡尘在我的眼前晃来晃去。

一会儿,他说:"我比较喜欢高档次的衬衣。"

一会儿,他说:"男朋友的生日,女朋友应该送他喜欢的礼物是不是?"

一会儿,他又说;"我……"

我说:"你能不能闭嘴?你想说什么就直接告诉我好了。"

他沉默了一会儿,说:"明天是我的生日。"

"是吗?"我反问了一句,"你是想要让我给你庆祝生日,还要送你礼物是不是?"

凡尘高兴地拍着大腿,"看来你还不算笨。记得哟,明天是我的生日!"

我说了 100 遍"不会忘记",但他还是对我不放心。也不知道他会这样,我只不过以前有十来次对他交待的事情忘记去做,他就完全不相信我了。

可是,第二天上午,我还是忘了。下午下班后,我想起来的时候,已经是快 7 点钟了。

我急匆匆地去时装店给凡尘买高档衬衣。本来我不打算买这东西的,但着急之下我也不知道要买什么。

买好衬衣之后,我就往凡尘的家里赶。没想到,途中我看到一个老人躺在地上。等我问清原因,才知道原来老人被人撞了,肇事的司机早就逃之夭夭,虽然所有的路人都为老人抱不平,但没有人愿意伸出援助之手,因为大家都怕麻烦。一气之下,我就拦了一辆车把老人送到了医院。老人进了急诊室不久后就出来了,他的伤倒无大碍。我在老人的提示下,通知了他的家人。然后,带着老人的千恩万谢,我走出医院。这时候,我才想起,我竟然把凡尘的生日抛在了脑后。

我风风火火地赶到了凡尘的家里。凡尘把门打开,看也不看我就对我咆哮:"你还来干什么?"

我说:"来给你庆祝生日啊。"

"庆祝你个鬼!"没想到,凡尘不领我的情,"你知不知道我和我的朋友足足等了你 4 个钟头,现在都 12 点钟了,已经是第二天,不是我的生日了!"

"我……"我羞愧地说不出话来,只是把衬衣递给了他。

他随手把衬衣又扔给了我,说:"你走开!看到你我心烦。"

我嘀咕了一句:"我说过我是猪嘛,谁让你爱上一只猪的?"

转身走了。

恋爱的猪

　　和凡尘闹矛盾有好长的一段时间了,他都没有来找我,我也没有去找他。看来,我们的裂缝难以弥补了。

　　我对自己说:"快乐起来,别去想那个漂亮的男孩子,他是不属于你的。我只是快乐的猪,猪它是不恋爱的。"可是,我这么想得开,却不能快乐起来,只是把自己弄得更加悲伤。这时候,我才发现,我竟然深不可测地爱上了凡尘。

　　我真的是只猪,我怎么能爱上他呢?

　　我懊恼地去酒吧买醉,希望醉过之后就不再想他。

　　凡尘竟然在酒吧里。他的眼睛看着我,我就不由自主地向他走去。

　　凡尘问我:"嗨,你过得还好吗?"

　　我想骗他说"很好",可到了嘴里的话就变成了"不好"。

　　凡尘说:"干嘛不让自己快乐呢? 你看,我过得多好。"

　　凡尘的面前摆了很多只空碟子,看来他真的很好,不然胃口怎么这么好,吃得下这么多东西?

　　凡尘说:"我给你讲两只猪的故事好不好? 从前,有两只猪,一男一女,我们叫它们猪男生和猪女生。猪男生对猪女生很好,有什么好吃的都让给她,自己只吃很少的一部分。所以,猪男生苗条,猪女生丰满。有一天,猪女生睡觉的时候,猪男生听到男主人对女主人说'过段时间把那头肥猪婆宰了,给你买衣穿'。猪男生听了很难受。从那以后,他吃饭再不让着猪女生了,还把她的那份也抢了吃。猪女生非常地不满,说'你看你,也不注意体重,胖得路都走不动了'。猪男生却不听她的,还是不停地吃,把自己吃得肥肥胖胖。一个月黑风高的杀猪夜,猪男生被拖到外面去杀掉了。猪女生急得在猪圈里打转,拼命地用嘴拱地,最后她在地里发现了猪男生藏着的一本日记本，才明白了事情的真相。"

讲完故事后，凡尘说："感动了吧？我看你流眼泪了没有？"就盯着我看。

我说："你羞不羞啊？这么盯着一个大闺女看。"赶忙把身子转过去，眼泪却不争气，"吧嗒"掉了一滴在地上。我的脸都羞红了。

我说："你用这么无聊的故事来暗示什么呢？"

"难道你还听不出来吗？"

"我很笨！"

"我想照顾你的一生。"

"可是，我们不同类，我是猪，你是人。"

"你还看不出来？我已经被你同化成一只猪了！"

"两只猪就可以恋爱了？"

"是的。"

"……"

"……"

点评： 俗话说："兵不厌诈。"空城计就是一种诈术，在我方虚虚实实、实实虚虚中，敌方疑中生疑，难以决断，从而错失良机。恋爱中的男女，总喜欢深藏自己的缺点，但没有谁是完美无缺的，没有缺点可以掩藏一辈子。与其隐藏缺点，在它暴露的时候让对方憎恨，不如大大方方地承认，甚至把自己的缺点说得更为过，反而让他失去主见，产生错觉，更容易接受。

"我"跟凡尘相识的时候，大玩空城计，没有把自己的缺点关闭起来，而是完全敞开。凡尘不以为然，以为只是"我"的玩笑话。后来，"我"的缺点一一暴露，凡尘也不觉得欺骗，反感到"我"真诚的难能可贵，从而被"我"同化成一只猪。两只猪快乐地恋爱。

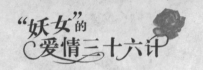

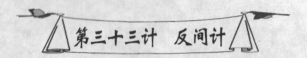

我的"红娘"是情敌

原文： 疑中之疑。比之自内，不自失也。

译文： 在敌方给我方布置的疑阵中反布置一层疑阵，利用敌方内部的间谍去争取胜利，我方就不会遭受损失。

A 我和情敌

"让我们恋爱吧！"

我不顾羞耻地对苏北说这话后，在他的脸上却看不到我所期望的感动。我想，作为一个英俊潇洒同时又事业有成的男人（苏北是我们的上司），他骄傲有他的资本。

求他的不止我一个。爱上苏北本来是一件痛苦的事，最痛苦的却莫过于苏北这么骄傲更多的还是因为不顾羞耻地追他的人中有情敌，而且这个情敌还是张彬。

张彬，这个名字一样的女人却绝对是个超级大美女，她的美貌，加之她对男人的羞涩和贯穿始终的笑容，对男人都是绝对的杀伤力。

西门庆好一点点，可是当他知道苏北比张彬昆柳下惠，他最多比的时候，他怎么会不动心呢？

我知道，论姿色我没法和张彬比，她还要多许多上街也都有男孩子在背后打嘁哨。论才智,张彬也不弱,她深谙怎样靠近一个男人和怎样离弃一个男人。何况,张彬还是个超长舌妇,如果让她抓到我的什么把柄,她可以一棍子把我打死,一棍子打不死她会打第二棍、第三棍……直到打死为止,她才不会对我有什么同情之心。

"如何让你遇见我,在我最美丽的时候。"在我最美丽的时候,上天让我和苏北相遇了。可是,我们能够变我一个人的单恋为彼此相爱吗?在这场没有硝烟的情场战争中,我能够胜出吗?

长舌妇

中午的时候,我和好友叶子坐在看台上,边吃饭边看男孩子打篮球。球场上有我亲爱的苏北,他裸露着健美的上身,在场上发挥主力作用,每次他有精彩的表演我都扔下饭盒站起来为他鼓掌。苏北虽然对我的欢呼不回头张望,还是有影响的,他是越战越勇。

这时候,叶子用手肘碰了我一下,说:"张彬来了!"

我没回头,感觉到张彬已经靠近,站在了我的身后,我就轻声地对叶子说:"我昨天跟苏北坦白了。"

叶子不愧是我的密友,她看我的眼神[ ]明白了,故意用和我一样低的声音,但让张彬在身后也[ ]能够听清楚地问我:"坦白什么呀?"

"我不是跟你说[ ]喜欢上苏北了。"我装作忸忸怩怩的样子。[ ]？"

"他[ ]"我不好意思说了,"他没说什么,不过,我猜得出他[ ]欢我的。"

我的身后响起了脚步声,我和叶子回头看,张彬转身走了,可能我和叶子的谈话使她非常气愤,从她的背影都看得出,她用

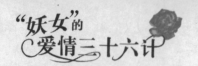

脚尖狠狠地把一颗石子踢得老远。我和叶子相视一笑。

下午去上班,才走进办公室,叶子就把我拉在一边,埋怨地说:"我俩想错了,现在搞得风风雨雨,大家都知道你和苏北的事情了。那个可恨的长舌妇!"

"是吗?"我看到张彬坐在她的桌旁,脸上带着幸灾乐祸的表情。我对她展现一个笑容,这在她看来一定是个挑衅。

同事顷刻间都围了上来,在我的耳旁像 100 只苍蝇一样"嗡嗡"地叫,说什么的都有。有问:"你真的坦白了? 你一个女人怎么有那么大的胆?"有问:"该不会是暗恋吧? 苏北有没有说过他也喜欢你?"还有说:"喜欢苏北? 小 MM 可要有碰一万次壁的准备哟。"对这一切,我都不愠不恼。我只是问她们是谁传出来的。她们互相推诿,推来推出,最后推到一个人的身上,虽然她们不说出她的名字,眼光却都望着她了。我露出什么都明白了的表情。张彬故意把脸侧向一边,不闻不问的样子。

这一切,苏北在隔着透明玻璃的他的办公室里看得清清楚楚,听得明明白白。所以,我去他办公室的时候,他向我提及这事,虽然有点怪我嘴不严,也没有深怪我。"没想到,张彬会是那样的人,偷听了我和叶子的谈话,还广泛散布。"我漫不经心地说,却深入到了他的心里。苏北,谣言的另一个受害者,他的脸上写满了对张彬的不□

隔了几日,我从苏北的办公室出来,故意兜里掏出一张纸条。我捏着纸条,回到自己的办公桌,故意兜里掏出一张纸条。我捏着纸条,回到自己的办公桌,□看到大家都没注意到我,才展开纸条。我把□地扫视一遍,脸上渐渐地露出笑容。这一切,都落在张彬的□遍又看来,我的笑容是因为爱情,她可能从来没有看到我笑得□醉如痴。她对我恨的不得了。

下班了，叶子喊我走的时候，我匆匆忙忙就走了，把那张纸条也遗忘在桌上。

第二天，走进办公室，发现大家都围在一起，大声地议论着什么，我也挤进去，说："什么事情这么热闹呀？我也来瞧瞧。"

"事主来了！"一个同事嚷起来，并且把我推到众人中间，"还是请小漫自己说吧。"

"说什么呢？"我疑惑地问。

同事把纸条递到我的手中，"喏，张彬今天早上从地上捡到的，在你的桌子下面，想必是你的吧。"

就是那张纸条！

不等我说话，一个同事就在我的背后念了起来，"我喜欢深深地爱你，深深地被你爱着；我渴望默默地注视你，默默地被你注视。"

"情诗呢。小漫，是苏北写给你的吧？"

"可是，不太像是苏北的字。"

"是啊，潦潦草草的，看不出是男的还是女的笔迹。"

这时候，张彬慢慢地从她的桌旁踱来，不轻不重地说："小漫，我怎么觉得有点儿像你的字呢？"

每一双眼睛都在注视我，期待我出彩的回答。我却什么也不说，只是拿着纸条回到自己的桌旁，塞进抽屉就了事。

苏北把我叫到他的办公室，问是怎么一回事，一波未平一波又起，怎么又弄出张纸条来了。

我委屈地说："这都是她们闹的。一张纸条又代表什么呢？难道不会有别的男孩子写纸条给我？难道不能是我自己写着好玩的？我只是到过你的办公室，张彬就以为你给我写了情书。还有，她翻我的东西，也太不礼貌了。"

苏北沉默不语。

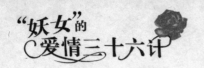

📖 被跟踪了

我约苏北下班后一起吃顿饭,苏北没怎么推辞就答应了。本来,现在是谣言时期,他应该避免跟我接触的,他却不避不躲,看来他对我有意思了,我偷偷地乐了。

临近下班的时候,我从背包里掏出化妆品,眼影、唇膏,在脸上描绘着。还问叶子,哪些地方没涂好,要改的。"很好看了。"叶子大声地说,把同事的目光都吸引过来了。她们以前从来没有看到过我上班的时间里化妆,就笑我这么急着化妆还这么仔细地化妆,是不是跟苏北约会呀。我慌慌张张地说"不是的不是的"却掩饰不住脸上的高兴。越遮越掩,同事越以为我是要和苏北约会了。

下班之后,苏北事情还没忙完,我在公司外面等他。过了半个小时,苏北出来了,我跟他一起走。紧跟着,我看到一个影子从旁边的报刊亭闪出来,我知道是谁。

吃饭之前,我央求苏北陪我走走。我们先去超市买了些零食,然后去工艺品店,我想买些东西的,不过没买成。然后路过一家婚纱店,我骗苏北说我的一个朋友在这里上班,我想问她一件事情,就把苏北也拉了进去。只进去一会儿,我说没找到我的朋友,我们就出来了。

这时候,我跟苏北说:"有人跟踪我们。"

苏北往回看,找了一会儿,发现不近不远地跟在后面的张彬。

我和苏北刚进餐厅吃饭的时候,我们从楼上往下望,看到张彬在餐厅外面向这里张望,她看到我们在望着她,就灰溜溜地走了。

第二天去上班,同事都嚷着要我请客,"还要叫上苏北。"她们的兴致高涨。

我问她们原因,她们说:"小漫,你跟苏北约会了呀。"

"没的事。"我极力否认。

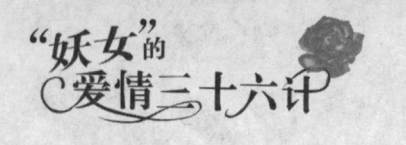

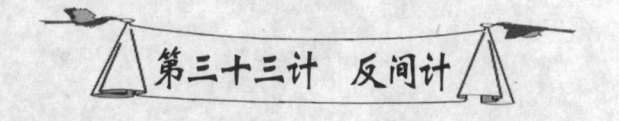

我的"红娘"是情敌

原文: 疑中之疑。比之自内,不自失也。

译文: 在敌方给我方布置的疑阵中反布置一层疑阵,利用敌方内部的间谍去争取胜利,我方就不会遭受损失。

🅐 我和情敌

"让我们恋爱吧!"

我不顾羞耻地对苏北说这话后,在他的脸上却看不到我所期望的感动。我想,作为一个英俊潇洒同时又事业有成的男人(苏北是我们的上司),他骄傲有他的资本。

不过,我知道,苏北这么骄傲更多的还是因为不顾羞耻地追求他的不止我毕小漫一个。爱上苏北本来是一件痛苦的事,最痛苦的却莫过于还有一个情敌,而且这个情敌还是张彬。

张彬,这个名字像男人名字一样的女人却绝对是个超级大美女,她的美貌,加之她对女人的冷傲对男人的羞涩和贯穿始终的笑容,对男人都是绝对的杀伤力。苏北不是柳下惠,他最多比西门庆好一点点,可是当他知道张彬也对他比喜欢还要多许多的时候,他怎么会不动心呢?

我知道,论姿色我没法和张彬比,虽然我长的也不差,每次

上街也都有男孩子在背后打唿哨。论才智,张彬也不弱,她深谙怎样靠近一个男人和怎样离弃一个男人。何况,张彬还是个超长舌妇,如果让她抓到我的什么把柄,她可以一棍子把我打死,一棍子打不死她会打第二棍、第三棍……直到打死为止,她才不会对我有什么同情之心。

"如何让你遇见我,在我最美丽的时候。"在我最美丽的时候,上天让我和苏北相遇了。可是,我们能够变我一个人的单恋为彼此相爱吗?在这场没有硝烟的情场战争中,我能够胜出吗?

长舌妇

中午的时候,我和好友叶子坐在看台上,边吃饭边看男孩子打篮球。球场上有我亲爱的苏北,他裸露着健美的上身,在场上发挥主力作用,每次他有精彩的表演我都扔下饭盒站起来为他鼓掌。苏北虽然对我的欢呼不回头张望,还是有影响的,他是越战越勇。

这时候,叶子用手肘碰了我一下,说:"张彬来了!"

我没回头,感觉到张彬已经靠近,站在了我的身后,我就轻声地对叶子说:"我昨天跟苏北坦白了。"

叶子不愧是我的密友,她看我的眼神就明白了,故意用和我一样低的声音,但让张彬在身后也刚好能够听清楚地问我:"坦白什么呀?"

"我不是跟你说过嘛,我喜欢上苏北了。"我装作忸忸怩怩的样子。

"他有何反应?"

"他……"我不好意思说了,"他没说什么,不过,我猜得出他也挺喜欢我的。"

我的身后响起了脚步声,我和叶子回头看,张彬转身走了,可能我和叶子的谈话使她非常气愤,从她的背影都看得出,她用

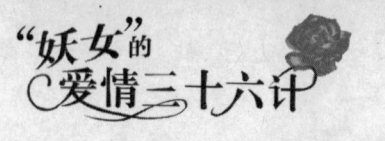

脚尖狠狠地把一颗石子踢得老远。我和叶子相视一笑。

下午去上班,才走进办公室,叶子就把我拉在一边,埋怨地说:"我俩想错了,现在搞得风风雨雨,大家都知道你和苏北的事情了。那个可恨的长舌妇!"

"是吗?"我看到张彬坐在她的桌旁,脸上带着幸灾乐祸的表情。我对她展现一个笑容,这在她看来一定是个挑衅。

同事顷刻间都围了上来,在我的耳旁像100只苍蝇一样"嗡嗡"地叫,说什么的都有。有问:"你真的坦白了? 你一个女人怎么有那么大的胆?"有问:"该不会是暗恋吧? 苏北有没有说过他也喜欢你?"还有说:"喜欢苏北? 小 MM 可要有碰一万次壁的准备哟。"对这一切,我都不愠不恼。我只是问她们是谁传出来的。她们互相推诿,推来推出,最后推到一个人的身上,虽然她们不说出她的名字,眼光却都望着她了。我露出什么都明白了的表情。张彬故意把脸侧向一边,不闻不问的样子。

这一切,苏北在隔着透明玻璃的他的办公室里看得清清楚楚,听得明明白白。所以,我去他办公室的时候,他向我提及这事,虽然有点怪我嘴不严,也没有深怪我。"没想到,张彬会是那样的人,偷听了我和叶子的谈话,还广泛散布。"我漫不经心地说,却深入到了苏北的心里。苏北,谣言的另一个受害者,他的脸上写满了对张彬的不满。

一张纸条

隔了几日,我从苏北的办公室出来后,从裤兜里掏出一张纸条。我捏着纸条,回到自己的办公桌,故意神秘兮兮地扫视一周,看到大家都没注意到我,才展开纸条。我把纸条看了一遍又一遍,脸上渐渐地露出笑容。这一切,都落在张彬的眼里。在她看来,我的笑容是因为爱情,她可能从来没有看到我笑得这么如醉如痴。她对我恨的不得了。

"小漫,还不承认?你们是先去超市,然后去工艺品店,之后还去了婚纱店,然后再去餐厅吃饭,是不是?"

"都有人看见的呢。"

"小漫,苏北都陪你看婚纱了,看来离结婚也不远了吧?"她们越描越黑。

我笑着说:"有侦探都侦察得清清楚楚,我还能说什么呢?"

我说,让我去问问苏北吧。

我敲门进去,看见苏北很愤怒的样子。"她真是一个长舌妇!"苏北对着外面张彬的身影说,而张彬也望着苏北,还傻傻地对他笑呢。

"是啊,没想到她跟踪了我们,还到处宣扬,太可鄙了。不过,你犯不着跟她生气,我们正大光明地恋爱,怕谁呢?同事要我们请客,说我们第一次约会,你说请不请呢?"

"请!下班后就请!"

我没想到苏北没有犹豫就答应了。我的心花一下子都开放了。真想抱住他亲一口。

我回到办公室,向所有的人宣布了苏北的决定。所有的人都很开心,除了张彬。

在酒席上,我把我的"红娘"张彬灌得烂醉如泥,你不知道,醉酒的她样子是那么难看。哈哈!

点评:运用间谍在战争中是高明的一着,而反间计更为高明。间谍在情场中并不罕见,情敌可能在你身边安插了间谍,但如果你能用反间计,就能有效地挫败他(她)的阴谋,让其为我所用。

张彬的所有举措都在"我"的掌握之中。她散布的谣言是"我"故意让她散布的,她捡到的纸条是"我"故意让她捡到的,她跟踪"我"也是"我"故意让她跟踪的。但她所有的坏心最后都变成了好心,反倒成就了"我"和苏北,这是"间谍"张彬所没有想到的。

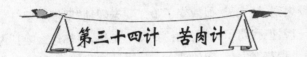

第三十四计 苦肉计

中原逐狮的白羊

原文: 人不自害,受害必真;假真真假,间以得行。童蒙之吉,顺以巽也。

译文: 人们不会去自己伤害自己,受到伤害必然是真实的;但如能以假做真,敌人却信假为真,就能实现离间计。要像欺骗幼童那样迷惑敌人,再顺势活动,使其受我操纵。

A 白羊座

我对苏罗说:"我爱上你了!"苏罗拍着巴掌高声地喊:"好呀! 好呀!"我把他从沙发上揪起来坐着,庄重地再重复了一遍:"苏罗! 你给我认真点,我不是开玩笑的,你也别拿我的感情不当一回事。"苏罗嘻笑的脸顿时拉了下来,双手在胸前并拢,一个字一个字地吐出来:"我——也——是——认——真——的!"我轻吁了一口气。

苏罗问我:"你的生日是哪一天?""问这干嘛?想买花送我呀。""是的。买花买花。"他那口气就好像是一位父亲安慰要糖吃的女儿说:"乖,买糖买糖。""3月28日。不要忘记哟。""3月28日? 什么星座?"这么老土,哪段时间是哪个星座都不知道。我告诉他,我是美丽端庄温柔贤慧并重的白羊座。苏罗很高兴,他同时也告诉我他的星座是狮子座。我重重地打击了他："怪不得你这么高傲凶残蛮不讲理，原来是头猛兽。"

我以为我和苏罗一直以来的暧昧关系就这样变得清清楚楚了，没想到，第二天，他就变了脸。我亲昵地"罗罗罗罗"地叫他，他开口就把我骂了一顿，说："我又不是猪，要你这么唤！"说跟我拉倒。我花容失色，问他理由。他说他被我迷惑了，也以为白羊座的女孩子性格是温柔的，回去一查星座手册，才知道完全相反，她们喜欢无拘无束和自行其是，而不愿意步人后尘。苏罗高声背诵："她们从来不掩饰自己的感情，要么热情洋溢，要么怒发冲冠。"苏罗狠狠地说："怒发冲冠！我呸！""我呸！"我也不甘示弱，跟他干起了嘴皮架。

干架归干架，我还是怕苏罗不跟我恋爱，这毕竟不能霸王硬上弓，只有两相情愿才能两情相悦。我只得放下架子，用无限柔美的声音求他、祈求他："求求你，跟我恋爱吧。""不行！"他一口回绝了。"其实，那都是星座书瞎写的，你不知道我的性格……""书上没瞎写，简直就在写你，你的性格有过之而无不及，我不止一次看到你怒发冲冠了，早就受够了，不想再受一辈子。"要不是关键时候，我现在又要红颜一怒了。"有没有挽救的办法？""没有！书上说白羊座的女性不愿充当家庭主妇的角色，即便是，也要听由她发号施令。我找白羊座的做什么？女王！""可是，我愿意呀。""你愿意？看你这样子就不是家庭主妇的料。""你不信我？我愿意实习。拖地、做饭、洗碗、洗衣服，我样样做得很好。给我一个月的时间，我保证把你养得白白胖胖，你将变成一头白白胖胖的狮子。"我窃笑，其实是变成一头胖猪。

🅱 家庭主妇

都怪自己信口开河，什么家庭主妇实习了。

每天早上，5点钟我就被闹钟给闹醒来。要是往常，我听到闹钟响会把它关掉或者摔到地上。现在,我必须一骨碌就爬起来,手忙脚乱地穿衣洗脸。之后,就匆匆地步行 30 分钟赶到苏罗的家里。我敲了 10 分钟的门,苏罗在里面答应了不下 100 次说就来开门,他才把门打开,他的眼睛睁不开,眼角挂着眼屎,我眯着眼笑。

给我打开门后,苏罗继续回房睡觉。我在厨房忙个不停。给苏罗烧洗脸水,给苏罗挤好牙膏,给苏罗准备 1 杯牛奶、2 个鸡蛋、3 根油条、4 个面包。

苏罗是贪吃的狮子,他总是在狼吞虎咽完自己的早餐后侵吞我的牛奶和面包。如果我表示不满,他就举起拳头向我示威:"拳头专政!"我装作很害怕的样子,一声不吭地到卧室拿他换下的衣服去洗。

我在拖地的时候,苏罗端着一条凳子坐在电视机前不到一米的距离,他的眼睛近视,这么近才看得清楚。拖到他坐的地方,我叫苏罗移动一下。苏罗"嗯"地答应,就是不动。我在火气冲天的时候,终于就一脚把他和凳子踢得老远,好在他还算机智,用脚抵住了墙壁而不是脑袋,否则他的脑袋不开花也要起个包包。苏罗气势汹汹地冲到我的面前,朝我咆哮:"你这泼妇!"他想专政我了,拳头握得老紧举得老高,最后还是没有落下。

中餐,饭我当然没有煮熟,菜也炒坏了。苏罗夹一块牛肉,焦了;夹一块猪肉,焦了。苏罗的脸色阴沉了。我讪讪地笑,解释说;"红烧。""难道还有红烧的鸡肉吗?"苏罗忍无可忍,把烧得快成黑炭的鸡肉"啪"地就甩在我的碗里。

这样的日子苦不堪言,真是羊入狮口,自己还信口开河要过一个月。天哪,一个月之后如果阴谋不能得逞,就亏惨了!

🐏 小气鬼

苏罗还是一头小气的狮子。我给他洗衣做饭,他不让我吃饱,还要我倒贴伙食费。他说:"杨柳,假如……我是说假如有一天,你做了我的女朋友,反正你的钱也是和我一起花的,不如现在就不分你我,把你的工资拿出来,一起花掉。"只有这时候,他才给我一点点暗示,我还有希望成为他的女朋友。

我和苏罗去公园玩,经常会有不明事理的小女孩拿着玫瑰花来,对苏罗说:"哥哥,你的女朋友好漂亮。鲜花配美人,给姐姐买枝花吧。"苏罗瞪着我问:"你是我女朋友吗?"我趾高气扬:"那当然!"苏罗说:"姐姐不喜欢玫瑰花。"我忙说:"我喜欢!我喜欢!"苏罗不高兴了,问玫瑰多少钱一枝,小女孩说 10 元钱。苏罗说贵了,最多 5 元钱。苏罗和卖花的小女孩争论了半天,最后总算把价钱砍了下来,6 元钱一枝。我露出了笑脸,以为他终于要送我玫瑰了。玫瑰,爱情的信物,说不定他还会向我求爱耶!苏罗却不掏钱,他问小女孩叫什么名字,今年几岁了,有没有读书,在什么地方读书,爸爸叫什么名字爸爸做什么的妈妈叫什么名字妈妈做什么家里还有弟弟妹妹没有老家在哪里……唠唠叨叨地,像一只苍蝇。卖花小女孩虽然只有 9 岁,也有自尊,骂他:"小气鬼!"然后跑走了。苏罗哈哈大笑,说:"《大话西游》里唐僧的方法还真不赖,她以后再也不会叫我买花了。"我铁青着脸瞪着他,恨不能捏死他这只臭苍蝇。

隔了几日,深夜里苏罗给我打电话。我已经睡了,迷迷糊糊地问他有什么事。他说,他已经看过我写的情书了。我立即来了精神。我以为,我写给他的情书他不会看的,只要他看了我的情书就会掉进我的圈套。我的情书写得可好了,我在电脑上用"情书自动生成器"生成后,又发布在网上,供 1000 人评点指正后,1000 人都说已经被感动得热泪盈眶必须以身相许了,苏罗一定会被感动的,说不定,他现在打电话给我就是说要以身相许。我问苏罗,感觉怎么样。苏罗说"还可以",不过,他的声音含糊不清。之后,他的声音很清楚了:"杨柳,没想到你读了那么多书,也写错别字。'拜拜'你都不会写,右半部分是 4 横,你少了 1 横。你知道这 1 横代表什么吗? 就像是一个人身上少了一条腿,再拜的话就只好伏到地上了。"我倒! 一口鲜血差点儿喷了出来。

情人节

"非典"时期,我和苏罗戴着厚厚的口罩上街。因为那天是情人节,我看到了许多人在抢购鲜花。苏罗每路过一家花店,他都故意把视线转移到别的地方。我叹了口气,不期望他会买一朵花送给我。

走着走着,我心动了。我让苏罗停了下来,我对苏罗说:"我要买一枝向日葵花送给你。"苏罗问我发哪门神经,我说:"向日葵是狮子座的幸运花。我想要你交好运。"他阴阳怪气地说:"我交好运你有什么好处吗?"我沉默不语。

花店的生意特别地好,里里外外地围了不知多少层,我吸了口气,对苏罗说:"你等着,我冲进去了。"我摆了个"POSE",低着脑袋冲了过去。

一会儿,我泄气地回到苏罗的身边,说:"人太多,没办法冲进去。"

"算了吧,别发神经了。"苏罗拉着我的手,迈开了步子。我脸红了,这是苏罗第一次拉我的手,我的心灵在颤抖。

"不! 我一定要买到!"这一次,我弯腰伸腿做了热身运动,然后喊着:"我来啦! 大家让让!"奋勇地往前直冲。

在人群中,我有时候挤到了最前面,刚想冲着卖花的姑娘喊"给我拿枝向日葵",还未喊出口,就又被挤了出来。看到有人拿着向日葵花挤了出来,我就大喊大叫:"大家不可以再买向日葵花了,那枝是我的。"我的话被喧嚷的人声淹没了,他们拼命地往前挤,把我挤进挤出。过了半个小时,我终于买到了向日葵花。

我捧着向日葵花走到苏罗的面前,苏罗说:"别动!"我疑惑地瞪他。他转到我的背后,在我的背后说:"你的衣服全湿了。"我把花递给了苏罗,说:"祝你好运! 情人节快乐!"

苏罗捧着花,眼睛眨巴眨巴,我担心地问:"眼睛进沙子了?"

苏罗不说话,过一会儿才说:"柳柳,我被你感动了。"这是他第一次这么亲密地叫我柳柳。

苏罗柔情地说:"柳柳,请取下你的口罩。"

"干嘛?"

"我要亲你。"

我的脸突然绯红。犹豫了一会儿,我还是拿下了口罩。

我闭上了眼睛。苏罗就走上前来。

我感觉到他要亲我的时候,突然睁开了眼睛,突然看到苏罗拿起了我的一只手,他的嘴唇轻轻地在我的中指的指甲上碰了一下。

"柳柳,赶紧回去消毒。"他哈哈大笑,转身跑了。

"你别跑,苏罗——"我在后面追。

点评:苦肉计的目的是为了通过自残来骗取对方的信任,正所谓"舍得孩子套得狼"。但切不可被人识破,否则枉费心机。我们的情人不是铁石心肠之人,如果我们肯委屈自己,牺牲一些小利益,为他做些事情,就能得到大利益,他的心。

白羊座的柳柳之所以能够追逐到狮子座的苏罗,全在于她的牺牲精神。为此,"我"不惜去做他的家庭主妇,洗衣、做饭什么都干,什么都干不好。为了抢一枝花,"我"不惜拼杀。终于还是感动了苏罗。吃得苦中苦,方为人上人。爱情也如此,要吃得苦。如果你想一辈子都骑在他(她)的身上,请让他(她)先骑在你的头上去大街上遛一天。

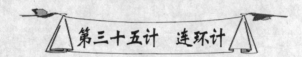

第三十五计 连环计

爱他，就请他上"海盗船"

原文：将多兵众，不可以敌，使其自累，以杀其势。在师中吉，承天宠也。

译文：敌人兵力强大，不可硬拼，应用计谋使他们互相牵制，削弱其战斗力。主帅如果英明，指挥有方，克敌制胜就像有天助一般。

A 第一次亲密接触

在开始讲述我对江峰的单恋之前，我必须用足够多的词语来描述江峰的帅气，这样才能够使你对我的单恋有一点点的理解。可是，我绞尽脑汁思考出来的无非是老生常谈的成语：风流倜傥、英俊潇洒，还有学富五车、才高八斗，再时髦一点的说法是帅呆了、酷毙了。这些并不能给你留下多深的印象，我想，我还是讲述我亲历的故事吧。

在江峰来到我们办公室之前，我们全体女同胞正在打扫卫生。我们一边喊着口号"自己动手，清洁舒服"，一边懒洋洋地挥舞手中的拖把抹布。虽然已经搞了一个小时，也还没有搞完，倒是桌上的污迹和地板的黑脚印比搞卫生之前更清清楚楚。而我们却被弄得精疲力竭了，随便找个地方就能坐下，有的还在桌子上躺了下来。你想，要是这时候有人进来，看到我们这副狼狈相，他一定不会相信这些就都是平时在街上招摇过市的摩登女郎。

门突然被推开了，先进来的是人事部部长张小姐，在张小姐的身后还跟了一个男子。张小姐对我们而言是毫无新鲜感，而她身后跟的这个男子我们却从未见过，吸引住我们眼球的不仅仅是陌生感，而是他给我们的第一眼就透出来我前面说过的"风流倜傥"、"英俊潇洒"的不凡气概。在张小姐为我们介绍之前，我们都被陌生人给迷住了，都盯着他在发呆，以致张小姐叉开手指在我们面前舞来舞去，"喂，你是怎么啦!"她有些眼拙，不知道我们是为"色"所迷，还费力地为我们介绍这人叫江峰，名牌大学毕业，现今应聘到我们公司，暂进入办公室实习，以后是总经理的助理。

江峰一一地跟我们握手，说"很高兴认识你"，他那甜美的声音和如宝石般璀璨的笑容把我们击倒了。我看到每一位跟他握手的女同胞的手甚至腿都在颤抖，轮到我时，我几乎要瘫倒在地，握他的手越握越紧，忘记了要放开。那是一个多么长的握手，第一次亲密接触，足足有一分钟吧。

"不想恋爱，就别勾引"

我说过，我对江峰是单恋。单恋在我的爱情经历里是最频繁的两个字，倒是两情相悦自我情窦初开以来还未经历过。高三那年，我喜欢班上成绩最好的那个小男生，虽然他长得一点儿也不好看，但我认为他一定可以考清华，我非常地羡慕他，所以顺便暗恋上了他，心想能够跟他一起进清华求学该多好呀。后来，我没有考上清华，只是进了一所普通的大学。在大学里，我喜欢上了一位文艺特长生，我喜欢听他用清爽的嗓子唱爱情歌曲，我通常能从他的歌曲里听出潺潺的流水和汩汩的爱情。其后,我还喜欢过不少的人,包括到这个公司来之后喜欢上的一位主管,因为他的辞职而把我的爱情鸟也带走了。

其实,我还是够大胆地。我可不像一些女孩子明明对江峰喜欢得要紧,却不敢拿正眼看他,只是偷偷地瞧一眼又一眼,在江峰不经意地看她的时候还故作清高地调转头去不理他,江峰跟她说话的时候她羞涩不语其实心里想跟他说话想得发疯。我敢在江峰上班的时候跟他"嗨,你来了",打一声招呼,敢为他擦好桌子上的灰尘再让他坐下,敢为他泡一杯热腾腾的茶,敢有事无事的时候直勾勾地盯着他,敢无事有事地就逗江峰说话,敢在午餐的时候不等江峰同意就拿了他的饭盒去给他打饭,敢在下班后约会性质地问他去不去什么地方。我真的敢,什么都敢,只要是可以接近江峰,为了爱情,我什么都不害羞,什么都不害怕。

不过,让我深感气愤的是,江峰明确而不带回旋余地地拒绝了我这不朦胧的示爱,直白地告诉我说他刚从学校毕业现在还不想恋爱。"不想恋爱,那就别勾引我!"我恨恨地说。江峰对我的恨一点儿也不生气,还是用那种可以杀死人的微笑看着我。他的笑容让我的恼怒顷刻之间消失殆尽。"你总会被我感动的!"我志比天高,话扔在地上梆梆响,让江峰感到震惊,他惊诧地盯着我,不知道我这疯疯癫癫的女子会做出什么蠢事来。

海盗船上

请江峰上"海盗船"我也是被迫无奈,在此之前,我用了 N 种计谋,也不能逼江峰就范。请他吃香的喝辣的,对他软硬兼施,声色财物相诱,反正能用的我都用过了,我实在是黔驴技穷了。就连我那些老奸巨滑的朋友们也给我献了不少的阴谋,我也都对江峰一一试验一番,最后也都败走麦城。

于是,我把江峰请上了"海盗船"。在此之前的一二天,我的脑海经常涌现"最后一课"、"最后的晚餐"这些"最后"的字眼。

我想，"海盗船"也是我和江峰最后的欢聚之地，在此之后我们可能再也不能在一起了，我无颜再纠缠他了。

进入公园的前一个小时，我和江峰漫无目的地畅游，那些风景对我们来说都熟悉得想吐，见了都心烦。江峰并不知"最后"二字，在他的心里，他想把我当做一个亲密的异性朋友，或者虽然是异性也像哥们一样，但不能是女朋友。江峰还和我开着不过火的玩笑，我也是强撑笑脸，应付着他。

之后，我们的脚步在"海盗船"边停了下来。我们仰起头观望，十来个男女坐在"船"上，随着船上船下而大声尖叫，我想他们一定很开心。可是，等一会儿，我的"海盗船"将驶向哪里呢？

等"船"停下来后，又一批游客坐上去的时候，我拉起江峰的手也往"船"上跑。没想到，江峰会挣脱我的手，我不解地看着他，他红着脸解释说从来没坐过，不敢坐。还大男人呢，这都不敢坐，我不依他，硬是把他拉了上去。我们坐在一起，我拍拍他的肩膀说"没事的，只是有些刺激"。

"船"开动了，一上一下地晃动，随着高度的爬升给人的刺激一直在增加。才爬升一半高度，我发现江峰的脸色不对，他的脸惨白，手死死地抓住护栏，每一次往下回落的时候他都要从座位上站起来，一点儿也看不出他有多开心，反而很难受的样子。我知道，回落的时候人的心脏很难承受，但也不至于难受到他这种地步。我大声地问江峰，是不是很难受。江峰点头说是，并且说再也受不了啦，"船"必须马上停下来，否则他就会死的。

我想"船"中途停下来不可能，我告诉江峰，大声地呼喊吧，你看大家都在喊，这样就会好受得多。江峰相信我的话，随着船体的每一次起起落落大喊大叫，他虽然还很紧张，我想他应该比以前要好些了。我把手伸过去，紧紧地牵住了江峰的手，和他一起乱喊乱叫。

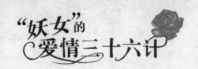

有病了

从"船"上下来，我笑江峰太胆小，江峰深怪我擅自把他带上了"贼船"，他差点就没命回来了。这时候，我们看门口的牌子，才知道有心脏病、高血压等一些疾病不适宜坐"海盗船"，可是他年纪轻轻应该不会是高血压心脏病，而不是这两种病还会是什么病呢？

"你一定有病，得去检查一下。"我咬定说。江峰问是什么病，我就不知道了，我只是说没有病不会像他的反应这么强烈，脸那么惨白，吓死人。江峰回忆地说，大学毕业体检的时候，医生给他测血压好像说了他的血压不正常。会不会是高血压？会不会是败血压？会不会是败血症？我胡乱地猜，每说出一种病就怪叫一声，然后做出恐怖的样子，气得江峰说我是乌鸦嘴。

最后，江峰拗不过我，第二天，我们一起去医院给他检查。年轻的男医师忙碌了半天，在我们一再询问下，才吞吞吐吐地说可能有病，要等明天的检查报告。医师的话让江峰敏感的心一下子凉了，之后再也没有说过话，直到回到家。

江峰坐在沙发上看电视，每个台看了不到 10 秒钟又换了，其实每个台的节目都很好看，但他没有看电视的心情。我让他上床去休息，他半躺在床上，盯着墙壁发呆，在他的眼里，白色的墙壁和医院的墙壁差不多。

我给江峰煮饭，变成了个大花脸，把菜也烧糊了，江峰却没怎么吃。不过，江峰很感动，从来没有这么感动的样子，对我说："米儿，你为什么要对我这么好？"又说"米儿，你说我会不会是重病？"我当然劝慰他说不是重病。我越这么说，他越不相信，说一定是有病，不然医生不会那样子。

"你一定害怕生病吧？"我问江峰。

江峰点了点头。

我乘胜追击，"有放心不下的事情吗?"就像遗嘱一样，请原谅我江峰，我不得不这样问，"比如说人，"我干脆直白，"就说我吧，你放心不下我是不是?"

江峰还点头。

江峰的这个点头让我心头狂喜，"你是爱我的是不是?"

"是的。"江峰一点儿也没有犹豫地说了。

"可是，你为什么总是拒绝我呢?"

"那是以前，这几天，我爱上你了。没想到，才爱上你，就查出有病了。"江峰泄气地说。

"江峰，我想告诉你，我非常地爱你，"我现在可以和盘托出了，"其实，我把你拖上'海盗船'，我是有目的的，这个在去公园的前一天我就想好了。我想在'海盗船'上威胁你必须爱上我，否则我就从'船'上跳下去，等你答应我之后，我就在'船'上大声地喊'江峰我爱你'，然后我们紧紧地拥抱在一起，我们做的这些事情一定会一辈子都留在我们的脑海里。"

"可是，你后来怎么没做了呢?"

"谁想到你的反应是那么地不适，我怎么还好意思说得出口?"

"而且，你怎么知道我一定会答应你呢? 如果我不答应你，你真的会跳下去吗?"

"跳下去?"我嘿嘿地阴笑两声，"当然不会，只是以后再无颜见你了，我只好辞职。不过，我有绝对的把握你会答应我的。"

谜底

后来，江峰去拿报告单，医师告诉他说他什么病也没有，至于在"海盗船"上的反应只不过是因为第一次坐，不适应，很正常。

江峰当然不会想到，为他检查的医师是我的表哥，在前一天

269

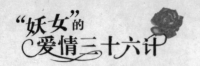

晚上，我就给表哥打了一个多小时的电话，在无功的情况下又跑到了表哥家，才让他做出了那等犹犹豫豫的样子，终于逼出了江峰的真心话，对我说出了"我爱你"。

再后来，就是现在嘛，江峰已经成了我的"爱人同志"，对我可好啦！

剧终！经验之谈：亲爱的女同胞，如果你爱一个人，而他说不爱你，请你带他上"海盗船"。对不起，我这有点打广告的嫌疑。

点评： 我这些话本来想写到前言里的：三十六计永远不是孤立的计谋，它的一计里总套着另一计。瞒天过海的同时可能也有笑里藏刀，而调虎离山的同时还擒贼擒王。连环计更是如此，有时候是四五个计谋穿插，甚至更多！但运用连环计需一环紧扣一环，如行云流水，而丝毫不露破绽。情场运用此计，恐怕会天下无敌吧！

不出色的"我"在追求江峰的时候，把他请上"海盗船"，在绝境之下逼他说出"我爱你"，用了上屋抽梯之计，只不过事不遂愿；又把他骗去医院检查，用了瞒天过海之计；借表哥之口说出江峰患了绝症，用了借刀杀人之计；实质上江峰并没有病，都是"我"捏造的，用了无中生有之计。

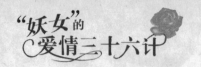

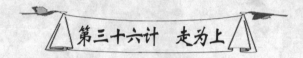

一元钱的爱情

原文: 全师避敌。左次无咎,未失常也。

译文: 敌强我弱的时候,为保存实力,全军退却避开强敌。这种以退为进的军事策略,并不违背正常的用兵法则。

A 木头男人

忍无可忍的时候,我就在网上给吴子健写了封情书,发给他。信中说:"我爱你不是一天两天,而是半年了,应该从和你同事的第一天算起。我决定向你坦白,希望你也能像我爱你一样地爱着我。如果你接受我的爱,请给我回信或者亲口告诉我。"

上班后,每天都要面对子健,正常和睦的关系开始变得很尴尬,我不敢再像以前那样直勾勾地盯着他,而只能偷偷地,再偷偷地看他。希望能够发现他看我的样子,深情,或者惊鸿一瞥。但是,他根本就没看我,哪怕仅是一眼,他是那么地忙忙碌碌,连发个呆都没有,整个上班的时间就不抬一下头。

碰到木头男人了!可是,他是很解风情的呀。他会在你不快乐的时候讲笑话、扮熊猫、学鸭叫,逗你开颜一笑;在你高兴的时候拉你去酒店庆贺,说要灌醉你,结果他自己不到三杯就先醉了。他甚至愿意陪你逛街,看你这八婆和小贩争来吵去,他只是在一边静静地站着静静地笑。那都是以前了，在他心底里把我当小妹而我心底里却把他当情人我忍着不向他表白的日子里。

难道他不爱我？不爱我就别惹我，别经常用脉脉含情的眼光看我；也别对我好，知道我贪吃，就经常带零食给我又假装说买了之后才发现自己不喜欢吃；别用蜜里调油的声音跟我说："欣，哪个男孩娶到你就是他的福气了。"我叹了口气，我愿意把这份福气带给你，可是，你会接受吗？

视若无物

主管李把我叫去办公室，照例先恭维一番我的业绩，然后是长长的教训，说我最近老发呆，老做错事。要是以前，我很火他，这男人恩威并施也太露痕迹。但今天，我知道自己是有些、很有些发呆和做错事。昨天的统计就出了大错，要不是他亲自过目后发现了问题并及时改正了，如果交到总裁手里，我今天应该背包走人了。

"晚上一起去吃饭好吗？"我又亲眼目睹那让我恶心到极度的笑脸。我熟悉地背出了那些婉绝的台词，无非是没有空，谢谢他的好意。他很失望，在我要跑出去的时候让我把报告带给子健。

走到子健的面前，把报告重重地甩在他的桌上。他只是抬头看了我一眼，低头看了报告一眼，继续低头写写划划，视我和报告如无物或者废物。真气人，一个谢字也没有。难道不爱了连朋友也不是连客气也没有了？

周末的宿舍总是连鬼影也没有，她们个个都投怀送抱去了，送不出去的也会独自在街上转悠，然后拿一束花回来嗅了又嗅，换取夸赞和羡慕。为了不面对空空的房子，和站在镜前自叹绝色佳人却无人赏识而黯然神伤，我决定去深圳市玩。

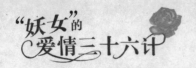

出走

带着几百块钱,把深圳市区好玩的玩遍了,什么珍奇好吃的也吃够了,还给自己买了两套劣质的衣服和1元钱一个的玉坠。玉坠是半个心形的,两个成对,配在一起就是一颗完整的受过伤的心。本想买一对,当然是送他一个,不过可能会成为送不出的礼物,付款后又退还了一个给卖玉坠的老头,老头很失望,像个哲人似的一直嘀咕什么"一颗心可能一辈子都找不到另一颗心了"。

提着大包、背着小包去车站,清清闲闲地站在买票的队伍中,缓缓前行。轮到我时,"去广州。"扔进去一句轻松的话,然后到口袋里掏钱,却搜遍全身也只搜到1元钱。天哪,回去的的路费都没有了。只好羞愧地离开窗口,羞愧地不敢看队伍里那些对我满腹怨言的人们,他们怪我耽误了他们宝贵的时间。

干脆坐下来,把包扔在地上,腿放在椅上,就那么呆呆傻傻地看人来人往。想,1元钱,什么都不能再做了,不过可以打个电话,可是打给谁呢? 那些八婆一定都在度周末,惟一能够联系上的只有子健了。可是,我需要给他打电话吗? 他会理我? 说不定,他不会接电话,或者接了电话也不信,信也不会来接我,来接我也是给我冷脸看。反正,他不会接受我的爱,即使让我欢喜也是空欢喜一场,我又何必自讨苦吃作贱自己呢?

三分钟后

一个下身致残的老年乞丐爬到我的面前,动情地说:"小姐行行好吧,你人好心好,以后能够找个如意郎君。"高! 连这等落寞之人都能一眼看出我待字闺中说不定还看出我正失恋呢,我的脸上一定写满了"情殇"。干脆就把这一元钱给他算了。

我的手插在兜里,犹犹豫豫地,我该给他吗? 如果没了这一元钱,不打个电话,说不定我也得学他,虽不至于在地上爬走,也得找把破琴在街头卖艺了。他却误会我,以为我是吝啬的"富婆",不说一句话就爬走了。看来他也是个没耐心的乞丐,或者是没信心的乞丐。

可是,我对爱情有信心有耐心吗? 一个激凌,我飞快地跑到老大妈的公用电话摊,拨打子健的手机。那头是忙音和忙音,我重拨了 3 次;然后是占线和占线,又重拨了 3 次,终于畅通无阻地拨通了,却在响了 30 秒后在我近乎失望的时候,才接通。

"喂,你是子健吗?"

"什么?"

"你是子健吗?"

那头还是问什么,一定信号很不好,说话很大声音的样子。我只好用很高的声音问:"你是不是子健?"问了好几遍,终于听到他说:"我是的。你是谁?"

"我是欣。"

"欣,你在哪里?"

"我现在在深圳市区。"

"你在那里做什么?"

"你别管我什么做什么,我现在只有 1 元钱只能打 1 分钟电话。"

"真的吗?"那头刚叫了一声我的名字,我就挂断了。

我付了话费,茫然地提起包,不知道要到哪里去。走了几步,身后的老大妈喊:"小姐,找你的。"

我把包扔掉,跑过去接电话,真的就是子健打的。

听到他叫我的名字,低低地应了一声,不待我再多说一句,那头就急急地传来一句:"欣,我爱你!"

我愣住了,不知动弹。沉默了好一会儿,才说:"爱不爱以后再说,你先过来接我吧。"

那当然是一个甜蜜而充满羞涩的见面。他帮我提着包,我紧跟在他的身后,悄悄地问他为什么突然就说了那句话。他说,当他听到我说只有 1 分钟的时间可以跟我说话,他的心陡然紧张了,有巨大的失落感,很害怕我会就这样消失在深圳再也不回来。他于是发现了我在他心里的位置,原来,他一直是爱我的,只是他没有去深挖,即使挖出来也不敢相信。而这段时间,他就一直在考虑究竟是不是爱我。

他紧张地问:"如果我不打电话过来,3 分钟后你会消失吗?不会再等我吗?"

我想了很久,淡淡地说:"也许吧。"

那当然是晃点他的。不过,我觉得太玄,怎么一个电话就挽救了一段爱情呢?

点评:此计说的是如何以退为进,看似不光荣,实则是最高明的一着。"走"不是远走高飞,从此不闻不问,而是近走低飞,在其左右徘徊。有时候,向情人苦苦求爱不成,不如暂且放弃,给他(她)失落,让他(她)感觉到失去时才懂得珍惜的滋味,反倒能大功告成。

这里说的又是关于 1 元钱的爱情。"我"在对子健失望的时候,远走他乡,但"我"没有对爱情失望,在身上只剩下 1 元钱的时候,面对抉择还是给他打了电话,就这个电话把他的"我爱你"套了出来。就是这个道理:永远不要对爱情失望,即使你转身而去,爱情也会随你而去。

作者在这么多智慧的读者面前班门弄斧,何况还是历史巨著三十六计。为了不被千人怨万人骂,我赶紧闪。